JN307278

クラシックシリーズ10

千里眼とニュアージュ　完全版 上

松岡圭祐

角川文庫
15577

目次

早朝

ここが死後の世界か。戸内利佳子《とうちりかこ》は目を見張った。

夕焼けのように真っ赤に染まった雲は油絵のようでもあり、手が届くほど近くにみえて、じつは視界の彼方《かなた》まで果てしなく広がる空間とわかる。断末魔のような叫び、苦悶《くもん》の呻《うめ》き声が辺りにこだまする。ときおり間欠泉のように噴きあがる炎に目がくらみ、髪がこげるにおいが漂う。

奇妙なことに、恐怖はおぼえなかった。鳥肌が立つこともなければ、寒気すら感じない。あるのはただ、熱気。悪臭。不快感。そして、疑問ばかりだった。

いつ死んだのだろう。享年何歳だったのか。身体に痛みはない。事故に遭ったわけではなさそうだった。病気か。通院した記憶もない。あるいは、生前の記憶は死とともに消えてしまったのだろうか。

いや、そんなはずはない。利佳子という自分の名も覚えている。利佳子、そう呼ぶ母の顔も浮かぶ。おぼろげながら、小学校に通っていたころのことは想起できる。そうだ、中学も、高校も。わたしは子供ではない。成人し、会社にも勤めたことがある。二十六歳、それがわたしの年齢だったはずだ。あと二か月で二十七か、ぼんやりとそんなことを考えた昨晩の自分があった。そうだ、きのうの夜わたしはカレンダーを眺めながらベッドに入った。日々の繰りかえし、怠惰な毎日にうんざりしながら就寝した。寝室の明かりがまぶしくて、消灯するためにいちど身体を起こしたことも覚えている。ついでに、喉《のど》をうるおすためにキッチンに行き、コップ一杯の水を飲み干したことも。ベッドに戻ってからは、読みかけの小説のつづきが気になり、また明かりを灯《とも》した。そこまで記憶している。石に刻みこまれた文字のように、あきらかな経験として頭のなかに残っている。

ということは、寝ているあいだに息をひきとったということか。眠っているうちに死んだ。ある意味では喜ばしいことだった。いずれ自分がどんなふうに死を迎えるのか、気がかりでなかったといえば嘘になる。安楽死。わたしは、誰もが望む死を手にした。つまりは最も幸せな人生を送った、そういえるのかもしれない。

だが、利佳子はもうひとつの可能性に気づいた。眠りについて、目を開けたらそこは死後の世界だった。ありえない。なんの前兆もなく突然、自分の命が絶たれるなんて、考えられない。

夢か。そう思うのが筋だ。だいいち、死んだにしては自分の感覚は正常すぎる。戒名はまるで頭に浮かばず、利佳子という生前の名をはっきり記憶している。これは夢だ。わたしはいま悪夢をみているのだ。

ところが、利佳子がその思いに至っても、視界にひろがる死後の世界はいっこうに現実感を薄らがせてはくれなかった。逆に、目に映るすべてが現実に違いない、そう信じざるをえない自分がいた。

夢のなかのような記憶の曖昧《あいまい》さはない。自分が誰で、なにをしてきたのか、ぜんぶ思いだせる。五感も正常に機能している。自分がいま、眠っているとは考えにくい。思考は判然としている。なにもかも、いつものわたしのままだ。そんなわたしが、こんな現実感の乏しい世界にほうりこまれて、なおかつ現実を意識している。

これは夢ではない。利佳子は思いなおした。たしかにわたしは別次元の世界にいる。死んだという実感はないが、ここが生前の常識では考えられなかった空間である以上、わたしは死んだのだろう。

鮮血を含んだ綿のような雲が、風とともにかたちを変えるなか、利佳子は仰向《あおむ》けに宙に浮いていた。身体がゆらゆらと揺れているように感じる。背に突然、熱さを感じた。

炎が噴きあがる。自分の全身を飲みこむほどの強烈な火柱が立ち昇った。炎は容赦なく肌を、髪をなめまわし、焼き尽くしていく。肉の焼けるにおい、そして音。金きり声も混ざっている。それが自分自身の悲鳴だと、利佳子は気づいた。

周囲に無数の人影が押し寄せてきた。夕闇を背に真っ黒なシルエットになって浮かびあがるのは、煤《すす》だらけの骸骨《がいこつ》だった。焼けただれた肌があちこちにこびりついた、骨とわずかな筋肉だけで成り立つおぞましい人間たち。男か女かも判然としない。口を動かすたびに、顎《あご》の骨がかちかちと耳障りな音をたてる。

骸骨たちは、仲間がひとり増えるのを歓迎するかのように、その眼球を失った目で利佳子を見下ろしていた。わたしの姿もじきにああなる。そう利佳子は認識した。

熱い。痛い。苦しみが全身を支配し、ようやく利佳子は、自分が地獄におちたと悟った。地獄。なぜだ。わたしは悪いことはしていない。ささいな嘘をついたことや、隠しごとはいくつかあったが、罪を犯してはいない。そんなわたしがどうして地獄に追いやられたというのか。理不尽だ、納得できない。

あるいは、と利佳子は思った。そんな罪の意識のなさこそが罪、神様はそう判断したのかもしれない。

炎にどろどろと溶けだす自分の肉体を感じる。絶望のなかで、死を意識した。が、それはおかしい。わたしはもう死んでいる。そして、この執拗《しつよう》な炎に焼かれたあとのことも、群がる骸骨たちが教えてくれている。わたしは彼らの一員となり、地獄にやってきたかつての生者たちが裁かれるのを、嬉々《きき》として見守るのだ。ちょうどいま彼らがわたしにそうしているように。

享年二十六。しかしこれから、永遠とも呼べる時間がここにある。永遠。そう、ここに死はない。もう自分というものに終わりはない。永久に地獄に存在する。顔も性別も、すべてを失って、ただ名もない骸《むくろ》のひとりとして生きつづける。

果てしない時間。自分を待つ運命を意識したとき、初めて利佳子を真の恐怖が襲った。生きているあいだ、死を恐れた。いずれやってくる終焉《しゅうえん》におびえた。しかし死んでからは、永遠という事実に恐怖する自分がいた。地獄の骸骨。喜びも快楽もなにもない。ただ存在しつづけるのみ。

利佳子は悲鳴をあげ、炎から逃れようと躍起になった。だが骸骨たちの腕が利佳子を抑えこんだ。炎の上で、揺りかごのように揺れる自分の身体。立ち昇る水蒸気は、利佳子から蒸発していく水分だった。ゆっくりと、しかし確実に、利佳子の身体は有機体の機能を失い、亡骸《なきがら》へと変貌《へんぼう》していった。

曽我《そが》孝信《たかのぶ》は異変に気づいた。

また身体が動かない。やはり、親や学校の担任のアドバイスはあてにならなかった。部活の練習や、高校受験を間近に控えての勉強の日々に疲労が蓄積されているのだろう、金縛りは疲れているときに起きるから。大人たちは口をそろえてそういった。けれども、孝信は疑わしいと思っていた。僕はそんなに熱心にクラブ活動に精をだしてはいない。受験勉強に至ってはさぼってばかりだった。それでも毎晩、金縛りは起きる。学校を休んで、一日じゅう寝てすごしたきょうも結果は同じだった。夜の就寝時間を迎え、家族が寝静まったころになって、孝信の身体はぴくりとも動かなくなった。

浅い眠りについた、そんな実感はあった。しかしいまはもう目が覚めている。意識もある。現に、この家に住むようになってすっかり見慣れた天井の模様や、点灯したままの蛍光灯も見えている。仰向けに寝た状態で視界の端にわずかにみえる窓のカーテンも、壁のポスターもいつものままだ。夢をみているわけではない。それなのに、身体だけが動かない。

全身に力をこめて、起きあがろうと努力してみる。上半身を起こした。そしてベッドから降り立った。

だが、そう感じた次の瞬間、またも自分の身体はベッドの上にあった。たしかにいま起きあがったはずなのに。いつもこうだ。身体を起こしたという錯覚だけが生じ、すぐにまたベッドの上に寝たままの自分に気づく。この状態になると、もう抵抗できない。叫ぼうとしても声がでない。全身がしびれて、身をゆすることさえ不可能だった。

毎晩かなりの時間、こうして身動きできなくなる。さんざん脅えたうえで金縛りが解けるのは、きまって朝方だった。動けるようになって時計を見ると、いつも午前五時ちょうどだった。一分の違いもなく、毎朝その時刻に金縛りが解ける。偶然だろうか。いずれにしても、朝はまだ遠い。このまま何時間も動けないなんて、我慢ならない。

時間が経つにつれて、焦りはしだいに恐怖へと移行していった。早くしないと、あいつが来る。あいつが部屋に入ってきてしまう。これまでもそうだった。動けない状態であんな気色の悪い生き物を部屋に迎えいれたら、どうされるかわかったものではない。

大人たちは頼りにならない。両親はふたりとも、そんなに心配なら夜中にようすを見に来るよ、そういった。ところが階下の両親の寝室からは物音ひとつしない。すっかり眠っているらしい。

やはり、働く必要がないとはいえ一日じゅう家でごろごろしている大人たちなど、信頼が置けるものではない。この県の住民である以上、無職は当然の権利だと父親はいった。恥ずべきことはなにもないと母も同意をしめしていた。ふたりにとってはそうだろう。しかし、その両親のもとに生まれた僕はどうなる。このままでいいのか、いつもそんな疑念が頭をよぎる。ここでの自由はいつまで許されるのだろう。永久にここで気ままに暮らせるという保証はどこにあるのか。

落ち着け。頼りにならない大人たち以外に、誰か助言をくれた者はいなかったか。そうだ、きょうは同級生のひとりと電話で話した。友達に金縛りのことを打ち明けるのはこれが初めてだった。近所に住んでいる、仲のいい唯一の友人。その彼がいった。俺は金縛りになったことはないけど、たしか横に五本、縦に四本の線を描けば、金縛りは解けるってきいたぜ。

線を描くって、描けるってことは動けるってことだろ。孝信はそう疑問を呈した。だが、友人はあきれたようにいった。馬鹿だな。ほんとに手を動かして描くんじゃなくて、イメージのなかで描くんだよ。仰向けに寝てる状態で、天井に横五本、縦四本の線を描くと想像するんだ。ちゃんと思い描ければ、すぐに身体は自由になる。

友達は、もうひとつの方法も教えてくれていた。たしか臨《りん》とか兵《ぴょう》とか、いくつかそういう短い言葉を唱えていって、最後が在《ざい》、前《ぜん》で終わるやつだ。なんだか、どこかの漫画の知識の請け売りのような気がしてならない。友達も孝信と同じく、学校の成績がよいほうではなかった。しかし、彼は雑学の大家《たいか》だ。聞きかじったことにも真実があるかもしれない。とにかく、いまはそれよりほかに頼る方法はない。

依然として孝信の身体はいうことをきかなかった。何度か起きあがった錯覚、または幻覚が生じたが、孝信はベッドの上で仰向けのまま、一センチたりとも動いていなかった。

そのとき、かちゃりと音がした。ドアがそろそろと開くのを、視界の隅にとらえた。

来た。あいつだ。孝信は息を呑《の》んだ。

裸足《はだし》が床を踏みしめて歩く、その音がする。全身から油のような半固形の液体をしたたらせた、おぞましい小男。顔を直視したことはない。小男はいつもその顔を孝信の視界に入れないよう、後ろ向きに歩いてくる。禿《は》げあがったその頭。液状のものはその頭からも湧きだしていた。

恐怖に鳥肌が立った。孝信は天井を見あげ、縦と横の線を思い描こうと躍起になった。だが、とても集中できるものではない。縦と横、どちらが先だっけ。縦が五本で横が四本だったか。いや、どうも違う気がする。

そうこうしているうちに、小男の影が忍び寄ってきた。蛍光灯の光を背に、小男の姿はシルエット状に浮かんでいる。孝信の目はそれをはっきりととらえた。

怯《おび》えきった孝信は必死で天井に無数の直線をイメージした。たくさん描けばどこかで合致するかもしれない。が、まだ身体は動かない。全身がしびれて小刻みに震える。まるで電気でも走っているかのようだ。

小男の後ろ姿が迫る。孝信は絶望的な焦燥感に駆られ、恐怖のなかで最後の手段をとった。友達の教えてくれたまじないを、覚えている範囲で想起する。ええと、臨とか兵とか。在、前。在、前。臨。兵。だめだ、声がでない。

脂ぎったぶきみな肉体がのしかかろうとしてきたとき、孝信は思わず声をあげた。「うわっ！」

それは、ひさしぶりに聞いた自分の声、そう感じられた。

孝信はベッドの上で上半身を起こしていた。今度こそ、本当に身体は起きあがっていた。

室内はしんと静まりかえり、あの小男の存在もなかった。ドアも閉じている。誰かが入室してきた形跡はなかった。

ついたままの蛍光灯、窓のカーテン。うっすらと空が白ばんでいるのが、カーテンから透けてみえる。

朝か。いつも金縛りが解けるのはこれぐらいの時刻だ。けれども、変化はある。金縛りが解ける前に現れる小男が、しだいに近くまで来るようになった。以前はドアが開いてすぐ目が覚めたのに、だんだん距離を詰めてきているように思える。

あれは幻だろうか。しかし、夢とは思えない。いったいなんだというのだろう。

勉強机の上の時計に目を向けて、孝信はぎょっとした。

午前五時。時計の針はきょうも、ぴたりとその時刻を指していた。

利佳子はがばっと跳ね起きた。悲鳴が短く、寝室にこだました。

目が覚めてもまだ、あの地獄の実感は残っていた。無数の骸骨《がいこつ》たち、炎に焼かれる自分。背に感じていた熱も、気分の悪くなるようなゆらゆらとした揺れも、まだ感覚のなかにある。

耳ざわりな息づかいが、自分の吐息だと知った。呼吸が乱れている。心拍も速く、鼓膜のなかに響いていた。額から流れおちた汗のしずくが目に入ってかすかな痛みを放つ。それをぬぐったとき、全身が汗だくになっているのに気づいた。

嵐が去って、荒れていた海が鎮まっていくように、利佳子は徐々に平静さを取り戻しつつあった。炎のもたらす熱さも身体の揺らぎも消えていた。すべては悪夢のなかの幻だった。

六畳ほどの寝室には、カーテンの隙間から朝の陽射しが差しこんでいる。ベッドの脇に投げだされた小説、脱ぎ散らかした衣服。目に馴染《なじ》みのある寝室の光景。そして、静寂。わずかに鳥のさえずりが聞こえている。もの音はそれだけだった。

ゆっくりとベッドから起きだす。汗で湿ったパジャマはそれ自体が不快だった。シャワーを浴びねば。いつもこうだ。

いつも。その思いが浮かんで、利佳子は胸にひっかかる記憶の断片を認識した。この悪夢をみたのは初めてではない。このところ毎日のように、同じ夢ばかりみている。夕焼けに染まる地獄の空、炎で焼かれる自分、見守る骸骨たち。ひどく生々しく、現実感があって、夢とはとても思えない。夢のなかでは、自分が誰なのか、いままでどんな人生を送ってきたか、はっきりと思いだせる。にもかかわらず、前にその夢をみたという記憶だけは失われている。夢のなかではいつも、それが初めて経験することのように思えてならない。地獄に落ちてあじわう絶望と恐怖。毎晩同じ光景、同じ思いにとらわれて、同じ瞬間に目が覚める。

ストレスでもあるのだろうか。とてもそうは思えない。わたしは、働いてはいない。会社に勤めていたのは過去のことだ。希望も持てないし、人間関係の煩雑さに息苦しさを覚えて、辞職した。あのころだったら、こんな夢をみるのもありえないことではなかっただろう。しかし、いまはちがう。心は安定している。念願のひとり暮らしを果たしているし、働かずともそこそこの生活ができている。家に引きこもったままの暮らしも苦痛ではない。もともとわたしは、孤独を愛するほうだった。強いていうなら、変化のない怠惰な日常に、ときおり嫌気がさすぐらいのものだった。

だが、嫌気とはいってもそれに伴う不快感は微々たるものだ。わたしは、日々の暮らしのために働く必要がない。満員電車に揺られることもなければ、会社で上司の小言に耐えたり、同僚たちとの空虚な交際をつづける義務もない。親のすねをかじっているわけでもない。恵まれている。ある意味、とんでもなく贅沢《ぜいたく》な暮らしに身をゆだねている。こんな状況にストレスを感じているなんて、まるでありえない。

そう、この町に住んでいて、鬱積《うっせき》する不満などあろうはずがない。

窓辺に歩み寄り、カーテンを開け放つ。一戸建ての二階から眺める景色。利佳子の家と同様の、こぢんまりとした建売住宅がきれいに区画整理された新興住宅地を、整然と埋め尽くしている。どの家も新しい。わずか一年前まで、この一帯は起伏のある森林だったときいた。木々を伐採し、丘を削って平野にしたこの土地の面積は約二千百平方キロメートル、東京都全体にほぼ匹敵するという。

もっとも、ここの住民は自分たちの居住する地域がどれくらいの広さを持っているか、まるで関心など抱かないだろう。利佳子も、市役所での手続きできいた説明がぼんやりと頭の片隅に残っているだけだ。ここには、社会と縁をきった人間たちが集まっている。朝七時をまわっていても、路上には行きかうクルマもなければ、駅に急ぐ歩行者の姿もない。引き籠《こ》もりのために生まれた四十八番目の都道府県。当初はそんなふうに揶揄《やゆ》されることも多かった。いまはそれほどでもない。外と接触しないのだ、悪い評判がきこえてくるはずもなかった。

ため息をつき、窓を離れて寝室をでた。階段を下りて一階のリビングに入る。フローリングの床に白いソファ、無味乾燥なインテリア。家を最初に購入したときからセットで付いていたものだった。買い換える予定はいまのところない。室内を眺めるのが自分の目だけである以上、飾りつけにはたいして興味が持てない。

壁の時計を見やった。午前五時すぎ。またこんなに早く目覚めてしまった。

小さく機能的にまとまっているダイニングキッチンに足を踏みいれる。冷蔵庫から冷えたオレンジジュースをとりだし、コップに注いだ。ふと静寂が嫌になる。リモコンを手にとり、テレビをつけた。

朝っぱらから陽気な男女のキャスターが、スタジオに据え置かれた日本地図の前ではしゃぎ気味に会話している。そういうわけで、日本全国にはこれだけの数の埋蔵金伝説があるんです。男性キャスターが地図を指し示しながらいった。へえ、と女性が応じる。結城《ゆうき》家の埋蔵金、徳川《とくがわ》家の埋蔵金、西村久左衛門《にしむらきゅうざえもん》の埋蔵金……、九州には天草四郎《あまくさしろう》やキャプテン・クックの埋蔵金なんてのもあるんですね。

「そうです」と男性がうなずいた。「なかでも有名なのが群馬の赤城《あかぎ》山に眠るという徳川埋蔵金ですね。慶応《けいおう》四年に勘定奉行の小栗上野介《おぐりこうずけのすけ》が埋蔵したというもので、その金額はじつに三百六十万両。現在の金の価格相場で換算しますと、じつに七十兆円以上にものぼるという……」

利佳子は醒《さ》めた気分でコップのジュースをあおった。利佳子が小学生のころ、このテレビ局は特別番組と称して赤城山をブルドーザーで掘りかえしていたはずだ。ダム建設並みの巨大な穴を掘って、小判一枚見つからなかったというのに、まだ夢をあきらめていないのだろうか。あるいは、またいかがわしい番組で視聴率を稼ごうとしているのか。

いや、この局については案外本気かもしれない。ＩＴ金融企業に不意打ちの敵対的買収を受けて屋台骨がぐらついたという噂のテレビ局だ、埋蔵金伝説にすがりたい本音も潜んでいるのかもしれない。

利佳子は思わず苦笑した。緊張を和らげるために、半ば意識的にそうしていた。局の人間にしてみれば、買収工作を働いたジンバテック株式会社は目の上のたんこぶのような存在にちがいない。局の会長みずから徹底抗戦すると宣言しておきながら、結局は和解、業務提携を余儀なくされた。七十兆円もの金が自社のもとにあったら、そんな会長のぼやきがきこえてくるかのようだ。

むろん、わたしを含めこの県に住む人々の感想は異なる。ジンバテック社に対しては、少なからず感謝の念を抱いている。英雄のように讃《たた》えたり、教祖のように崇拝するつもりはないが、陣場輝義《じんばてるよし》社長の恩恵を受けていることは疑いのない事実だ。立場によってものの見方はちがう。

うんざりしてチャンネルを変えた。またテレビの話題に釣られている自分がいる。結局、わたしはなにもしていない。なんら意義のある人生を送っていない。だから他者に関心をしめすしかない。世間の動向を肴《さかな》にして生きるしかない。少しでも自己表現の場を持とうとしてインターネットで日記《ブログ》を開設してみたが、読みかえしてみると文面のほとんどはその日に観たテレビ番組の感想で埋め尽くされていた。一週間も経たないうちに、ブログは閉鎖した。書くことがないのに、ネット上の一部のスペースを占有するのはおこがましい。

そんなふうに思った。

労働ばかりか、思考さえも働かせない日がつづいている。やることがない。退屈というものがいかに生理的な嫌悪感を募らせるか、利佳子は日を追うごとに知るようになっていた。きょうはどうやって退屈を紛らわせよう。そう思案するのが一日の始まりだった。このままテレビを観つづけるか、小説を読むか、音楽を聴くか、あるいはＤＶＤかゲームソフトでも借りにいくか……。

と、利佳子のリモコンを操る指先が、ふとひとつのチャンネルで静止した。

それは朝のニュース番組だった。ふだん、ニュースはあまり観ない。だが、そこに映しだされた映像が、なぜか利佳子の関心を惹《ひ》いた。

港に接岸した自衛隊の艦とおぼしきグレーの船体から、桟橋を渡って地上へと降り立つ一行の姿がある。白や紺の自衛隊の制服にまじって、ひとりの痩《や》せた女が歩いてくる。隊員たちが大柄なのか、それともその女が小柄なのか、背が低く見える。しかし、その状態にあって女はふしぎな存在感をかもしだしていた。

パールピンクの上質なスーツに身をつつんだ女の年齢は利佳子よりも若そうだった。八頭身か九頭身にみえるスマートな体形、もし女の背が本当に低いのなら、よほどの小顔だろうと思われた。ナチュラルなショートにまとめた髪に縁どられたその顔は、大きな瞳《ひとみ》に高い鼻、薄い唇と人形のように端整そのものだった。まだ女子大生のようなあどけなさを漂わせつつも、キャリアウーマンの貫禄《かんろく》をも備えている。そこにいるだけで、誰も彼女のことを無視できない。そんな圧倒的な存在。事実、カメラは常に彼女を被写体としてとらえ、周囲の隊員たちや報道陣も彼女を注視しつづけている。

彼女が画面の主役になっているのには訳があった。女性キャスターの声が告げた。「元幹部自衛官で、現在は臨床心理士《カウンセラー》を務めている岬美由紀《みさきみゆき》さんが、昨日正午すぎ無事帰国しました。この映像は、岬さんが海上自衛隊の護衛艦〝むらさめ〟で横須賀《よこすか》基地に帰還したようすを捕らえたものです」

ジュースを口にふくんでいた利佳子は、思わずむせて吐きだしそうになった。岬美由紀さん(28)、テロップにはそうあった。

彼女はわたしよりも年上か。それも元自衛官でカウンセラー。いったいどんな人生をたどれば、そんな特異な経歴を得ることができるのだろう。

キャスターはつづけていた。「岬美由紀さんは、三か月前にイラクで発生した日本人人質事件の解放交渉のため、外務省の職員とともに現地に飛びました。シーア派武装勢力に拘束された四人の人質に、心的外傷後ストレス障害《PTSD》発症の疑いがあるとの現地からの報告を受け、日本政府が臨床心理士の同行を決定。日本臨床心理士会はこれを受けて、防衛大出身の元幹部自衛官という経歴を持つ岬美由紀さんにイラクへの同行を求めたものです。人質だった四人は全員が無事帰国、岬さんもイラクからの出国手続きを終え、九日前に〝むらさめ〟に乗船し帰国の途につきました」

岬美由紀はスーツや制服姿の男たちに迎えられ、花束を贈呈されている。岬は笑顔でそれを受けとり、深々とおじぎをした。

彼女を迎えている男たちがどんな役職にあるのか、不勉強な利佳子にはわからなかった。

たぶん偉い人たちなのだろう。日本人人質事件はここ数か月の間、よく報道されていた。そのことだけは知っている。利佳子が観ているテレビ番組に頻繁に速報が流れ、ときおり中断してニュース特番が始まった。利佳子はその都度、いらいらしながらチャンネルを変えたものだった。だから事件の詳細はまるで理解できていない。遠い国の話、そのていどの認識だった。

人質が解放されたことは知っていたが、貢献者である臨床心理士が二十八歳の女だったとは。キャスターの口ぶりからすると、世間にとっては周知の事実らしかった。やはりニュースは観ておくべきか。思考の停止もたいがいにしておかねばならない。

「岬美由紀さんは」とキャスターの声が告げる。「防衛大学校を首席卒業後、幹部候補生学校に進学。航空自衛隊に入隊し、女性としては初のF15主力戦闘機パイロットとなりました。引退後、当時は指定大学院制度導入前だった臨床心理士の資格認定のための試験を受け合格、現在は病院の精神科や心療内科に勤務するかたわら、全国各地の小中学校に出向してスクールカウンセリングをおこなうなど多忙な日々を送っていました。相談者の悩みや、症例の根底にあるトラウマを的確に見抜くその技量から、千里眼というニックネームでマスコミにも紹介されています。本人によればオカルト的なその俗称は気にいってはおらず、心理学はあくまで科学的とのことで……」

利佳子は半ばあきれぎみにテレビを眺めていた。画面に、ぽかんと口をあけている自分の顔が反射して映りこんでいる。その冴《さ》えない顔と、きりりとした岬美由紀の面持ちはひどく対照的だった。

なんだろう、この凄《すご》すぎる女は。単に自衛官出身というだけでなく、カウンセラーとしても相当な腕の持ち主だという。それも千里眼だなんて。

思わず時間を忘れて見いるうちに、いつしか指先の筋肉が緩んでいた。コップが落下した瞬間、それを手にしていたことを思いだした。あわててつかみとろうとしたが、間に合わない。コップはけたたましい音とともに床で砕け散り、ジュースが染みのようにひろがっていった。

まったく、なんてドジなのだろう。急いでホウキを取りだし、破片を片付けにかかる。

ふとその手をとめて、床にひろがる液体に映る自分の顔を見下ろした。

臨床心理士の女性に、なぜこんなに心惹かれたのだろう。理由は考えるまでもなかった。あの毎日の悪夢。毎晩のように地獄に落ちて、強烈な炎に焼かれる。どうしてあんな夢ばかり見るのか。ここで過ごす毎日に不満はないというのに。

不満はない。いや、果たしてそうだろうか。だとするなら、この言いようのない苛立《いらだ》ちに似た感覚はなんだろう。無職でありつづけることを歓迎する自分は、この家で望みどおりの人生を送っている。それなのになぜ、妙な胸騒ぎを覚えるのか。いてもたってもいられない、この焦りはどこからくるのだろう。

とにかく、と利佳子は思った。悪夢のせいで、夜がくるのが怖い。ここしばらく、ベッドに入る時間が近づくことが憂鬱《ゆううつ》でならなかった。自分ひとりでは、とても解決できそうにない。

　テレビでいかにも魅力的に紹介されていた人物に惚《ほ》れこんでしまうのは、わたしの悪い癖だった。タレントに本気で恋心を抱いてしまうこともある。通販番組の商品を、すばらしく画期的なものに感じて受話器をとってしまうこともしばしばあった。一歩外にでれば、同じものが半額以下の安値でスーパーマーケットの軒先に並んでいるのを目にする。そのたび、自分の失態に気づく。なんて世間が狭いのだろう。テレビという歪《ゆが》んだ窓からしか外を覗《のぞ》かない、その弊害は幾度となく体感してきたというのに。

　自分の欠点は嫌というほどわかっている。だが、いまのわたしにはほかに頼るものはない。岬美由紀という女性のすばらしさを見せつけられてしまった以上は、ほかの誰に相談したところで満足は得られないだろう。きっと彼女なら、という思いにさいなまれることだろう。岬美由紀ほどの人物がわたしのような女の悩みに耳を傾けてくれるかどうかは疑問だが、わたしは彼女のカウンセリングを受けたい。

　わがままで、身勝手な話だ。それでもほかに選択肢はない。

　ほかに放送すべき映像がないのか、自衛隊の艦船を降りて花束を受けとる岬美由紀の姿が、繰りかえし画面に表示されていた。まるで、彼女に相談する決心に至った瞬間が反復されているかのようだった。

　この人は、わたしの悩みをどこまで感じとってくれるだろう。期待と同時に、利佳子は虚無も感じていた。千里眼と呼ばれるほどの臨床心理士に面会するのだ。結果はどうあれ、諦《あきら》めもつく。彼女がわたしを変えられないのなら、わたしは永久にこのままだろう。悪夢についてのみならず、人生そのものが。

ＩＴ富豪

萩原《はぎわら》県は、埼玉と茨城、栃木の県境にあった広大な国有地の森林を伐採し、誕生した。正式名称は、萩原ジンバテック特別行政地帯。県というのはあくまで俗称であり、正式に都道府県としての地方行政が確立しているわけではない。それでも、住所の表記は萩原県と書くのがふつうだし、二十八ある市と町にはそれぞれ役所も設けられている。ただ、県議会は存在していない。便宜上、埼玉県知事が萩原県の行政に関しても責任者を兼ねているが、県政を決定できる立場にはない。実質的な権限はあくまで現在の土地の所有者であるジンバテック株式会社にある。

戸内利佳子はきれいに区画整理された住宅地を抜けて、多胡《たご》駅へと足を運んだ。やわらかい朝の陽射し、通行人もほとんど見かけない。駅前といっても閑散としていて、ロータリーには数台のタクシーが連なるほかは、クルマは一台も存在していなかった。コンビニエンス・ストアとファーストフード店はあるが、どちらも開店休業状態だった。むろん、経営者側も承知のうえで出店している。どの店も、働き手はひとりずつしかいない。たいていは県外からやってきたアルバイトだ。地元では、就労しようという住民は数少ない。よほど暇を持て余しているか、この県に住むことで受けられる多大な恩恵をもってしても相殺できないほどの借金をかかえているか、どちらかだった。

駅前にして、草原のように澄みきった空気。工場のないこの県では、公害もありはしない。人々はまるで、牧畜された牛のようにのんびりとした生活を送っている。実際、タクシーの運転手が車外に降りて、暇そうに柔軟体操をしている。その動きも緩慢そのものだった。

利佳子の目にはしかし、それらの光景は特殊なものには映らなかった。引っ越してきた当初はたしかに面食らったが、ほどなくここが自分のような人間にとって楽園に相違ないと確信するようになった。ここには争いがない。人間どうしの軋轢《あつれき》もない。理由はただひとつ、就労の義務がないからだった。ここの住民には等しく、同じサイズの家と、そこそこの暮らしの自由が与えられる。月十万円の生活費もでる。県内のいたるところにある病院やスポーツセンター、美容室、理髪店などは無料で利用できる。贅沢《ぜいたく》を望みさえしなければ、これほど居心地のいい場所はほかに考えられなかった。

エスカレーターを昇って駅構内を改札へと向かった。午前九時。この時刻に駅を利用するのは、利佳子ひとりだけのようだった。

静寂や、変化のない毎日が耐えられないという人間は萩原県の住民として不向きだろう。だがわたしに関していえばその限りではない、利佳子は思った。家から一歩もでない生活だろうと、いっこうに構わない。必要が生じた際には、こうして外出する。家の外に喧騒《けんそう》も差別も対立もないと知ればこそ、安心して繰りだせる。

不相応に広い改札前のホールにもひとけはなかった。都内の駅のように発車ベルが鳴り響いたり、電車の走行音が聞こえてくることもない。萩原線はすべて、万博終了後に愛知県からジンバテック杜が譲り受けた〝リニモ〟を車両として採用していた。利佳子はこのところあまりにも暇を持て余していたせいで、活字は図書館の行政ブックまで熟読していたが、そこに細かい解説がなされてあった。八路線、二百七十キロメートルにわたる萩原線は全線がコイル内蔵の軌道《ガイドウェイ》で、車両は低速走行時にはゴムタイヤで走っているが、一定以上の速度では磁力を浮遊と推進に利用し、車輪を使わずに走る。走行はほとんど無音だった。高架線のすぐ脇にある公園のベンチで休んだことがあるが、頭上をリニアモーターカーが駆け抜けていっても、風の音のように感じただけだった。

切符売り場はない。代わりに、案内窓口がある。近づいていくと、ガラスの向こうでモデルのように整った顔だちの白人女が微笑しているのがみえる。

抜群のプロポーションを駅員の制服で包み、背筋をしゃんと伸ばして応対するその女は、萩原県下ではめずらしい勤務態度をしめしていた。人間ならば、の話であるが。

「いらっしゃいませ」女は、焦点の合わないうつろな眼のまま、金属の骨格を肌いろのラバー製マスクで覆った顔で精一杯の笑みを取り繕い、口をぱくぱくさせて喋《しゃべ》った。「本日は、どのようなご用件でしょうか」

これも愛知万博に設置されていた案内ロボットを、そのまま移設したものだときいた。カーナビと同じく音声認識で世界十か国語に対応しているという。何度か使ったことはあるが、いまだに慣れない。顔がリアルすぎてどこか薄気味悪かった。眼球だけはガラス玉のように安っぽいが、肌のつやは人間とうりふたつだった。会話に伴って動く表情筋も、まさしく人間のものにほかならなかった。

「あのう」ひさしぶりに他人と会話する。いや、これはロボットだから人ではないか。そう思いながら利佳子はいった。「臨床心理士を探しています」

「臨床心理士、を、お探し、ですね。少々お待ちください。県内のデータを検索いたします」

本当は県内ではなく、都内を調べてくれるとありがたいのだが、そうもいかない。無料で利用できるサービスは萩原県のなかだけに限られている。こうして人の顔いろをうかがうことなく、気楽に会話できる状況も、県内のみにしか存在しない。都内ではこうはいかないだろう。埃《ほこり》っぽさ、めまぐるしさ、なにより人の視線。想像しただけで息がつまりそうだった。

岬美由紀についてはインターネットでも調べてみたが、どこに連絡をとればいいのかはわからなかった。そもそも臨床心理士というものは、相談者側の都合で相手を指名できるものではないらしい。会えないとなると、余計に会いたくなるのが人情というものだった。

ネットの検索で、臨床心理士は日本臨床心理士会という団体に属しているらしいということとだけはわかった。とりあえず、萩原県内の臨床心理士に面会して、岬美由紀を紹介してもらうのが最良の方法だろう。利佳子はそう考えて、行くあてもなく外出してきたのだった。萩原県民である以上、先方も仕事などせずに暇を持て余しているはずだ。つかまらないということは、まずありえない。

案内ロボットが口をきいた。「お待たせしました。心理、臨床、カウンセリングのカテゴリに、該当が三件みつかりました。一、萩原県立中央病院精神科。二、萩原県立中央病院心療内科。三、一ノ瀬《いちのせ》心理相談員」

ロボットの音声が沈黙する。その顔にはまだ微笑がとどまっていた。

利佳子はもやもやした気分になった。「臨床心理士は？　臨床心理士に会いたいんですが」

どこか冷ややかにみえる笑みのまま、しばしロボットは静止していたが、すぐにまた同じ検索結果を繰りかえした。「心理、臨床、カウンセリングのカテゴリに、該当が三件みつかりました。一、萩原県立中央……」

ため息をつき、利佳子は頭をかきむしった。以前に歯医者やCDショップを探したときには、的確な返事がかえってきた。おおざっぱなカテゴリなど告げなかったはずだ。すなわち、臨床心理士という肩書きで登録はない。県下には臨床心理士は住んでいないことになる。

当然といえば当然か。取得困難な資格を有するほど学業や職務に熱心な人間が、こんな退屈な場所で油を売っているはずもない。萩原県下では、いまの生活に満足しているかというアンケートの問いに、住民のじつに九十九パーセントがイエスと答えているときく。利佳子もその一員だった。ぬるま湯に浸かったような生活ではあるが、誰かに悩みを相談する必要なんて、つい最近まで考えもしなかった。

たぶん、病院の精神科などが、必要に応じて臨床心理士を県外から迎えるシステムになっているのだろう。一と二の選択肢についてはそういう意味だ。岬美由紀さんに会いたいといって、取り合ってもらえるだろうか。たぶん一笑に付されて、悪夢をみる症状については精神安定剤を処方されて終わりだろう。

ロボットの音声は復唱をつづけていた。「……三、一ノ瀬心理相談員」

また沈黙が降りてくる。

心理相談員。臨床心理士とは違うのだろうか。しかし、臨床やカウンセリングのカテゴリに属するとロボットはいった。

迷ってばかりでは始まらない。利佳子はきいた。「三番の最寄り駅は?」

検索します、とロボットはいった。今度の返事は早かった。「設楽《したら》駅下車になります。二番ホーム、及川《おいかわ》駅方面行きにご乗車ください。当駅から四つめの駅です」

いってみるか。利佳子は案内窓口を離れた。あいさつをせずに立ち去っても、ロボットは気を悪くはしない。対人関係が苦手な利佳子にはありがたかった。

乗車に切符は必要ない。県民は全員、無料で乗れる。自動改札の頭上にあるセンサーカメラに顔を向けた。顔の特徴で住民を認証する、最新のバイオメトリクスが切符の代わりだ。すぐにゲートが開き、合成音声が告げる。「戸内利佳子さんを認識しました。いってらっしゃいませ」

改札を抜けた先にも人影はなかった。売店はなく、代わりに何台もの自動販売機が連なっている。床の上を滑るように移動しているのは、円筒型の掃除ロボットだった。毎日、きめられた時間になると自動的に動きだす仕組みらしい。移動可能な範囲の床を隈《くま》なく動きまわって、ごみを吸い取りながら、モップでワックスをかける。萩原県に来てからは、銀行や郵便局などで頻繁に目にする。いわゆる人間の清掃業者は、めったに見かけない。

二番ホームに向かうと、ちょうどリニアモーターカーが入ってきたところだった。やはり静かだった。外見は東京のお台場《だいば》にあるモノレール〝ゆりかもめ〟とそう変わらない。運転士や車掌のいない無人運転という点も〝ゆりかもめ〟と共通している。

四両ほどが連なった車内には、ようやく人の姿がまばらに見えたが、利佳子は乗客のいない車両を選んで乗った。ここではそうすることが常識だ。わざわざ近くに座って目を逸《そ》らしあうわずらわしさを車内に持ちこむ、そんな鈍感な人間はお呼びではない。

自動ドアが閉まり、車両は動きだした。震動もなく、滑らかに加速していく。窓の外には、同じサイズの低層住宅が地平線の彼方《かなた》にまで連なっているのが見えていた。看板はほとんどないが、あったとしてもジンバテックの本社か関連会社のロゴが記されているだけだった。ときおり、陣場輝義社長の顔写真が入った大看板を見かける。平和と福祉は私の使命。そんなキャッチフレーズが重なっていた。

年齢は四十すぎ、体格に恵まれたスポーツマンタイプで、色は浅黒く、髪は短く刈りあげている。ポロシャツの似合いそうな猪首《いくび》と厚い胸板、太く毛深い腕は、社長というよりプロゴルファーの印象に近かった。顔つきも野性的でりりしく、眉《まゆ》が太く、口もとも硬く結ばれているが、目だけは優しさを帯びてみえる。威厳と温厚さ。もちろん、そんな印象を与えられる写真を選んだのだろう。テレビで見かけた陣場社長は、もっと尊大な振る舞いをしていたように思う。どこかあつかましく感じられるほどの自信を身にまとった、やや饒舌《じょうぜつ》ぎみの男。あやうく買収されかけたテレビ局の報道スタッフが選んだ映像では、彼の人物像はそう受けとれる。マネーゲームを得意とする、利益の追求にしか興味のないIT金融業界の旗頭。その彼が萩原特別行政地帯の福祉プロジェクトを推進し実現したのも、名声欲と支配欲の表れだとテレビのニュースは揶揄《やゆ》していた。彼自身は世田谷《せたがや》の大豪邸に住みながら、低所得者や無職の人々にウサギ小屋同然の住処《すみか》を与え、それで救世主をきどっている。成金の偽善者にほかならない。番組のコメンテイターが辛らつにこきおろしていたのが記憶に残っている。

萩原県に住むことになった立場からいわせてもらえば、二階建て2LDKの家屋はたしかに世帯が住むには小さいかもしれないが、ひとり暮らしには十分すぎるほどだし、ウサギ小屋では断じてなかった。陣場輝義社長がどれだけ豪華な邸宅に住んでいようが、羨望《せんぼう》に駆られることはない。人はそれぞれに生き方がちがう。利佳子は熱心に働くことに喜びをみいだせなかったし、なにより安い給料を得るために会いたくもない人間と毎日顔を合わせねばならないことが苦痛でならなかった。そのうち、人と会うこと自体が、街が、社会が、嫌悪の対象になった。家から一歩もでずに暮らせるなら、それに越したことはない。世間ではニートというらしい。働きもせず引き籠《こ》もって、怠け者に見られることもあるだろう。だが、この悩みは当人でなければわからない。

　ニートと呼ばれるであろう利佳子にとって、萩原県なる特殊な自治体の発足はまさに駆け込み寺だった。そもそもこのプロジェクトは国の発案であり、政府が北欧を見習って、障害者や高齢者を含む失業者、低所得者が安心して住める地域の開発を提唱したことに始まる。生活保護のようにどこか肩身の狭い思いを強いる制度ではなく、県規模の広大な土地を住宅地にして人々に無償で提供しようというものだった。全国民の五パーセント以上も存在する失業者らを責めたてたり、蔑《さげす》んだりすることなく、税金の援助でごく一般的な暮らしをさせることで、リラックスして自発的に勉強や職探しを始められるようにする。これこそ真に文化的な国のおこなうべきことではないか。きっと貧困に端を発するトラブルや犯罪も減少するにちがいない。そんな提案がなされていた。

　だが、このプロジェクトの実現のためには、巨額の財源を確保せねばならない。経済学者は消費税を北欧並みの二十五パーセントまで引きあげれば実現は可能だといった。

　もちろん、こんな計画に賛同する国民など皆無に等しかった。買い物のたびに価格の四分の一を上乗せされてまで、どうして失業者を救済せねばならないのだ、労働者の言いぶんはもっともだった。国の提案は現実を伴わない理想像でしかない、誰もがそう感じていた。

ところがその計画を、税収に頼らず、身銭を切って実現しようとする民間人が現れた。それが陣場輝義だった。球団やテレビ局を買収すると宣言して一躍時代の寵児《ちょうじ》になった彼は、驚くことに利益をまるで生みださないだろう福祉プロジェクトに手をだした。

国有地だったこの場所にはもともと民家もなく、あるのは三千平方キロメートルにもわたるスギの森林だった。ジンバテックがそれを国と交渉のすえ買い取り、住宅地の開発を始めても、自然保護団体からの苦情はなかった。それだけの範囲のスギ花粉が根絶されれば、関東地方の春がどれだけ過ごしやすいものになるかは目に見えていたからだ。ジンバテックは伐採したスギの木を建材に用いて、ここに無数の家屋を建てた。ほぼ百パーセントのリサイクル。環境問題にも的確に対処しているところを見せつけた。

萩原県なるプロジェクトが現実味を帯びてくると、居住希望者の募集が始まった。条件は二十歳以上で、過去三か月にわたって失業中、無職、もしくは年収百万円以下の低所得者であること。就学者と就職内定者は除く。未成年であっても、両親がその条件に当てはまれば一緒に暮らすことができる。期限もなければ、ジンバテックへの見返りも必要ない。職に就かないかぎり、一生そこで暮らせるのだ。

本来なら、都会から遠く離れ交通も不便なその新興住宅地に住みたがる人はいないはずだった。しかし、家が無料で手に入り、あらゆるサービスに金がかからず、生活費まで支給されるとあっては、話は別だった。家に引き籠もって何不自由なく生活したい、そんな甘い理想を実現させてくれる場所が誕生した。見過ごせるわけがない。申しこみは全国から殺到した。

ただし利佳子は、萩原県に移住することに心惹《ひ》かれたものの、すぐに決断に至ったわけではなかった。高齢者や障害者はともかく、五体満足で引き籠もっている人々がなぜ優遇されるというのか。そういって批判する声も続出していたし、これからの子供たちが真剣に勉強しなくなるから萩原県は廃止すべきだという反対運動もあった。また、無職の人々が一箇所に集められるというのは、地域の差別につながるのではないかと危惧《きぐ》する見方もあった。

しかし萩原県は、実現してみると意外なほど穏やかに社会に溶けこんでいった。八百万戸もあった住居はほどなく移住者で埋まり、これ以上の募集は今後数十年間は考えられないと発表されたことで、次の世代の就労意欲の減退を心配する意見はひとまず沈静化した。地域差別についても、萩原県と周辺の県との境には塀や堀があるわけでもなく、互いの住宅地は隣接しているし、道路もつながっている。地図を見なければわからないという点で、ほかの地域の県境と変わらなかった。批判はなくなったわけではないが、そもそもそういう声は以前から無職の人々に対して浴びせられていたものだった。萩原県の住宅地で家に引き籠もってしまえば、非難の声などマスコミを通じてわずかに漏れ聞く程度でしかなかった。

国民がさほど萩原県の発足に批判的でなかった理由としては、景気回復への期待感があった。納税に貢献しない所得ゼロの人々をジンバテックが一手に面倒を見てくれるのだ、景気全体としてはプラスに働くにちがいない。そういう予測が圧倒的だったからだ。同時に、ジンバテックという企業の先行きを危ぶむ見方も生じた。福祉事業への多大な出費がつたえられると、同社の株価は急落した。報道でジンバテックの名が世界的に知れ渡ったことに対する期待よりも、陣場社長がそれだけの出費を補って余りある収益をあげられるかどうか、市場は疑問視しているようだった。もしジンバテック社が潰《つぶ》れれば、失業者たちはふたたび野放しになる。景気はふたたび悪化を余儀なくされる。だが、いまのところジンバテックの屋台骨がぐらついたという話はきかない。IT金融がどれだけ儲《もう》かるのか知らないが、巨額の税金を取られるよりは、みずから福祉事業に乗りだすことで社のイメージアップにつながる宣伝費として計上することを考えたのだろう。

募集の最終締め切りまでに、利佳子は萩原県に引っ越す決意を固め、書類申請を終えていた。抽選になったが、結局選ばれた。両親には住む場所を変えるとだけ伝えた。萩原県で家を貰《もら》い受けることになったとは、ついに言いだせなかった。この県への移住は人目をはばかることではないというのが、いまや世間の大多数の見方だったが、利佳子はそれでもどこか肩身の狭さを感じずにはいられなかった。

ここに住んでから、ニートと呼ばれる人々の多くも利佳子と同様に萩原県民になっていることを知った。それらの人々との交流はない。一部はインターネットを通じて知り合いになっているようだが、ほとんどの住民は外部との接触を絶ち、孤独な生活を営んでいる。隣りにどんな人が住んでいるのか、正確なところはわからない。ふつうの住宅地では自治会があるが、ここではそうした運営はすべてジンバテックの福祉か行政まかせだ。

国規模でいえば、景気は予想どおり上向きになっているときくし、泥棒の被害も減少したとの噂もある。それが本当なら、かつての窃盗犯の多くは萩原県の住民になっているのだろう。しかし、県内では犯罪は起きなかった。この県にも当然、警察官や交番、消防署があるが、病人を運ぶ救急車以外に緊急車両のサイレンの音は聞いたことがない。おそらく、不自由さを感じないここでの暮らしのおかげで、奸智《かんち》も働かずに済んでいるのだろう。あるいは、この県から追いだされることを恐れておとなしくしているのかもしれない。いずれにしても、犯罪者がここに住んで更生したのなら、福祉の街というプロジェクトはおおいに功を奏したことになる。

思いがそこに至って、利佳子はふと思った。わたしはどうなのだろう。

わたしは犯罪者ではない。身体を悪くして失業したわけでも、致命的なミスで職場を解雇されたわけでもない。ただ引き籠もっている。そんなわたしが、ここで恩恵を受けつづける。その気になれば一生ここにいられる。果たしてそれでいいのか。

かといって、もう人間関係に煩わされるのはうんざりだ。元の暮らしには戻りたくない。

自己嫌悪と甘えが共存するような、複雑で判然としない気分が利佳子の胸のなかにひろがった。

窓の外を流れていく住宅地。走っても走っても、同じ眺めがつづいている。小さな家が果てしなく連なっている。屋根や外壁の色もデザインも統一された、没個性的な家屋の群れ。そこに暮らす人々もまた、個性を閉ざして生きている。なにも主張しない。なにごとにも貢献しない。社会を忘れている。そして社会も、ここに住む人々を忘れつつある。わたしはいったい、なんのために生きているのだろう。永遠にループする走馬灯のような風景を眺めながら、利佳子はぼんやりと思った。

恵梨香

萩原線設楽駅周辺は、利佳子の住んでいる多胡駅付近と区画整理はまるで同じだが、一見して異なる雰囲気に包まれている。屋根のいろが違うだけでこうも印象が変わるものだろうか。多胡のほうはダークグレーだが、この辺りの屋根は一律にエンジがかっている。そのせいで少しばかり明るさを伴った街並みにみえた。

とはいえ、閑散としているという意味ではこの県内のほかの住宅地となんら変わるところがなかった。利佳子が道を歩いていくと、ひとりの老人とすれ違った。おぼつかない足どりの老人は道路をジグザグにふらふらと歩いていたが、まずクルマに轢《ひ》かれる心配のない萩原県では危険行為には思えず、そのままやりすごした。他人の詮索《せんさく》はしない。干渉もしない。それがこの県の住民らの暗黙のルールだった。

設楽駅をでる前に地図の案内表示でたしかめておいた一ノ瀬心理相談員の居場所をめざす。この県内では住所はどこにいってもわかりやすい。碁盤の目状になった道路の、交差点ごとに番地がひとつずつ進む。それも、何番の何号はどの方向にあるかがしきりに標識でしめされている。マンションの部屋番号をさがすときと同様、迷う心配がない。

ここだ。利佳子は一軒の家の前で足をとめた。

すべて同じ外観の家が連なるなかの一軒。表札には目的地にしていた住所が記され、その下にやや大きめの看板が掲げられている。心理相談員、一ノ瀬恵梨香《えりか》。御用のかたは呼び鈴を押してください。

やはり民家だったか。基本的に労働とは無縁の萩原県でも、一部の人々はこうして自宅で看板を掲げて個人事業を営んでいる。事業といっても、名ばかりのものがほとんどだ。裁縫教室や洋服のリフォーム、油絵画家など、本人の趣味をそのまま素人商売に延長しているケースが多い。収入はあてにせず、好きなことをやるついでに小遣い稼ぎができればと軽い気持ちで始めたのだろう。看板に記された案件で家をたずねてみても、もうやめたとかやる気がないとか理不尽な断られ方をすることも少なくない。それでも、その事業者の態度を責めるような権限はこちら側にはない。お互い、無職または限りなく収入ゼロに近かった身だ。この県で仕事についての責務を問いただすなどナンセンスだった。

利佳子はチャイムを押そうとして、ふと手をとめた。家のなかからバイオリンの音がきこえてくる。題名はわからないが、聞き覚えのあるクラシック曲だった。

CDの演奏かと思ったが、ちがうようだ。ときどき音がずれる。利佳子は妙に思って、もういちど看板をたしかめた。バイオリン教室と間違っていないだろうか。心理相談員という表記を眺めつつ疑問に首をひねる。

戸惑っているばかりでは、ここまで足を運んだ意味もない。決心してチャイムを押した。

バイオリンの音がやみ、静寂が辺りを包んだ。インターホンのスピーカーから、女の声がした。「はい。どちらさまですか」

ずいぶん若い、というか幼い声のようにきこえる。娘だろうか。萩原県に住んでおいて娘にバイオリンを習わせているとは、ずいぶん優雅だった。

やがて玄関のドアが開いた。相手の顔をみたとき、利佳子は思わず眉《まゆ》をひそめた。

一見、小学生か中学生にみえるその女の子の外見は異様に派手だった。髪は金いろに染め、おそらくは模造宝石を無数にちりばめた光り輝く星型のイヤリングを両耳にぶらさげている。セシルマクビーのロゴが入った黄いろのTシャツに、アルバローザの英語表記とハイビスカスの絵をあしらったスカート。両腕にはシルバーブレスレットがいくつも連なり、両手の指にもそれぞれ太いシルバー系のリングと色とりどりのネイルアート。丸顔でずいぶん大きな瞳《ひとみ》をつけまつげとマスカラでいっそう際立たせている。ファンデーションやルージュは薄めで素顔に近いが、顔だちそのものがどこか個性的だった。整っているにちがいはないが、とにかく童顔で少しばかりボーイッシュな印象がある少女の面立ちというところだ。こういうファッションに特有の山姥《やまんば》メイクの片鱗《へんりん》も感じさせないところが、かえって個性を引き出しているのかもしれない。

たぶん親はかつてそこそこの収入があったが、いまは失職して萩原県の福祉の恩恵に甘んじる身になったのだろう。娘の姿から察するにそう思えた。利佳子はこの手のファッションに詳しいほうではなかったが、原色を多用した派手ないでたちはたしか渋谷《しぶや》のギャル系のあいだでもやや時代遅れのはずだ。最近はブラック系のもう少し落ち着いた色彩とデザインが好まれている。数年前に買いそろえた服装だろう。一年前の流行服がすでに恥ずかしいものとされるコギャルの世界では、化石に等しい外見だった。

「あのう」利佳子は困惑しながらいった。「心理相談員の一ノ瀬恵梨香先生にご相談があって来たんですけど……」

「ああ、はい」と少女はきょとんとした目で利佳子を見つめてきた。「どういったご相談ですか？」

子供のわりにはしっかりとした応対をする。感心しながら利佳子はいった。「先生に直接、申しあげたいんですが……。ご在宅ですか？」

「ええ、もちろん。目の前にいますよ」

利佳子は面食らった。少女の肩越しに、誰かいるのかと目を凝らしてみる。だが玄関に姿をみせているのは少女ひとりだけだ。

しばし該当する人を探しもとめてさまよった利佳子の視線は、最終的に少女の顔に戻らざるをえなかった。まさかと思いながら利佳子は問いかけた。「あなたが……？」

「はい」少女はにっこり笑ってうなずいた。「一ノ瀬恵梨香です。どうぞよろしく」

衝撃を受けながら少女の顔をじっと見つめる。子供ではないのか。凝視するうち、年齢をかなり見誤っている可能性があることに気づいた。顔つきはともかく、しぐさが子供らしくはない。ひょっとしたら高校生か、もしくは高校を卒業して間もないぐらいかもしれなかった。

当初の驚きが薄らぐとともに、落胆がひろがりつつあった。十代後半の子が心理学の本を読みかじったていどで、とりあえず心理相談員の肩書きを名乗ってみた、そんなところかもしれない。同居している親も、娘の言いだしたことには逆らえなかったのだろう。この恵梨香という子が親にどんな口をきいたか、想像するのは困難ではなかった。お父さん、仕事してないじゃん。恵梨香が働くから看板だしてよ。カウンセラーとかそういうの興味あったし、将来なろうと思ってたところだから。たぶん、そんなところだろう。

失敗した。こんな素人同然の子が日本臨床心理士会とつながりを持つわけはないし、まして岬美由紀と関わりがあるはずもない。ここは萩原県だ、期待したわたしが馬鹿だった。カウンセラーという職域を狭くとらえたのがそもそもの間違いだ。ダイヤモンドとアメジストを誕生石としてひとくくりにするのと同じぐらい、意味のない区分だった。いや、そういう区分けをしたのは多胡駅で利用した萩原線の検索システムだ。情報を鵜呑《うの》みにすると、きまってこんな失策をしでかす。

どう断って退散しようかと考えあぐねていると、一ノ瀬恵梨香が扉を大きく開け放った。

「ここで立ち話もなんですので、どうぞなかに」

「いえ、わたしは……」

「リビングを面接室にしているんです。どうぞご遠慮なく、おあがりください」恵梨香はにこやかにそういって、奥へと消えていった。

利佳子は困惑を深めた。相談者がやってきたことが嬉しくてたまらないのだろう。ひょっとしたらわたしは、ここを訪ねた初めての客かもしれない。面接中にはなにが飛びだすのか。血液型別の性格論か、あるいは占いか。恋愛相談を強制されるかもしれない。

奥から、急《せ》かすような声が届いた。「こちらへどうぞ」

はい。思わず声をかえしてしまった。仕方がない、利佳子は玄関の扉を入った。靴脱ぎ場は、これもひと昔前のギャル系が好んだ厚底のスニーカーやサンダルで埋め尽くされている。恵梨香の身長はさほど高くない。これらによってなんとか同世代の友達と釣りあいをとろうというのだろう。

ため息をつきながら靴を脱いで、リビングのドアに向かう。間取りも造りも、利佳子の家とほぼまったく同じだった。

ところがリビングに入ったとたん、利佳子はまた驚きを禁じえなかった。

その室内は、これまた原色が多用されたアメリカンポップアート調の家具や小物が並んでいた。独特の曲線に縁取られたそれらのインテリアは、一見安っぽく見えるが実際にはかなり高価なものだとわかる。デザイナーズショップでしか見かけないような珍しいかたちのテーブルや椅子、目に痛いほどの赤と白のチェック柄の床材。それらの組み合わせは雑なようで、じつは念入りに計算されて配置されたものらしく、全体として人形の住む家のような可愛げのあるデザインにまとまっている。まるでコーラとパフェが売り物の喫茶店に入ったかのようだった。

してみると、あの恵梨香のややアナクロぎみのギャル系ファッションは、時代遅れを承知のうえでのことだろうか。このインテリアは恵梨香の服装と同じく、派手さと子供っぽさを追求している。それが恵梨香の好みということか。

ソファの上には唯一、この部屋にそぐわない物が置かれている。バイオリンだった。大人が使う物よりもひとまわり小さいようだ。このけばけばしい部屋で、ひとりバイオリンを奏でる。どういう心境でそんな趣味を持つに至るのだろう。

恵梨香はキッチンに向かおうとしていた。「いま紅茶をおだししますから」

「いえ」利佳子はあわてていった。「どうぞおかまいなく」

そうですか、と恵梨香は残念そうな顔になったが、すぐに気を取り直したようすで、テーブルにつきながら笑顔でいった。「お尋ねになりたいことがありましたら、なんなりとおっしゃってください」

聞きたいことか。利佳子は自分の身の上よりも、恵梨香の暮らしに興味を抱いていた。向かい合わせた椅子に腰をおろしながら、利佳子はきいた。「面白いご趣味ですね。これだけの物をそろえるのは大変だったでしょ?」

恵梨香は笑みを絶やさなかった。「ええ。でも、これらは前の家に住んでいたときに買い揃えたんです。引っ越しの際に全部持ちこみたかったんですけど、この家は狭いんで、半分以上処分しちゃって……。あと、フローリングのいろが家具にそぐわなかったんで、そこだけは張り替えました」

たしかに、この県下の家はどれも無味乾燥な内装で、壁紙にも建具にも安物が使われている。無料で住めるのだから贅沢《ぜいたく》はいえないし、デザインにけちをつけるのはおこがましいと思っていたが、一ノ瀬恵梨香は遠慮なく自分の趣味を貫いているようだった。

しかし、どうにも気になることがある。たったひとつしかないリビングを娘の色に染めて、親は住み心地の悪さを感じないものなのだろうか。利佳子は遠まわしにきいてみた。

「ご両親もお若いんですね。こういう内装に理解をしめされるなんて」

と、恵梨香はぽかんとした顔で利佳子を見た。「両親？」

「はい。一緒に住んでるんでしょう？」

ところが、恵梨香は真顔で首を横に振った。「いいえ。ここは、わたしひとりです」

「ひとり暮らし？」利佳子は思わずうわずった声をあげた。「でも萩原県に住むには、世帯主が二十歳以上でないと……」

恵梨香の顔にやや翳《かげ》がさしたが、すぐにまた笑顔に戻った。「それ、ひょっとして若く見えたってことですか？　うれしい」

「ええ……。てっきり十代だと……」

「わたし、こう見えても二十五ですよ」

「二十五⁉」利佳子は自分の驚きの声をきいた。

「お疑いなら」恵梨香が利佳子のすぐ脇にある棚を指差した。「そこのカード入れに、運転免許証が入ってます」

そう示唆されても利佳子はしばしのあいだ、恵梨香の顔から目を離すことができなかった。いわれてみればたしかに、恵梨香の見た目にそぐわぬ落ち着きぐあいは十代のなせるわざではない。あのギャル系に特有の、だるそうに間延びした言葉遣いでもなく、あるていど抑制のきいた聞きやすい喋《しゃべ》り方をする。それでも声は少し高く、童顔とあいまってやはり二十代半ばとは思えない。おそらく、出会った全員がそう感じるだろう。

利佳子は棚に向き直り、銀のカード入れの蓋《ふた》を持ちあげた。県内にあるビデオレンタル店やエステショップの会員証の下に、運転免許証があった。生まれ年は二十五年前。たしかに本人のいったとおりだった。

わたしと一歳ちがいとは。ほっとしたような、不安が募るような複雑な気分になった。恵梨香の感覚では、わたしは何歳ぐらいに見えているのだろうか。

恵梨香がきいてきた。「まだお名前をおうかがいしてませんでしたね」

カウンセリングに入ろうとしているようだ。同じ世代とはわかっても、恵梨香が素人カウンセラーであることに変わりはないだろう。悩みを聞いてもらうために来たのではないことを、はっきりさせておかねばならない。

「戸内利佳子といいます」免許証を棚に戻し、利佳子は恵梨香のほうを見た。「二十六です。多胡町でひとり暮らしをしてます」

「ああ、すぐ近くですね」恵梨香はうなずいた。

やる気満々といった態度の恵梨香に対し、利佳子は当惑を深めていた。ここが自分の求めていた状況と異なることを、やんわりと伝えねば。「あのう、一ノ瀬……先生。じつはわたし、このところ毎晩、悪夢にうなされて……」

「どんな悪夢ですか。詳しく聞かせてください」

妙に職業的な切りかえし。プロっぽく見せようとしているのだろうか。たしかに恵梨香の言動には自信があるように感じられるし、かすかに威厳すら漂いはじめている。

しかし利佳子は、そんな状況にかえって嫌気がさしてきた。こんなものは、ごっこ遊びも同然だ。ふたりとも無職が住みつく街の住民、しかも年齢もほとんど変わらない。同じニートの境遇どうしでカウンセリングなんて。まるで無意味だ。進展なんかあるわけがない。

利佳子はいった。「わたし、臨床心理士に相談したいんですけど」

恵梨香の顔がみるみるうちに曇った。「でもカウンセリングというのは、一般の心理相談員でも十分にお受けできるんですよ。臨床心理士も心理相談員も、カウンセラーであることに変わりはないですし」

「その心理相談員って、特に試験とか、資格とかがあるわけじゃないんですよね？　自分でそういう肩書きを名乗るだけで、誰でも始められるものですよね？」

「それは、たしかにそうですが……。でもわたしは、無責任な立場で看板を掲げているわけじゃないんです。それなりにきちんと勉強もしてきましたし、短い期間ですが経験してきたこともあります」

「だけど、その経験が保証されている有資格者のかたにお願いしたいんです」利佳子はしだいに興奮しつつある自分を感じていた。「わたしは真剣に悩んでるし、的確にそれを治してくれる人を望んでます。臨床心理士というプロフェッショナルがいるなら、その人たちにお願いしたい、そう思うのは当然じゃないですか」

恵梨香はじっと利佳子を見つめた。「戸内さん、たとえ臨床心理士に相談しても、お悩みの症状を治すということはできないんです。臨床心理士は医師ではないので、治療行為はできません。心理分析やアドバイス、療法の指導をおこなうだけです。カウンセラーと医師の資格を併せ持った医療心理士法案というものが衆院厚生労働委員会に提出されましたが、日本臨床心理士会とは別の団体による提案ですし、同じく国家資格になることを目指している臨床心理士資格と競合してたりして、ちょっとばかり混乱してます。だから資格ばかり重視しなくても、いいと思うカウンセラーにご相談されるのが一番ですよ」

きわめて生真面目な説明を流暢《りゅうちょう》に口にする恵梨香にまたしても意外性を感じたものの、それだけで恵梨香をカウンセラーとして認めるという気分には至らなかった。有資格者の制度を批判するアマチュアというのは、どこかうさんくさい。業界事情を長々と説明して、結局は自分のカウンセリングを受けるように勧める、そんな展開が予想された。

せっかくやってきた客を逃がしたくないと思っているのだろう。だが利佳子にしてみれば、初めから恵梨香を相談相手とみなしてはいない。

「いいと思うカウンセラーですか」と利佳子はいった。「じゃ、はっきりいいます。岬美由紀さんという人のカウンセリングを受けたいんです。臨床心理士の」

素人の恵梨香であっても、岬美由紀の名前は報道を通じて知っていることだろう。これで、わたしを解放してくれるにちがいない。

ところが恵梨香は、ますます深刻そうな口ぶりで告げた。「岬美由紀さんですか。たしかに彼女のカウンセリングを希望する人は大勢います。きょうも萩原県のあちこちから、わたしに問い合わせがありました……。けさ報道で岬さんが紹介されたからでしょう。戸内さんもそうですよね？ニュースを観て、岬美由紀さんの名前をお知りになった。そうでしょう？」

「……ええ」隠すことではない、そう思って利佳子はつぶやいた。

自分のほかにこの県内で悩み相談を思い立った人間が複数いたとは、意外だった。なんらストレスを覚えずに生きていると思っていた住民たちも、わたし同様になんらかの心理面での変調を感じはじめているのだろうか。

利佳子がそうだったように、ほかの住民たちも県内の臨床心理士の連絡先を調べたあげく、心理相談員の恵梨香しかつかまらなかったのだろう。しかし、恵梨香の家にまで訪ねてきた人間はそれほどいなかったにちがいない。やはり恵梨香はこの機に乗じて、利佳子の考えを変えさせ、自分の顧客にしようと狙っているのだ。そう利佳子は確信した。

恵梨香は諭すようにいった。「戸内さん。いくらマスコミに紹介された有名な人であろうと、その権威性だけを頼りに相談に赴くのは、どうかと思います。岬美由紀さんは臨床心理士としても優秀であることに疑いはないですが、資格取得からまだそれほど年月が経っているわけでもないですし、彼女が名を馳《は》せているのは以前に自衛隊のパイロットを務めていたからでしょう。それに、多忙でしょうからカウンセリングに十分な時間を割けるかどうかもわかりません。臨床心理士はただでさえ、資格の更新のために論文発表とか臨床研究とか、規定の活動を優先せざるをえない立場にあります。一般の人の申し出を受けてすぐにカウンセリングをおこなうことは稀《まれ》です」

いかにも気遣っているようなまなざしを、恵梨香は利佳子に向けてきた。

利佳子は、そんな恵梨香の同情的な態度が気にいらなかった。たしかに、わたしが岬美由紀に会いたいと願っている理由のひとつに、テレビの影響はある。それでもアマチュアの恵梨香にそのことを批判されたくはなかった。

「岬美由紀さんが駄目だというのなら、ほかの誰に相談すればいいというんですか」利佳子はきいた。

「わたしでお役に立てるなら、できる限りのことは……」

やはりそういう話か。利佳子は憤りを募らせた。「親切はありがたいですけど、結構です。一ノ瀬先生は、わたしと同じ萩原県の住民じゃないですか。こうして無料提供を受けた家に住んで、看板一枚を掲げただけで、それ以外になんの仕事もしていない。見たところ身体も健康そうだし、ようするに引き籠《こ》もりっていうか、ニートでしょ？　わたし、もっとちゃんとした人に相談したいんです。岬さんが無理でも、臨床心理士の誰かに相談にいきます」

「でも」恵梨香はつぶやくようにいった。「そうするには、県外にでなきゃいけなくなりますよ」

外にでたがらないニートには、県外の人々に接するのは苦痛でしょう、恵梨香の目がそう訴えてきている。

利佳子は反発した。「いいえ。苦痛でも、辛抱して会いにいきます。あなたに相談すれば県内に留《とど》まっていられるとか、そんなふうには思いません。わたしは岬先生のカウンセリングを受けたいと思っているんです。ほかの誰でもない、岬先生です」

ふと、利佳子は恵梨香の表情の微妙な変化をさとった。沈黙のなか、恵梨香はかすかに瞳《ひとみ》を潤ませたようにみえた。

言葉がきつすぎただろうか。利佳子のなかに罪悪感が募った。恵梨香をカウンセラーとして認めない、その断定的な物言いが彼女を傷つけてしまっただろうか。

しかし、と利佳子は思った。わたしのほうにも、どうしても経験豊富なカウンセラーとの面接を求めたい理由がある。だいいち、わたしが恵梨香に気を遣っていたのでは本末転倒ではないか。

恵梨香が席を立った。棚からファイルを引き抜き、一枚の用紙を差しだしてきた。

その紙を受けとって眺めた。枠線で囲まれた記入欄がいくつも存在している。一見、アルバイト先に提出する履歴書のようでもあった。

「それに住所や氏名、相談内容の概要を書きこんでください」恵梨香はやや肩を落としたようすで、ため息まじりにいった。「臨床心理士の面接を受けるときには、通常その書類を使うんです。精神科医を通じての面接なら医師が書くんですけど、今回は直接に、ってことですから……」

意味がわからず、利佳子は恵梨香にきいた。「あのぅ……書類って？」

恵梨香はその問いには答えず、壁の時計を見あげていった。「いまからいけば間に合いますね。クルマをまわしてきますから、待っててください」

ますます状況が理解できない。「間に合うって、なにが……」

「岬さんにお会いになるんでしょ？」恵梨香はすました顔を利佳子に向けてきた。「勤務先の都内の病院へは、クルマを飛ばして一時間半ってとこです。嫌なら、やめておきましょうか」

「いえ。あの、お願いします」

じゃあ、とつぶやいて、恵梨香は背を向けて奥の戸口から部屋をでていった。裏口があるらしく、ドアの開閉の音がする。

利佳子は呆気《あつけ》にとられて、しばし恵梨香の消えた戸口を眺めていた。

岬美由紀と引き合わせてくれるとでもいうのだろうか。まさか。萩原県の自称カウンセラーに、そんなことが可能なのか。

狐につままれたような気分のまま、書類を眺める。とたんに利佳子は驚きに目を見張った。

病院のカルテのような書類、「症状（具体的に）」と書かれた広い記入欄の下に、日本臨床心理士会。その団体名があった。

SLK

利佳子はスポーツカータイプのツーシーターの助手席におさまって、関越道を首都高方面へと向かっていた。緑に包まれた山間部の景色が、しだいにグレーの都市部へと移りかわっていく。これが電車の車窓からの眺めなら、もっと穏やかな気分でいられたかもしれない。だが、利佳子はいま突然の小旅行に胸を躍らせる気分にはなかった。ただひたすら身をこわばらせ、恐怖と緊張をつとめて意識すまいと躍起になっていた。

怯《おび》えている理由はドライバーのハンドルさばきにあった。運転席の恵梨香は異常なほどスピードを上げ、絶えず車線変更を繰りかえしてクルマの隙間を縫うように走った。エンジンの性能はいいようだが、乗り心地にはあまり配慮がなされていないと思えるその車内には、ロードノイズが耳鳴りのように響きわたり、路面の凹凸は突きあげる衝撃となって断続的に襲った。

「そのう、一ノ瀬……先生」利佳子はやっとのことで声を絞りだした。「どうしてそんなに急ぐんですか?」

「どうしてって」恵梨香は、さっき彼女の家で面会したときとは別人のように愛想がない横顔でいった。「岬美由紀さんの勤務時間内に間に合うには、これぐらい飛ばさなきゃ」

利佳子が岬美由紀との面接を望んだ以上、ぐうの音もでない返答だった。うわずる自分の声を、利佳子はきいた。「すごく速いクルマですね」

「そうでもないかな」と恵梨香はステアリングを切りながらいった。「メルセデスベンツのSLK230、この車体のわりには二千三百ccのエンジンは十分な排気量だけど、純粋なスポーツカーじゃないから。一世代前のモデルだしね。ときどき中古のセルシオにも置いていかれるし。むかつくし」

恵梨香の言葉づかいはギャル系のそれにやや近づいたようだった。男性に多くみられる、ハンドルを握ると性格が変わるというあのタイプだろうか。

右側の追い越し車線を猛然と飛ばしていったメルセデスの行く手に、トラックが緩慢な動作で割りこんできた。恵梨香は車間を詰め、容赦なくトラックを煽《あお》りだした。

利佳子は震える声でいった。「もう少しゆっくり走っても……だいじょうぶなんじゃないかな。まだ正午すぎだし」

ちらと恵梨香の目が利佳子をとらえた。「岬さんの勤務時間、知ってんの？」

「いえ……」

「じゃ、わたしにまかせといて」恵梨香はさんざんパッシングを繰りかえしても道を譲ろうとしないトラックに業を煮やしたのか、わずかに空いた左の隙間からトラックを瞬時に抜き去り、また追い越し車線を暴走しつづけた。

ひやりとした緊張が、またわずかに和む。いま無事でいられるということは、恵梨香の運転技術が卓越しているのか、それともたんに運がよかったのだろうか。

恵梨香は得意げなようすもみせず、ぶっきらぼうにつぶやいた。「シートの座りごこちがよくないのが難点かな。腕や脚の長い白人向けの設計だしね」

その言葉を吐いた恵梨香の身体に目を向ける。尻《しり》の下にはざぶとんを何枚も重ねているし、足もとは厚底ブーツのおかげでかろうじてペダルに届いている状況だった。体形的には、まさに子供が運転しているに等しい。それで危険行為も同然の運転をつづけるのだから、付き合わされるほうは身がもたない。

気をおちつかせようと、利佳子はハンドバッグに手を伸ばした。「このクルマ、禁煙ですか」

「いいえ。どうぞ」と恵梨香がダッシュボードの灰皿を開けた。

「ありがとう」利佳子はマイルドセブンのソフトケースを取りだして、一本引き抜いて口にくわえた。

恵梨香が灰皿を指差していった。「ライターはそれを……」

だが、利佳子はもう自前のライターを手にしていた。「いいんです、火はありますから」

そういってライターの火を灯《とも》し、タバコの先に近づけたとき、異変は起こった。

乱暴な運転ではあるが決して命の危険を感じるほどではなかったクルマの走行が、ふいに乱れた。車線をはずれて左に寄り、隣りのクルマに接触しそうになる。クラクションが鳴り響き、利佳子ははっとして身体を硬直させた。

恵梨香は反対方向にハンドルを切ったが、今度は右側が接触を起こしそうになる。蛇行運転のせいで周りのクルマが回避行動をとり、路上はにわかに緊張と混乱の様相を呈した。複数のクラクションが怒号のように浴びせられるなかを、メルセデスは逃げるように走った。

利佳子は、恵梨香の横顔に尋常ではない変化が表れているのを見てとった。苦しげな息遣い、さだまらない視線。突然の発作に襲われたかのようだった。

「どうしたの」利佳子はあわててきいた。

「それ」恵梨香が腹の底から絞りだすような声でいった。「ライターの火、消して」

利佳子はしばし呆然《ぼうぜん》としていたが、自分の手がライターの火を灯したままの状態に保たれていることを知り、すぐにその火を消してハンドバッグにしまいこんだ。

すると、ほどなく恵梨香は落ち着きを取り戻したようだった。クルマの走行は安定し、恵梨香の息づかいも正常なものに戻った。苦悶《くもん》の表情はかけらもなく、けろりとした顔でいった。「ありがとう」

沈黙が降りてきた。利佳子はまだ不安に駆られながら恵梨香の横顔を眺めていたが、ふたたび取り乱すようすはなさそうだった。

タバコの火は消えていたが、もう吸う気にはなれなかった。それを灰皿に放りこんで、蓋《ふた》を閉める。

「吸ってもいいんですよ」と恵梨香がいった。

「いえ、もういいわ」利佳子は答えた。

ちらと恵梨香の目が利佳子を見やる。「ごめんなさい。怖がらせちゃった?」

「べつに」内心、心臓が口から飛びだすのではないかと思うほどの恐怖を味わったことを意識しつつ、利佳子はいった。

「タバコは吸ってもいいんだけど、ライターはクルマのやつを使ってくれないかな……」

利佳子は恵梨香のつぶやきを耳にしながら、この常軌を逸した状況を理解しようと努めていた。

たしかに利佳子は恵梨香の勧めた車載用ライターを使わなかったが、それだけで運転に集中できなくなるほど心が乱れるとは、どういう精神状態なのだろう。一ノ瀬恵梨香は、カウンセリングを施す側ではなく受ける側ではないのか。

だとすれば、岬美由紀と知り合いということもありうる。利佳子はたちどころにそう思った。恵梨香は岬の世話を受けている、それで彼女の勤務先を知っている、そういうことではないか。すなわちわたしは、精神科の患者の運転するクルマに同乗していることになる。もちろん、患者の運転が即危険ということにはならないだろう。が、恵梨香の場合はまぎれもなく安全とはほど遠い運転をおこなっている。わたしの身を危険にさらした。その事実は曲げようがない。

美女木《びじょぎ》ジャンクションのETCレーンを通過し、ビルの谷間を走る首都高五号線に入った。混みあう路上でも恵梨香は速度を緩めようとはせず、車線変更の頻度は増すいっぽうだった。

もう耐えられない。たまりかねて利佳子はいった。「次の出口で降りて」

「いわれなくても降りるけど」と恵梨香がふしぎそうな顔をした。「行き先、知ってたの?」

「いえ」利佳子は面食らいながらいった。「ただそのう……降りたくなっただけで」

恵梨香は黙ったままクルマを飯田橋《いいだばし》出口へと差し向け、一般道に乗りいれた。赤に変わる寸前の信号を突っ切り、片側三車線の道路をまたしきりに車線変更しながら駆け抜けていった。

ふいにクルマが減速した。オフィスビル街、重厚感のある大きなビルの前で、恵梨香の運転するメルセデスは徐行状態になった。

このビルが病院だろうか。とてもそうはみえないが。利佳子はきいた。「これ、なんていう病院ですか」

恵梨香が妙な顔をした。「病院? それ会社のビルでしょ。小学館」

「へえ……」わけがわからず、利佳子はつぶやいた。

「ま、病院といえなくもないけどね」

「ここが目的地じゃないんですか?」

「まさか」恵梨香はアクセルを踏みこみながらいった。「ここに速度取締機《オービス》があんの。通は減速する、ただそれだけ」

またもや速度が急激に上昇し、利佳子の身体はシートに押しつけられた。路地に入り、高層ビルの谷間をすり抜け、いくつかの角を曲がった。

表通りに復帰したとき、クルマは急停車した。利佳子は前につんのめりそうになったが、シートベルトで事なきを得た。

「ほら。あれがそう」と恵梨香が利佳子の肩越しに遠くを見やった。

その視線を追って振りかえると、一軒のビルの前に大勢の人々が群がっているのがわかる。手にした機材から、報道関係者だと推測できた。

利佳子は呆然とそのようすを眺めた。「あの人たちって……」

「そ」恵梨香が軽い口調でいった。「岬美由紀さんを取材するために付きまとってるマスコミ。イラクから帰ってきて以来、ずっとあんな調子みたい」

おびただしい数の報道陣を見るうちに、利佳子のなかに諦《あきら》めの心境がひろがっていった。

「こんなんじゃ、会うのも至難のわざね……」

と、ふいに頭上でモーターの音がして、クルマの屋根が後方へとスライドしていった。まばゆい陽射しが降り注ぐ。驚いて振りかえると、トランクの蓋が跳ねあがって屋根を格納していく。都内の汚れた空気が利佳子を包んだ。

メルセデスはオープンカーへの変形を遂げると、アイドリング状態のまま停車しつづけた。利佳子は恵梨香に目を向けた。恵梨香は屋根の開閉スイッチから指を離したところだった。

乗客を外気にさらした。それはすなわち、早く降りろという暗黙の指示だった。利佳子は戸惑いながらも、ドアを開けて外に降り立った。

恵梨香はオープンカーの運転席から利佳子を見あげていった。「悪いけど、帰りは電車で帰って。それと、岬さんにはわたしの紹介だってことはいわないで」

一緒に来てくれるわけではないのか。利佳子の困惑はさらに深まった。「それって、アポなしで岬先生に会えってことですか？ 予約も紹介者もなく、岬先生に会わせてくださいって頼むの？」

「そりゃ、ま、そういうことになるかな」恵梨香はあのあどけない顔を利佳子に向けていった。「がんばって。じゃ、また」

それだけいうと恵梨香はアクセルを踏みこみ、利佳子が問いかける隙も与えずに走り去っていった。

利佳子はその場にたたずみ、路上の交通のなかに消えていく黄色い車体を見送った。

やはりコネがあったわけではないのか。ひとりでいったい、どうしろというのだろう。

報道陣のほうに目を転じる。カメラのフラッシュがしきりに焚《た》かれていた。つまり、被写体がそこにいることを表している。

声をかけるならいまのうちしかない。けれども、あの記者たちのあいだに割って入るなんて、とても自分にはできそうにない。

ためらいは数秒つづいた。しかし、最終的に利佳子は岬美由紀の取り巻きに向かって歩を踏みだした。

ここまできたのだ、彼女に相談したい。もし彼女が取り合ってくれなかったら、わたしは自分がそのていどの人間だと再認識するだけのことだ。そうなったら惨めさを噛《か》み締めつつも、萩原県の自宅に戻ればいいだろう。あの欲も争いもない、ただ生きているだけの人々のために存在する町。傷ついたことがあってもほどなく忘れられる。萩原県の住民であれば、この世はすべて幻のようなものだ。

そのビルには千代田区赤十字病院という看板が掲げられていた。エントランスにはクルマを横付けできるロータリーがあるが、そこにはおよそ病院らしからぬ光景がひろがっている。テレビ局名が入った中継車が何台も停車しているうえに、報道陣がひしめきあっていた。彼らが追いかけているのはたったひとりの女だった。もちろん、その女の姿は利佳子からは見えない。ただ連中の差し向けるカメラの向きで、渦中の被写体がおおよそどのあたりに位置しているか、それを察するのがやっとだった。

利佳子は当惑していた。病院の前まではきたものの、これでは相談はおろか岬美由紀と対面することさえ困難だろう。半ばタレントに会いにいくつもりでコンサートにでかけたときと同じ虚《むな》しさをともなった落胆が、利佳子を襲った。

これだから都会はいやだ、投げやりな気分でそう思う。少数派には排他的、なにをするにも金しだいで、欲求を満たすには行列に並んで順番を待たねばならない。しかもその結果、望みが果たされるとは限らない。需要に対し供給が限定されれば、誰かが泣きをみるしかない。わたしのように弱気で遠慮がちな性格で、なおかつ社会的に強い権限を有していない人間がその対象となる。だからいつもわたしは損をする。やはり都会には、わたしの身の置き場などない。

立ち去ろうかと思ったとき、報道陣がいっせいに病院のほうに動きだした。

どうやら、岬美由紀が病院のエントランスに向かったらしい。誰もが彼女の動きを追っている。

利佳子はロータリーの歩道にぽつりとたたずみ、疎外された気分を味わっていた。

どうなるかはわからないが、ついていってみるか。頭の片隅でそう思った。群集の関心は、岬美由紀が一手に引き受けている。すなわちここでは、利佳子に視線を向ける者はいない。ひとりでいられる、そんな気軽さが多少なりともある。それにわたしはまだ、ここに来た目的を誰にも打ち明けてはいない。通りすがりの人間あるいは来院者を装っていれば、誰もわたしを不審がったりしない。

必要以上に周囲を警戒する自分が滑稽《こっけい》に思える。それでも、わたしはこれ以外の生き方はできないのだ、そう感じていた。人の目が気になる、誰とも会いたくない。それは欠陥というよりは、利佳子そのものだった。部屋に永遠に引き籠《こ》もり、惰眠をむさぼっていたいと本気で望む二十六歳の女。わたしはそういう女だと利佳子は思った。

ロビーへの入り口で、報道陣の大部分は戸惑いがちに足をとめた。さすがに病院に踏みこむのはマナー違反だと感じたのだろう。ところが、それでも十数人の記者がなおも岬美由紀に食いさがっているらしく、ずかずかとロビーへと歩を進めていった。彼らの背中ごしに、追い求めている人物の後ろ姿がかいま見えた。スーツではなく、皮のジャケットにジーパンというカジュアルな服装をしている。それでもヘアスタイルとプロポーションで女だとわかる。女は足ばやに奥へと歩き去っていく。

チャンスだと利佳子は思った。あからさまに特権階級を気取る報道陣のいでたちは、病院に侵入するには逆効果だろうが、わたしはそれに当てはまらない。そそくさと入り口に近づき、ロビーへと足を踏みいれた。

診療を待つ患者たちがそこかしこに見受けられる大病院のロビーで、記者たちは我がもの顔でひとりの女をつけまわしている。と、女が足をとめた。振りかえった女の顔は、たしかにけさテレビで観た岬美由紀そのままだった。髪形も帰国したときと同じだ。が、表情はあきらかに異なっていた。

岬美由紀は苛立《いらだ》ちと憤りを漂わせた顔で記者たちをにらみつけると、なにか喋《しゃべ》った。記者たちのざわつきがロビーに反響し、よく聞きとれない。カメラマンらはようやく岬美由紀が振り向いてくれたことを好機と判断したらしく、矢継ぎ早にシャッターを切った。

フラッシュの閃光《せんこう》のなかで、岬美由紀は声を張りあげた。今度は利佳子の耳にも届いた。

「やめてください」美由紀はそう怒鳴った。「周りに患者さんがいるってわからないんですか。いますぐ外にでて中継車をどかしてください。救急車が入ってくる妨げになります。わたしは人道と人命を軽んじるかたとはお話ししたくありません」

喧騒《けんそう》に包まれていたロビーがしんと静まりかえった。稲光のように瞬いていたフラッシュも、ぴたりとやんだ。

岬美由紀の声は利佳子が想像していたよりも低く、その童顔とは対照的だった。憤りをあらわにしたにもかかわらず、諭すように響く声は有無を言わさず人々の思考に突き刺さる、鋭利な刃物のように感じられた。さしもの報道陣さえ身じろぎひとつしなくなったのも、無理からぬことに思えた。

静寂のなか、美由紀は硬い顔で報道関係者らをにらみつけた。そのとき、美由紀の目線が記者の肩ごしにこちらを向いた、利佳子にはそう思えた。ただしそれは一瞬のことにすぎず、美由紀は表情ひとつ変えずに視線を逸《そ》らすと、踵《きびす》をかえして通路に入っていった。

その通路には、これより先は当院関係者以外の方はご遠慮ください、そうあった。

記者たちはばつの悪そうな沈黙とともに、少しずつ退散していった。利佳子はロビーに立ちどまったまま、通路の奥に消えていく美由紀の姿を見送った。

たしかに彼女はわたしを見た。ほんの一秒足らずのことだが、目が合った。

しかし、それだけのことだった。岬美由紀は利佳子になんら関心をしめさず立ち去っていった。当然だろうと利佳子は思った。マスコミ関係者の慇懃《いんぎん》無礼さに怒り心頭に発した状態では、彼らのなかに埋もれた一般人ひとりを判別するなど不可能に近かったろう。たったあれだけの接触で、彼女のほうから声をかけてくれる、そんな淡い期待を持つこと自体が身勝手にちがいなかった。

わたしはなにに期待していたのか。こんなに世間の期待を一身に集めている人間に面会だなんて。どうかしていた。もっと現実的になるべきだ。

ロビーをふたたびエントランスに向かってとぼとぼ歩いた。被写体を失って手持ち無沙汰《ぶさた》げにしている記者たちがうろつくロータリーをでて、歩道に向かう。

人影すらめったに見ることがない萩原県の路上にくらべて、都心の人通りのなんと多いことだろう。足早に突き進んでくる対面の通行人たちを見るだけで利佳子は萎縮《いしゅく》し、路地へと逃げこんだ。病院のわきの狭い道、ひとけはない。ここなら安心して歩けそうだ。どこに向かっているのかは知らないが、どうせめざすべき方角もわからない。そのうち、駅かバス停でも見つけたら、あらためて家に帰る道のりを考えればいいだろう。

しばらくその道をさまよい歩いた。と、ふいに女の声がした。「わたしに御用があっておいでになったんでしょう？」

はっとして顔をあげた。辺りを見まわしたが、路上には利佳子のほかに通行人は存在していない。だが、声はたしかにいま耳にした。それも、まちがいなく彼女の声だった。

「こっちよ」とまた声がきこえた。

道路沿いに延びる、高さ一メートル半ぐらいの鉄柵《てっさく》の向こうに、女の顔があった。病院の裏庭にひとりたたずむ岬美由紀が、柵ごしに利佳子に話しかけている。

利佳子は啞然《あぜん》として、美由紀の姿を眺めていた。柵をはさんで少し距離をおいているせいもあるが、目に映っているものはまるで映像のようだった。

「あの……」思うように声がでない。かろうじて言葉を絞りだした。「どうして……」

美由紀は、さっきマスコミ関係者に向けた顔とはまるで異なる温和な表情を浮かべていた。皮ジャンにジーパン、スニーカーという軽装に身を包んだ彼女は、まるで以前から知り合いだったかのような親しみやすさを備えている。現実に柵をはさんで向かい合っているのに、ふたりのあいだにはなんの障壁も存在しないように感じられてくる。

「どうしてわかったか、ってこと？」美由紀は自然な笑みを浮かべた。「さっきロビーで見かけたから」

少女のような微笑に思わず魅了されている自分を悟りながら、利佳子は驚きとともにいった。「あんな一瞬で……ですか」

「そう」美由紀はゆっくりと近づいてきた。柵をちらと見やると、片手をその柵の上方にかけて、膝《ひざ》を軽く曲げて跳躍した。背丈よりも少し低いどの柵を、美由紀は片腕だけを支えにして難なく飛び越え、路上に降り立った。

素早い身のこなし、それも動きに寸分の無駄もない。運動音痴の利佳子にしてみれば驚異的な動作だった。だが美由紀は息ひとつ乱さず、利佳子を見つめていった。「人の顔に二十種類以上もある表情筋っていうものは、その人の心理状態を的確につたえてくれるものなの。眼輪筋が弛緩《しかん》しているのは見つめている対象になんらかの欲求をしめしていることの表れだし、同時に下唇から顎《あご》にかけてのオトガイ筋の緊張は、打ち明けたい悩みがあるときに特有の反応だし。だから、わたしに相談があるってわかったのよ」

友達のような口ぶりだが、それは利佳子にとっていささかも不快感をともなうものではなく、むしろ心の奥底で望んでいたことだった。わたしは岬美由紀のような頼りがいのある人物に、友達になってほしかったのだろう。そう気づいた。利佳子はいまに至って、自分が岬美由紀の権威性にだけ惹《ひ》かれていたわけではないことを知った。丁寧だがよそよそしい態度にはもううんざりしている。少しばかり砕けたところがあって、情の感じられる相手に出会い、悩みを打ち明けたい。利佳子はそう欲していたのだった。

　実物の美由紀はテレビで見るよりもずっと小柄な印象があり、おそらくは百六十を超えているだろう身長も、小顔のせいか百五十ていどに見える。見た目の若さとは対照的に大人の落ち着きが感じられるという点で、一ノ瀬恵梨香とはまるで異なっていた。恵梨香は子供が必死で権威性を身にまとおうとしているような印象があったが、美由紀のほうはインテリっぽさを内面に秘めながらも、表層はきわめて普通の女っぽく振る舞おうとしているのがわかる。しかし、それでも圧倒的な存在感を抱かせるという意味で、美由紀はやはり特殊な人間だった。わたしはそんな彼女とふたりきりになったのだ、利佳子はそう実感した。

　そうだ、望んでいた対面が実現したからには、悩んでいることを話さねば。利佳子はあわてながら口を開いた。しかし、なにから話せばいいのかわからない。「あのう、岬先生。わたし……ええと……」

「落ち着いて。ゆっくり話してくれればいいの」美由紀はそういったが、利佳子の肩ごしになにかを見て、表情を硬くした。「ああ……。またきた」

利佳子が振りかえると、報道陣がこちらに駆けてくるところだった。いたぞ。そう怒鳴る記者の声を聞きつけ、病院の正面から路地へと次々にマスコミ関係者が走りこんでくる。

美由紀は利佳子を見た。「走れる?」

「ええ、まあ」

「じゃ、ついてきて」美由紀はそういって駆けだした。

利佳子も急いでその後を追った。走るなんて何年ぶりだろうか。すぐに息がきれてきた。それでも美由紀から離れることなく、なんとかついていくことができた。

しだいに利佳子は、美由紀が意識的にスピードを緩めていることに気づいた。彼女の運動神経を考慮すれば、当然もっと速く走れるにちがいない。それでも彼女は、わたしのことを気にかけてくれている。追われる立場の彼女自身が逃げをうつばかりでなく、わたしと一緒にいようとしてくれる。

そう感じただけで、ふしぎなことに速度をあげることができた。身体が軽くなり、息つぎにともなう胸の苦しみを忘れられた。美由紀はまるでそれを予測していたかのように、利佳子のスピードが速まるにつれ、彼女自身の走る速度を増していった。

病院の裏手の小さな門を入った。夜間診療用入り口と記された扉を開け放ち、美由紀はそのなかに駆けこんだ。利佳子もあとを追った。廊下を折れてすぐのところにエレベーターが四基並んでいる。美由紀は上と下のボタンを両方とも押した。

最初に開いたのは右からふたつめのエレベーターだったが、美由紀はそのなかに駆けこむや、地下四階のボタンを押した。一緒に乗りこんだ利佳子に、降りて、と美由紀は声をかけた。利佳子は妙に思いながら、その指示に従った。美由紀も廊下に出て、エレベーターは無人のまま扉を閉じ、地階へと下っていった。

次に左端のエレベーターが開いた。美由紀はそこに入った。利佳子が廊下にたたずんでいると、今度は「乗って」と指示してきた。利佳子は面食らいながら、美由紀の乗るエレベーターに走りこんだ。

美由紀は最上階の六階に向かうボタンを押した。扉が閉じる。報道陣が廊下を走ってくる足音が聞こえたが、間一髪、姿は見られずに済んだようだった。

エレベーターが上昇していく感覚がある。利佳子は不安を感じていった。「なんだか、どこまでも追ってきそうなんですけど」

「ほんと、ちかごろのマスコミって遠慮がなさすぎて頭にくるわね」美由紀はため息をついた。「でも安心して。この病院の地下は四階まで駐車場だけど、あのひとたちは全員そっちに向かったエレベーターのほうを追ってるから」

「さっき乗らずに下に向かわせたエレベーターですか？　わたしたちがあっちに乗ってるなんて、思ってくれるでしょうか」

「だいじょうぶ。四つ横に並んだ選択肢は、右から二番めを選びやすいのが人間の心理なの。次が右端、その次が左から二番め、左端はいちばん最後。だからあのひとたちも、わたしたちが右から二番めを選んだと思ってる」

「全員がそう思うんですか？」

「いえ。確率的に成人男性の八十パーセントにその傾向があるというだけだから、追ってきた二十人ほどのうち四人は疑いを持つでしょうね。でもいっぽうで、少数派に属することをネガティブにとらえる心理がマスコミ志望者にはあるし、男性にはライバルが多い状況に惹かれるハンティング・メンタリティという本能的な心理も働く。この状況で上に向かっているわたしたちを追おうとする人はゼロ。だから心配しないで」

ほどなくエレベーターが停止し、扉が開いた。静寂に包まれた通路は絨毯《じゅうたん》が敷かれ、壁ぎわには等間隔に調度品が据え置かれている。病院の経営者専用のフロアだろうか。

恐縮しながら廊下にでて、ふと四つ並んだエレベーターの扉の上部に表示された停止階をみる。いましがた利佳子たちが乗ってきたエレベーター以外の三基はすべて、地下四階に下っていた。

利佳子は驚愕《きょうがく》し、しばしその表示を見つめていた。記者たちは岬美由紀が地階に向かったと信じこんでいるらしく、三基のエレベーターは地下四階から動かなかった。

呆然《ぼうぜん》としながら美由紀に目を向ける。美由紀は利佳子を見ていた。その顔に悪戯《いたずら》っぽい笑みが浮かぶ。「いったとおりでしょ。じゃ、こちらへどうぞ」

歩きだした美由紀を追いながら、利佳子は圧倒されている自分を感じた。まさに千里眼以外のなにものでもない。こんな人が現実に存在するなんて。とても信じられない。

興奮ぎみに歩を進めていくと、廊下の角を折れてきた白衣姿の初老の男と出会った。男は年齢のわりには背筋も伸びて健康そうな足どりで近づいてくる。気さくな言葉づかいで、男は美由紀に声をかけた。「ああ、岬先生。どうかしたのかな？」

「こんにちは、鍋島《なべしま》院長」美由紀はいった。「わたしのオフィスでカウンセリングをしようと思ったので。こちらは相談者《クライアント》の、ええと……」

利佳子はあわてながら自己紹介し、頭をさげた。「戸内利佳子です。このたびはその……お世話になります」

「ああ、そう」院長の鍋島は愛想よくうなずいた。よろしく、と利佳子に会釈をしてから、美由紀に向き直ってたずねる。「二階のカウンセリングルームは空いていると思ったが？　なぜここに？」

「来院者が入ってこれる場所では、マスコミが限《くま》なく動きまわってるんです」

「そうか。連中も困ったもんだな。私から苦言を呈しておくよ」

「お願いします。では、仕事に入りますので」美由紀はそういって鍋島に軽く頭をさげると、ふたたび歩きだした。

利佳子は美由紀に歩調を合わせながら、小声でささやいた。「すみません。いろいろご面倒をおかけして……」

「いいの。ただ、このフロアはオフィスといっても、実質的には関係者が泊りこむときのためのプライベートルームが連なってるから。いちおう院長には断っとかないとね」

院内に岬美由紀専用のプライベートルームがあるということか。たしかに、彼女ほどの知名度があればそれだけの待遇を受けてもふしぎではない。

突き当たりの扉を開けて美由紀が部屋に入っていく。利佳子もそのあとにつづいた。

室内は白と黒を基調にしたインテリアで、一見質素だがスタイリッシュなデスクやソファで構成されていた。掃除が行き届いているらしく、それらの表面には埃《ほこり》ひとつ落ちていない。書棚は小難しそうな本で埋め尽くされ、机上のパソコンも傍らの洒落《しゃれ》た照明スタンドも、そこから一ミリも動かせないほど完璧《かんぺき》に思える位置にぴたりとおさまっていた。

初めて訪れた部屋だというのに、妙な既視感がある。しばらく室内を眺めるうちに、ふとその要因となるものが視界に入っていることに気づいた。

出窓のすぐ近くのサイドテーブルに置かれたバイオリンのケース。一ノ瀬恵梨香の部屋にあったものより大きく、たぶんおとなが使うものとしては標準サイズだろう。

それにしても、と利佳子は思った。不可思議な共通項だ。心理相談員を自称する恵梨香と、臨床心理士の岬美由紀の両方がバイオリンを所有している。そういえばインテリアの趣味も一見、共通項はなさそうに思えるが、どこか垢抜《あかぬ》けて洗練されているという意味では同じ方向性をしめしているように感じられた。どちらかといえば美由紀のセンスのほうにオリジナリティがあり、恵梨香の部屋はそこに少女趣味というか俗っぽい解釈を持ちこんだという感じだ。

しばしバイオリンに目をとめていると、美由紀が声をかけてきた。「音楽に興味があるの？」

「いえ」利佳子は疑問を口にした。「カウンセラーのひとって、バイオリンを弾くのを好むんでしょうか？　カウンセリングに用いるとか？」

美由紀は首をかしげた。「さあ。そんな話はきいたことがないけど。それはあくまで趣味でやってることだから……。でも、どうして？」

一ノ瀬恵梨香の名が喉《のど》もとまで出かかったが、利佳子はその言葉を呑《の》みこんだ。彼女は自分のことを秘密にするように頼んだ。たんに美由紀の勤務先に運んでくれただけではあったが、現実にこうして彼女と会っているのだ、恵梨香の恩には報いねばならなかった。

「なんでもありません」と利佳子はいった。「ちょっと気になっただけで」

ふうん。美由紀は利佳子の顔をちらと見ただけで視線を逸《そ》らした。その顔にはなんの表情も表れていない。だが、すでに自分の思考は読まれてしまったのではないか、そんなふうに思えた。

「さてと」美由紀は椅子に腰かけて、対面のソファをすすめた。「どうぞ座ってください、戸内さん。きょうはどのようなことにお悩みですか？」

悩み。ああ、そうだ。毎晩のように見る悪夢について説明せねばならない。利佳子はそう思ったが、どう説明を始めればいいのかさえ見当がつかなかった。話そうとすればするほど、気ばかりが焦る。「あのですね、夜……その、もとはよく眠れたほうなんですが……」

「落ち着いて」と美由紀は微笑した。「時間は充分にあるから」

　しかし、岬美由紀を前にした利佳子の緊張は自身が想像した以上だった。思うように言葉が浮かばず、なにを喋《しゃべ》ればいいのかわからない。夜な夜な感じる悩みを具体的に想起することさえ、いまはとてつもなく困難に感じられた。

　具体的に。ふと頭に浮かんだその言葉が気になった。前にもたしか、そんな表現を目にした。そう、あの紙だ。恵梨香に渡された書類に、症状は細かく書きこんであった。

　ハンドバッグから折りたたんだ書類を取りだし、美由紀に差しだした。美由紀は怪訝《けげん》な面持ちでそれを受けとると、開いてじっと文面を見つめた。

「これって」美由紀は顔をあげて利佳子にいった。「日本臨床心理士会の記録カードね？　どなたか、臨床心理士にお会いになった？」

「いいえ、心理相談員という肩書きの人だったですけど。岬先生に会いたいといったら、それに書くようにいわれました」

「ということは、一般でカウンセラーとして開業しているひと？　へんね。臨床心理士以外には配布されていないはずなのに」

　利佳子は口をつぐんだ。やはり一ノ瀬恵梨香というのは、もぐりのカウンセラーだったのだろうか。専門家の使う道具を揃えて、それで有資格者になったつもりだったのかもしれない。ただ、彼女との約束は守りぬく必要がある。恵梨香のことは話せない。

　美由紀はまた書類に目を落とし、真顔でたずねてきた。「住所は……萩原県。すると、萩原ジンバテック特別行政地帯にお住まいなの？」

「ええ、まあ……」

住所から無職であることを推察される肩身の狭さを、千里眼はたちまち察したらしい。穏やかな表情でいった。「気にしないで。わたし、ニート否定派じゃあないの。働く意欲を喪失して社会に参加しない人と決めつける声もあるけど、わたしはそうは思わない。自立のための基盤を探す時期は誰にだって必要なんだし。わたしも、防衛省を辞めてこの資格をとるまでのあいだは無職だったしね」

押しつけがましくなく、素直に耳を傾けることができる静かな語り口だった。利佳子は、心が和むのを感じながらうなずいた。「そうですね」

しばらくのあいだ美由紀は利佳子が書いた症状を読みふけっていたが、やがてその顔が深刻なものになった。前髪をかきあげながら、ぼそりとつぶやく。「地獄の風景……。こんな夢を、毎晩みるの?」

「ええ。わたし、いったいどうしちゃったんでしょう。やっぱり仕事をしていない自分が許せないと、心のどこかで思っているんでしょうか。だからいずれは地獄に落ちるとか、そんなふうに……」

美由紀は苦笑ぎみに、いいえ、と首を横に振った。「下意識による夢の内容の連想は、覚醒《かくせい》時とは異なる特殊なものだから、そんなに直接的で筋道の通った概念ではないでしょう。少なくとも、あなたが無職であることや社会からの孤立に対する不安を意識していたとしても、それだけで悪夢の理由になるとは思えないの。夢はある意味ではもっと幼稚で、本能的な視覚や聴覚の断片の連続だしね。覚醒時にはどうでもいいことに思えるような些《さ》細《さい》なことが、夢の材料となっていたりする。幼少のころの記憶に端を発することも多いし」

「そうすると、なんらかのトラウマが……」

「世間でいうようなトラウマ論なら、心配しなくてもいいわよ。事実じゃないしね」

「え……？　トラウマって、ないんですか？」

「PTSDに類する症例は考慮すべきだけど、ひところ小説やドラマに描かれたような自分探し療法で快復するものじゃないの。抑圧された記憶なんかじゃなくて、ただ単に時間とともに薄らいできている小さいころの思い出のせいかもね。ちなみに、夜どんな環境で寝てるの？」

「一戸建ての二階、寝室のベッドで寝てますけど」

「騒音とか、安眠を妨げそうなものは？」

「いえ、まったくありません。すごく静かな町ですし、しかもひとり暮らしですから」

「この季節じゃありえないとは思うけど、寝苦しいほど暑いってことはないの？　火あぶりの夢は、気温のせいかも」

利佳子はしばし考えたが、とてもそうは思えなかった。「部屋の温度はいつも快適に保たれてます。エアコンが自動調整するので……。もちろん、そのエアコンもほとんど無音です。それに、エアコンの電源が入っているかどうかにかかわらず、その夢をみます」

「起きているときに、夢のような幻覚をみたことは？」

「ないですね」と利佳子は答えた。妄想を抱くことはしばしばあるが、ないものがあるように見える事態に遭遇したことはない。

「お身体に悪いところは？」

「それもありません。萩原県では定期的に健康診断があるんですが、どこも悪くないと言われてます」

美由紀は唸《うな》った。書類をテーブルの上に置き、うつむいて髪をそっと撫《な》でながらつぶやいた。「夢の元になる要因は、大きく分けて三つあるの。外的感覚刺激、内的感覚興奮、内的身体刺激。外的感覚刺激は、寝ているあいだに外から入ってくる刺激のことで、たとえばつけっぱなしのテレビから聞こえてくる音声のせいで、そこから連想されるような夢をみる。でもあなたの話だと、夜は静かで快適らしいから除外される。内的感覚興奮は主観の刺激だけど、これもあなたに当てはまることではない。最後が内的身体刺激だけれど、健康診断の結果が良好だというなら、それも原因とは思えない」

「ってことは、逆にいえば健康に不安があると、悪夢をみることもありうるってことですか」

「夢は脳に溜《た》まったゴミみたいなものって説が昨今では有力だけど、ひと昔前まではそう解釈されていたの。いまでも完全に否定されたわけではないけど、歯や髪の毛が抜け落ちたりする夢をみる人は不健康って学説があるのよ。実際に歯を悪くしているわけでも、髪が薄くなることを悩んでいるわけでもなくて、表層意識では気づかないような内臓の疾患が起きていたりして、健康に対する漠然とした不安がそういう夢の警鐘となって表れるの。いわば下意識からのメッセージ」

利佳子は思ったままを口にした。「ヘビや火事の夢をみるとお金持ちになるっていう……」

「それは夢占いでしょう」と美由紀は笑った。「心理学における夢判断はフロイト学派では活発だったけど、昨今では学問的には重視されていないの。でもたくさんの仮説が公表されてる。たとえば高いところから落ちる夢は、なにか差しせまった状況に緊迫している心理が潜んでいるし、空を飛ぶ夢は欲求不満に端を発する。人や動物に追われる夢はなんらかの恐怖症の初期によくみられるし、電車やバスに乗り遅れる夢は、苦手意識を持っていることを責任をもって実行するよう強いられたときに現れる」

なるほど、と利佳子は思った。「会社に勤めていたころには、プレゼントの箱を開ける夢をよくみたんですけど……。開けると、中にはなにも入っていないっていう夢を」

「欲求不満、を表す夢とされてるわね。のちに会社を辞めることになったんだから、そういう夢も見たでしょうね。箱が満たされていれば満足感が高まっていることの表れだけど」

「ほかに、幸運の知らせになる夢、ないですか」

「だから夢占いじゃないんだし」美由紀は苦笑しながらそういったが、ふと考えるようなしぐさをした。「でも、強いて言うなら、登山の夢は成功を確信しているときに見るっていうし、玩具《おもちゃ》やボールで遊んでいる夢は収入があることの期待から生じるらしいし……」

利佳子はため息をついた。「どちらも見たことないですね」

「気にしないで」美由紀は微笑とともにいった。「これらはすべて、内面に夢の解釈を求めた判断の一例にすぎないんだし、ほかに要因があるかもしれないし。まずは戸内さんの睡眠の環境に、本当に問題がないかどうか調べる必要もあると思うの。だから、近いうちにお宅にお邪魔していいかな」

その申し出は、美由紀と出会った以上の驚きと興奮を利佳子のなかにもたらした。

「それはもう、喜んで」利佳子は即座に応じた。が、すぐに気がかりなことが胸のなかに生じ、当惑しながらつぶやく。「あ、でも、ええと……」

「だいじょうぶ」と美由紀はすべてを見透かしたようにいった。「この病院からは毎月、規定の報酬を受けとっているから。謝礼はいらないから」

「ほんとですか」利佳子は衝撃を受けた。喜びと同時に、またしても心を読まれたことに驚愕《きょうがく》する自分がいる。

美由紀は失言だったと思ったのか、少しばかり戸惑ったようにいった。「あ、ごめんなさい……。失礼なことを」

「いいえ、とんでもない」利佳子は心からいった。「ほんと、驚かされてばかりです。それに、岬先生が家においでくださるなんて、すごくうれしいです」

「部屋を片付けたりせずに、普段のままの家のなかを見せてくださいね。では、いつごろおうかがいしようかな……」

「いつでも。わたし、一日じゅう家にいますから」

にっこりと笑って美由紀は立ちあがった。「わかりました。スケジュールを調整して、連絡するわね」

熱に浮かされたような面接の時間に、終了の予兆が訪れた。けれども、帰るようにうながされても、利佳子は悪い気持ちはしなかった。むしろこれで安心して家に帰れる、そんな足取りの軽さを感じていた。

「どうもありがとうございました、岬先生。おいでになる日を楽しみにしてます」

「こちらこそ。わざわざ相談にきてくれて、本当にありがとう」美由紀はまた、友達のような微笑を投げかけてきた。「またね。あ、下まで一緒にいきます」

「いいえ。岬先生がまた混乱に巻きこまれるといけませんので……。ではこれで」利佳子は頭をさげ、戸口に向かっていった。

扉を開けると、廊下にいた鍋島院長と出くわした。ちょうどノックをしようとしていたようすだった。どうも、と利佳子はあいさつをした。鍋島も愛想よく会釈をかえした。

廊下をエレベーターへと向かいながら、利佳子はすがすがしさを感じていた。あきらかに胸のつかえがとれた。岬美由紀への相談、当初は無謀に思えたそのことを実行に移してよかった。一ノ瀬恵梨香にも感謝せねばならないだろう。こんなに喜ばしい事態になるなんて、まるで想像もつかなかった。

そして、と利佳子は浮かれ気分の心の片隅に残る一抹の不安とともに思った。正直なところ、もう何日も待てない。いまのこの喜びがすべてのストレスを消滅させ、今晩からあの悪夢が消えてくれたなら。都合がよすぎるかもしれないが、そう願いたい。寝る時間が近づくのを恐れる、そんな生活から一日も早く脱却したい。

アドレス

利佳子を見送るとすぐに岬美由紀はデスクにとってかえし、パソコンのキーを叩《たた》いた。

スクリーンセーバーが消えてフォトレタッチソフトの画面が表示される。趣味で描いた油絵を、実際の風景を撮影したデジカメ画像とコラージュする、そんな作業をイラクに赴く前におこなっていたことを思いだす。遊びではなく、カウンセリングにおいて相談者の主題統覚検査《TAT》に用いるための画像づくりだった。暇をみつけては手を加えられるよう、ずっとウィンドウが開いたままにしてある。

デスクトップ・アイコンをクリックしてスケジュール表を開いた。萩原県に行くことができるのはいつになるだろう。明日は臨床心理士会の定例会議がある。終わってから関越道を飛ばしていけば、夕方までには着けるかもしれない。ただし、夜には引き返してくる必要がある。通勤帰りにカウンセリングを受けにくる相談者が多いからだ。

さいわい、いちど鬼芭阿諛子《きばあゆこ》に奪われてから故障の多かったアストン・マーティンＤＢ９から、日本車のレクサスＳＣ４３０に買い換えたばかりだった。差額はこの病院に寄付した。少なくとも高速道路の路肩で立ち往生ということはないだろう。いくらかタイムテーブルをきつくしても支障はあるまい。

スケジュール表に修正を加えていると、ドアにノックの音がした。どうぞ、と告げる。開いたドアから、鍋島院長が顔をのぞかせた。

「あ、院長。少しお待ちください。これが終わったら、すぐまた精神科に戻りますので」

「いや、かまわんよ」鍋島は肩をすくめながら部屋に入ってきた。「というより、ゆっくりやってくれ。きみは働きすぎだよ。何日か休みをとればよかったのに」

美由紀は苦笑した。「どうせ独りですから、休んだところでやることもないんです。疲れも感じませんし」

「一日にあんなに大勢のカウンセリングをおこなっておいて疲れないって？　とんでもない体力だな。きみが面接をこなす量はふつうのカウンセラーの三倍だよ」

「わたしにとっては適量です」美由紀はスケジュール表のウィンドウを閉じた。「さ、これで明日の予定もきまったし」

鍋島はデスクに寄りかかり、気遣うような目を向けてきた。「たしかにきみの仕事の速さは尊敬に値するよ。なにより、相談者の心理を読み解くのが早いな。並みの臨床心理士なら一時間ほどかかる観察を、きみは一瞬にしてやってのける。パイロット時代に培われた動体視力のせいで、ほんの僅《わず》かな表情筋の変化も見逃さない」

「ええ。失職したパイロットがいたら、ぜったいにカウンセラーになることを勧めますよ。職業訓練が思わぬかたちで役に立つ職場ですから」

ふと鍋島は表示されたレタッチソフトに関心を持ったらしく、モニターを覗《のぞ》きこんできた。「幻想的な絵だ。いや、これは写真かね？」

「合成です」美由紀はマウスを動かして、画像にエアブラシ効果をかけてみせた。「こうやって写真と油絵の境界線をぼかして、陽射しの向きや当たりぐあい、陰影などを統一することで、不自然さを残さずに合成できるんです」

「便利なものだな。この病院のパンフレットに載ってる私の写真のシワも消せるかな？」

「もちろん。でもいまのお顔のほうが、威厳が感じられていいと思いますよ」

「うまいな、きみは」鍋島は笑ったが、ふいに真顔になって腕組みした。「これからがたいへんだな。イラクでの仕事ぶりが報道されて、一躍注目されるようになった。精神科の医長にきいたが、きみのカウンセリングを求める依頼が山ほど殺到してる」

美由紀は頭をかきながら立ちあがった。「以前にもあったことですし、そんなにプレッシャーはありません。っていうより、臨床心理士を名指しにするシステム自体、存在しないと思いますが。わたしでなくとも、ほかに優秀なカウンセラーは多くいますし」

「それでは納得しないのが大衆ってもんだ。いや大衆だけじゃない、むしろ権威者からの依頼が多いよ」鍋島は白衣のポケットからはがきの束を取りだした。「見てくれ。ぜんぶ速達だ。代議士に弁護士、取締役社長、なかには医者からの相談まである。それも受け持っている患者についての質問ではなくて、本人がカウンセリングを受けたがってる。著名人からの相談もあるよ。返事は早めにしておいたほうがいいんじゃないかな」

それらの葉書を受け取りながらも、美由紀は気乗りしなかった。「相談者はわたしをテレビでよく見かけるという理由だけで指名してくる。こっちも有名人の相談者を優先する。そんな関係、健全じゃないですよ。お金や権力がある人は、ほかに依頼することもできるでしょう。わたしは、そうでない人たちの悩みをきいてあげたいんです」

「そういうと思ったよ。しかし岬先生、この病院に赴任してから半年間、きみは一般から飛びこみでくる相談者ばかりを優先させてる。臨床心理士の資格は五年ごとに更新されるし、規定の活動をおこなわないと失効するだろう? うちの精神科とは協調態勢をとって、論文発表の礎にしたらいい。専門家としての肩書きを守っていくことも重要だよ。そうだろう?」

美由紀のなかに暗雲がひろがった。たしかにわたしは、臨床心理士会の定めるところの職務をまっとうしていない。イラクからの帰国が遅れたこともあり、本来ならすぐにでも研究論文の作成に取り掛かったり、精神科医らとの意見交換に赴かねばならないだろう。

だが、と美由紀は思った。五年間は長い。まだ遅れは取り戻せる。いまはそれよりも目の前にある問題を解決していきたい。

葉書の束をデスクに置き、かわりに戸内利佳子が残していった記録カードを手にとりながら美由紀はいった。「これが済んだら、少しずつ取り掛かろうと思います」

「やれやれ」鍋島は大仰にため息をついたが、すぐにふっと笑った。「うわさに聞いたとおりだね、きみは。支払い能力のない相談者だとわかっていても、自腹を切って助けにいってしまう。さっきの彼女もそうだ。萩原県に住む無職の人だと知りながら、個人的に依頼を受けた。これじゃ、私の病院は立つ瀬がないよ」

「彼女をご存知だったんですか？」

「いや。だが廊下にいても会話は聞こえたんでね。そういえば、ほかにも何人か萩原県からきみ宛てに問い合わせがあったよ」

「問い合わせ？　どんなことですか？」

「さあ、症状とか悩みの内容まではきいていないな。詳しいことはナースステーションの電話の記録をみればわかると思う。誰もが受付の応対だけじゃ納得いかなかったようすでね、精神科の専用回線にまわされるまで食いさがったようだ。しかし、萩原県に住むごく一般の住民らしい。いずれもけさ以降のことだ。きみがここに勤めていることはマスコミも伏せているのに、どうしてわかったんだろう」

　美由紀は椅子の背に手をかけた。「あんなに報道陣が押し寄せてるのに、勤務先の秘密は守られているんでしょうか？　たしかにニュースでは建物にモザイクがかかっていて、病院名も伏せてありましたけど、勘のいい人ならモザイクごしに気づくと思いますけど」

「この近辺で働いていればそうかもしれん。しかし、萩原県の住民だよ。みんな引き籠《こ》もりがちな人々じゃないのかね」

　ようやく美由紀は、鍋島が疑問視していることの不可思議さを悟った。「なるほど、おっしゃるとおり妙ですね」

「誰か、事情通が紹介してるのかな」鍋島は忌々しそうにいった。

その院長のしめす嫌悪感が本心とは異なることに、美由紀は気づいていた。表情の不随意筋が弛緩《しかん》している。つまりは上機嫌ということだった。美由紀が人寄せパンダとなって病院に多くの診療希望者がやってくることを期待しているのだろう。

美由紀は反感を抱かなかった。経営責任者としては、当然の思考にちがいない。

それにしても、と美由紀は思った。紹介者がいるとすれば誰だろう。臨床心理士会の正規の記録カードを持っていて、萩原県の住民から信頼を寄せられているか、少なくともコンタクトをとることのできる人物。あの特別行政地帯に出向している臨床心理士がいただろうか。いや、たしか萩原県内の病院に常勤の臨床心理士はいないと聞いたことがある。病院の要請があって初めて人材を派遣することになっていたはずだ。とすると、戸内利佳子にこのカードを渡したのは誰だろう。

窓ぎわに置かれた私物がふと目にとまり、美由紀は鍋島にきいた。「院長の知り合いに、バイオリンを趣味にする臨床心理士がいますか?」

「いや。なぜだね?」

「戸内利佳子さんの言動から察するに、バイオリンを弾くカウンセラーと会ったことがあるみたいだから。たぶんその人が紹介者だと思うんですけど」

鍋島はしばし記憶をさぐるように天井を見あげていたが、やがて美由紀に目を戻し、顎《あご》を指先でかきながらいった。「思い当たらないな。臨床心理士については、きみの元上司の倉石《くらいし》先生をはじめ知人に事欠かないが、どれも研究ひとすじの堅物ばかりだ。バイオリンなんて優雅な趣味は、きみぐらいしか知らんよ」

そうですか。つぶやきながら、美由紀は思いをめぐらせた。実際、資格の取得が難しい臨床心理士はいまのところ都内で二百名足らずしかいない。定例会議には何度となく顔をだしているが、そんな趣味を持つ同僚のうわさは耳にしたことがなかった。

バイオリンのケースを眺めながら、鍋島が軽い口調でいった。「きみのバイオリンの腕はプロ並みだそうだね。倉石先生からきいたよ。今度ぜひ、拝聴したいね」

「ええ、機会があれば」美由紀は気のない返事をした。開業医の倉石診療所では患者の慰問で、ブラームスのハンガリア舞曲第五番を演奏したことがあるが、そもそもバイオリンは独りでいるときに心を静めるための私的な趣味だった。人に聴かせるためのものではないし、演奏後に拍手をもらうのも好きではなかった。その状況は子供のころの発表会を連想させるし、なにより美由紀にバイオリンを勧めた亡き両親のことが思い起こされるからだった。

「ま、とにかく」鍋島はため息まじりにいった。「きみが臨床心理士として見あげた心がけの持ち主であることはよくわかっている。しかし、ときには病院のことも考えてくれるとさらにありがたい。カウンセリングを断るにしろ、代議士たちには返事をしなきゃならん」

「わかってます。どうかそんなにご心配なさらずに」と美由紀は笑ってみせた。机上の葉書の束を取りあげて、目を落とす。「これらの方々には、わたしからお電話を差しあげますから」

「そうしてくれると助かる」鍋島は、心底ほっとしたように告げた。

経営者としては、なにより代議士が優先か。それも仕方のないことだと美由紀は思った。都内の大手病院としては、国会議員は上得意となる可能性が高く、ぜひとも患者として迎えいれたいところだろう。高齢者が多いし、病気でなくても問題を起こせば質疑から逃れるために、個室を借りきって長期入院を決めこんでくれる。鍋島がこれらの人々に恩を売っておきたい気持ちもわかる。

と、葉書を一枚ずつ繰っていた美由紀の手がとまった。妙な文面が目に飛びこんできたからだった。表と裏をたしかめてみたが、差出人の名は書かれていなかった。

「これって……」

「ああ、それか」鍋島は葉書を指差していった。「それも速達で届いたやつだな。たんなる悪戯《いたずら》だろう。テレビで顔が売れたんだ、ちょっとおかしな輩《やから》からも手紙が来るってことだ」

葉書の表には病院名につづいて精神科の岬美由紀様と宛名が記されている。裏は、サインペンの手書きで意味不明の文字の羅列があった。

・くかかせけめめてててうるしらなこりいとるみいるませめらこえめもにかいみいる

くかもり

鍋島は美由紀に代議士の葉書を見ることを優先させたいらしく、そわそわしながらいった。「暗号めかせてはいるが、たんなる無意味な文章だよ。こうみえてもクロスワードパズルを解くのは速いほうでね。いろいろ考えてみたが、その文には法則性がない。下から読んでも、一字ずつ飛ばして読んでも意味をなさない。ただ気ままに書き綴《つづ》っただけだ」

「そうでしょうか」と美由紀はいった。「この文章、最後のほうにいくにつれて文字が小さくなって、間隔も狭まってますね。どうしてだと思いますか？」

「そりゃ、計算せずに書いたからだろう。精神病患者に特有だと思うよ、小さいことにこだわって全体が見えていない」

「でもそれって、おかしくないですか。意味のない言葉を綴っただけなら、無理に最後のほうを葉書のなかにおさめようとしなくてもいいわけだし。……っていうか、これって……」

八文字めから〝て〟が三つ並んでいるのがまず目をひいた。その前に〝め〟がふたつ。それらを認めたとき、美由紀の目は自然にパソコンに向いた。

「なんだ。これだったの」と美由紀はつぶやいた。

鍋島が眉《まゆ》をひそめた。「これって？」

美由紀は椅子に腰を下ろして、パソコンのブラウザを立ちあげた。入力欄にカーソルを合わせてキーボードを叩《たた》く。「かな文字で、くかかせけめめてて、と」

入力欄にはれっきとした意味のある文字列が並んだ。

http://www

ああ、と鍋島は額を手で打った。「インターネットのURLか。かな入力のキーに置き換えてあるってことだな」

「そういうことです」美由紀はいった。すべての文字を入力し終えると、ひとつのアドレスが完成した。

http://www4.doubles.ne.jp/ob5/mitene.html

リターンキーを叩こうとしたとき、鍋島がいった。「待て。へんなウィルス・プログラムを組みこんだページだったら……」

「セキュリティソフトは最新ですから、まず心配ないですよ」美由紀はそういいながらキーを指先で打った。

画面の表示は真っ暗だったが、ふいに音声ファイルの再生ソフトが立ちあがった。

ボイスチェンジャーで野太い声に変換したとおぼしき、ざらついた男の発声が室内に響き渡る。「岬美由紀」

美由紀ははっと息を呑《の》んだ。耳にした瞬間、思考のすべてを凍りつかせてしまうような不気味な音声。聞く者が抱く心理的な圧迫感までも計算されている。ただの悪戯であるはずがない。

「無節操なマスコミに尾《つ》けまわされ、さぞかし苦痛だったと思う」と音声が告げた。「だが現在は、その限りではない。うるさい蠅どもは追いはらった。もう病院の前には一台の中継車も、ひとりの記者も居残ってはいない。というのも、ほかで一大事が発生したからだ。これで、心おきなく仕事ができると思う。そのうち、私とも面会してほしい。あなたのファンより、愛と尊敬をこめて」

音声が途絶えても、まだ美由紀は呆然《ぼうぜん》としていた。我にかえり、もういちど聞こうとリロードのボタンを押したが、画面は真っ白になった。ファイルが見つかりません、そう表示された。

一度再生したら、自動的に消滅するファイル。履歴を開いてみたが、パソコンのキャッシュにURLは残っていなかった。

やはり手が込んでいる。こうまで証拠の隠滅にこだわるからには、メッセージにはなんらかの意図がある。

鍋島は窓の外を覗《のぞ》きこみ、驚きの声をあげた。「本当だ。見てみろ」

美由紀も窓辺に駆け寄って、地上を見下ろした。病院のロータリーが見える。あれだけ詰め掛けていた報道陣の姿はなく、車両も姿を消していた。

「どういうことなの」美由紀はつぶやいた。「ここにいた取材スタッフを移動させたってことは、近くでなにか起きたってことかしら」

「テレビをつけよう」鍋島が棚からリモコンを手にとった。

電源の入ったテレビの画面に映しだされたのは、さっき病院の前で美由紀を尾けまわしていた記者のひとりだった。記者の肩越しに混乱がみえる。何台ものパトカーが連なり、警官や救急隊員、野次馬らでごったがえしていた。その向こうに赤い鉄製の支柱がある。どうやら東京タワーの真下にいるらしかった。

記者は興奮ぎみにつたえていた。「……とのことです。現場から、繰り返しおつたえします。ついさきほど、東京都港区芝《しば》公園の東京タワーの地上二百五十メートルに位置する特別展望台の外に、赤ちゃんが寝かされているとの情報が入りました。詳しいことはわかってませんが、赤ちゃんは見学者らの手が届かない位置に、外気にさらされながらタワーの鉄骨の梁《はり》の上に寝かされていて、ロープなどで固定されてはいないとのことです。展望台に居合わせた見学者が携帯電話で伝えてきた情報によりますと、赤ちゃんは寝返りをうっただけでも転落しそうな状況にあり……」

それ以上、なにも聞いていられる余裕はなかった。いきます、と告げて美由紀は扉を開け放ち、部屋を駆けだした。

「岬先生」鍋島が呼びとめる声を背にきいた。しかし、それも一瞬のことだった。美由紀は廊下を全力で駆け抜け、エレベーターに向かって走った。

捨て置くことなどできない。あのURLを暗号化した葉書がけさ届いたものである以上、事件に便乗した悪戯ではありえない。乳児はわたしのためにさらわれ、命の危険にさらされているのだ。なんとしても救出せねばならない。

走りながら、臨床心理士という資格についての思いが頭をよぎる。論文には、またしばらく取り掛かれそうにない。だが、それも本望だった。小さな命を犠牲にして維持する資格なら、わたしのほうから願い下げだ。

美由紀は揺るぎない決意とともに走った。エレベーターの前に着き、表示を見あげる。四基とも地階に位置していた。それらを待つよりは、階段を駆け下りたほうが早い。迷いはなかった。美由紀は非常階段の扉を開け放つと、そのなかに飛びこんでいった。

東京タワー

カワサキZRX1100、美由紀がいつも通勤に用いるリッターバイクは地下四階の関係者専用駐車場にあった。ほとんど飛び乗るようにまたがると、キーをひねってエンジンを始動する。水冷4気筒DOHC4バルブエンジンの強烈な唸《うな》りがコンクリートの閉塞《へいそく》空間に響きわたった。狭い駐車場だが、このバイクは巨体に似合わず取りまわしが楽なことで知られている。小柄な美由紀でも足つきがよく、アップハンドルで片側四十度近い切れ角を持つステアリングのせいでよく回る。最小限と思えるスペースにずらりと並んだ病院経営陣の高級車の隙間をすばやく抜けてスロープを昇っていく。まばゆい陽の光のなかに飛びこんだ瞬間、視界に都心のオフィスビル街がひろがった。

正午すぎ、交通も混みだしている。スロットルを軽くひねるだけで大排気量が異常とも思える速度を瞬時に叩きだした。低速ギアでアクセル全開、あれだけ重かった車体が宙を滑るように強烈な加速をする。購入したバイク店の従業員は、感覚や思考が慣れるまではスピードをださないほうがいいよ、そう忠告した。しかしあいにく、そうはいっていられない状況もある。それに、と美由紀は思った。リッターバイクのフルスロットルもF15のフルアフターバーナーに比べればずっと身体にやさしい。これに適応できないようなら、わたしの人生など最初から成立しなかった。

外堀《そとぼり》通りを虎ノ門《とらのもん》方面に向かってバイクを全力疾走させた。行く手に東京タワーがみえているが、この距離からではなにが起きているのかを知るのは不可能だった。そのランドマークに必要以上に気をとられないよう留意した。自家用車のほかにタクシーやトラックなど、あらゆる車両が狭い車間距離で全車線を並走する都心の道路でリッターバイクを飛ばしているのだ、気を抜くことは自殺に等しい。

ステアリングのレスポンスのよさを利用して車線を次々に変更し、わずかな隙間も逃さず突っこんでは車両を抜き去った。この速度になるとバックミラーは振動しすぎてほとんどなにも見えない。後方は一瞬振りかえって確認するしかない。けれども、その確認が必要な車線変更もそう頻繁にはなかった。背後の車両の接近に注意が必要なほど減速することなどない。フロントブレーキをわずかにかけるだけで、あとはステアリング操作と体重の移動だけですべてを切り抜けた。目的地の東京タワーが、視界のなかでぐんぐん大きくなっていく。

虎ノ門付近からは狭い路地へと乗りいれた。都心の路地は迷路に等しいが、二輪に乗っていればほどなく抜け道を覚えられる。住友不動産の裏にある凹凸の激しい小道を一気に駆け抜けた。表通りをいくよりも五分は短縮できただろう。

対向二車線の道路に入り、路上駐車のバンと対向車が行く手をふさぐ。しかし、その二台の中間にかろうじて通れる間隔があると見きった瞬間、美由紀はフルスロットルで突進した。対向車は驚いたように凍りついたが、美由紀は左右わずか数センチのゆとりを残し、接触することなく走り抜けた。

視界が開けた。東京タワーは頭上高くそびえ立っている。坂道を下ってタワーの膝元《ひざもと》にある芝公園スタジオに接近したとき、美由紀はバイクを減速させた。病院の駐車場をでて以来、初めて本気でブレーキをかけた。

タワー周辺は、さっきまで美由紀を求めて病院に詰め掛けていた報道陣の何倍もの規模のマスコミ関係者で溢《あふ》れかえっていた。パトカーが数十台繰りだし、野次馬の整理に追われている。救急車は、赤ん坊を救出後に病院に搬送するためにいるのだろうが、消防車はなんのために呼ばれたのだろうか。はしご車では特別展望台の高さには到底届かないだろうに。

美由紀はバイクを降りて、人ごみを掻《か》きわけてタワーの真下へと急いだ。意外なことに、タワー見学のチケット売り場周辺も封鎖はされていなかった。というより、あまりの混乱状態に警察も手がつけられないというのが現状のようだった。美由紀はブースを迂回《うかい》して見学者用エレベーターの入り口へと向かった。

ふいに足がとまる。

エレベーターの前には人だかりがしていて、扉をふさいでいる警官たちと、詰め掛けた取材陣が押し問答していた。いまは誰も入れません、そう叫ぶ警官の声と、展望台にいれてくださいと怒鳴る記者たちの声が、これだけの喧騒《けんそう》のなかでもはっきりと響きわたっている。その記者もやはり、けさからずっと美由紀を尾けまわしていた一群のうちのひとりだった。厄介なことだと美由紀は思った。彼らに気づかれたら、いっそうの混乱を助長することになってしまう。

見たところ、エレベーターは地上二百五十メートルの特別展望台と、百五十メートルの高さに位置する大展望台のあいだを行き来しているようだった。おそらく警察が特別展望台にいる見学客を大展望台に運んでいるのだろう。エレベーターを下まで降ろさないのは、取材陣や野次馬の侵入を阻むためにちがいなかった。エレベーターの左右にある階段の入り口も、警官らによって閉鎖されている。

だが美由紀は、展望台へのもうひとつの道が存在することを知っていた。防衛大で、全国主要都市の二百メートルを超える建造物は、住所から構造まですべて頭に叩《たた》きこむよう指導されていた。空自にとっては建物自体がランドマークとなるし、陸自にしてみれば広く範囲を眺め渡せる監視塔の役割を果たすからだ。

水族館の裏手に位置する、タワーの四本の脚のうちのひとつへと走っていった。思ったとおり、そこはひとけがなく閑散としていた。さいわいなことに、警備員の姿もない。関係者以外立ち入りを禁ず、そう記された小屋のドアには鍵《かぎ》はかかっていなかった。ここに常駐している警備員も、表の混乱を抑えるために急いで飛びだしていったのだろう。なかに入ると、そこには小さなメンテナンス用エレベーターの扉があった。わずか二十メートルの高さまでしか運ばれないが、これでタワー内に侵入できる。

ボタンを押したが、電源が入っていなかった。すぐさま壁の配電盤を開けて、オフになっているスイッチのなかから、まず警備ブースの電源をオンにし、それからエレベーターの電源を入れた。エレベーター内部の明かりが灯《とも》ったのが小窓から見える。ふたたびボタンを押すと、扉が開いた。乗りこんでみると、行き先のボタンは一階と二階しかない。二階を押した。扉が閉まり、エレベーターはじれったいほど緩慢な動きで上昇をはじめた。

地上二十メートルで扉が開く。この高さでも風圧は少しばかり強まっていた。吹きさらしの通路は階段へとつづいている。大展望台まで六百段ある階段を、美由紀は駆け昇っていった。

ちらと眼下を見おろすと、タワー周辺に群がる人々が見えている。ふいに強風がタワーの鉄骨のなかを吹きぬけ、美由紀はバランスを崩し転倒しそうになった。手すりにしがみついて体勢を立て直し、さらに上へ上へと急ぐ。

まだ百メートルに満たない高さでも、すでにタワー全体が風に揺らいでいるのを感じる。鉄のきしむ音があちこちから聞こえ、さびついた鉄柱や緩んだボルトが不安を掻き立てた。空中に存在している自分を嫌でも認識せざるをえなくなる。しかし、怯《ひる》んでいる場合ではなかった。赤ん坊がいるとされる特別展望台の高さは、こんなものではない。

残る五十メートル足らずの階段を一気に駆けあがっていくと、頭上に大展望台の床下部分が迫っていた。こうしてみると、展望室はわずかばかりの骨組みに支えられた空中の楼閣だった。このコンクリートの巨大な物体が長い歴史のなかで落下しなかったこと自体、まさに奇跡だ。そんなふうにさえ思えてくる。

ようやく大展望台の扉にたどり着いた。それを開け放ってなかに入ると、ひどく暑い展望台内には大勢の人間がひしめきあっていた。ほとんどが見学客らしく、団体旅行客や修学旅行中らしい学生らの姿もある。女性警察官が彼らに、なるべく窓ぎわに立つよう指示していた。こんな場合、群集の心理としては一刻も早く下りのエレベーターに乗りたいと欲するために、人々はなかなか女性警察官の指示に耳を傾けようとしない。実際に女性警察官に詰め寄る見学客もいた。どうして降りられないんだ。早く降ろせ。中年男のだみ声が耳をつんざく。

どうやら美由紀がここまで駆けあがってきた外階段の存在は、彼らの認識には上っていないようだった。気軽に見学しようとエレベーターで展望台に昇っただけだ、ほかの通路など知らなくて当然だろう。

女性警察官が見学客を説得しようとしているあいだに、エレベーターの扉が開いた。まず警官が降り立ち、それから見学客たちがでてきた。大展望台はさらに混雑することになる。人々は当惑した表情を浮かべていた。

やはりエレベーターはふたつの展望台のあいだを折り返し運転している。美由紀はすばやく、空になったエレベーターに飛びこんでボタンを押した。

「ちょっと」女性警察官が美由紀の存在に気づいたらしく、駆け寄ってきた。「どこに行く気。上へは戻れませんよ」
戻るのではない、きょう初めて赴くのよ。美由紀は内心そうつぶやいた。女性警察官は、扉が閉じる前にこちらにたどり着くことはできなかった。到達の寸前で扉が閉じると、エレベーターはスムーズに上昇を始めた。

特別展望台へと向かうエレベーターはガラス張りだった。かつて戦闘機を操縦していた経験から、地上の物体の大きさですでに高度二百メートルを超えたとわかる。彼方《かなた》には富士山《ふじさん》や筑波山《つくばさん》さえも見えていた。風が強さを増しているらしい。エレベーターに乗っていても、タワーの揺らぎを感じる。鉄塔のはずが、竹でできた櫓《やぐら》のように頼りなく思えた。

視界がふいに閉ざされ、エレベーターはもうひとつの展望台に入った。地上二百五十メートル、特別展望台。扉が開き、美由紀は降り立った。見たところ、まだ二十人以上の見学客が居残っている。彼らはある方角の窓に押し寄せて興奮ぎみに言葉を交わしあっていた。ここでも女性警察官が人々をエレベーターに誘導しようとしているが、誰も聞く耳を持たないようすだった。

警察が見学者の整理に時間を要していることは、美由紀にとってさいわいだった。美由紀はすばやくエレベーターの前を離れて、警官の目を逃れ見学者たちの群れの端に加わった。その場にいるほぼ全員が携帯電話を取りだして、デジカメで窓の外を撮影したり、通話相手に実況報告するのに忙しかった。すでに警察が来ているというのに、いったい誰と話しているというのだろう。美由紀のすぐ近くにいる五十代ぐらいの女は、どうやら会社にいる夫に状況を知らせているらしかった。気が動転しているのか、それともあくまで物見高い野次馬根性の充足を夫とも分かち合おうとしているのか、どちらともつかない。ただ全員の感情がヒステリックなほどに高揚しているのはたしかだった。

だが、そんな見学者たちの態度に冷ややかでいられたのも一瞬のことだった。彼らの視線を追って窓の外を見つめたとき、美由紀も彼らと同じく動揺せざるをえなかった。

なんてことを。美由紀は息を呑《の》んだ。

眼下を見おろせるように斜めに傾斜している窓からは、ほぼ真下に位置するタワーの支柱や梁《はり》を見ることができる。その細い梁のうちひとつに、なにか白い物体が置かれているのがわかった。目を凝らすまでもなく、それがシーツにくるまれた乳児であることは判別がつく。まだ生後間もない赤ん坊が仰向《あおむ》けに寝ていた。顔はシーツから露出している。小さな両手がときおり、母親の抱擁を求めるように上方に向かって振られる。赤ん坊が動くたびに、野次馬たちが悲鳴に近い声をあげた。梁の幅はおよそ三十センチ、へたに動いたらたちまち転落してしまう。

心拍が速まるのを感じつつ、美由紀は状況をしっかりと頭に叩きこもうと躍起になった。特別展望台から赤ん坊のいる梁までの距離は約三十メートル、この高さにはデジタルラジオのアンテナが新たに設置されたはずだが、乳児はその設備からは離れた場所にいる。すなわち、メンテナンス用の階段からもまるで手が届かないところに寝かされたことになる。どうやってあんな場所に赤ん坊を置くことができたのか。けれども、誰かが置いたからには、あそこまで行く方法もあるはずだった。

タワーの周辺をヘリが飛びまわっている。しかし、航空機に乳児の救出が可能とは思えなかった。タワーへの異常接近はそれ自体が危険だし、ローターの風圧で赤ん坊を吹き飛ばしてしまう可能性が高い。やはり方法はひとつしかない。

逡巡《しゅんじゅん》などほとんど生じなかった。美由紀は即座に決断を下し、群集のもとを離れた。エレベーターが停止したときのために、この高さにも非常用の外階段への出口はある。目的の扉はすぐに見つかった。そこに駆け寄り、錠のカバーを外して扉を開けた。

轟音《ごうおん》とともに強風が吹きこんできた。まるで飛行機の機体に穴が開き、気圧の低下をまねいた瞬間のようでもあった。だがすぐに気圧は安定し、ことなきをえた。見学客たちは悲鳴をあげ、女性警察官がいきり立ってこちらに向かってきた。

「なにしてるんですか」と女性警察官が怒鳴った。「その階段は使えません、なかに戻ってください」

彼女の表情がこわばっているのが見てとれた。脅えているようだ。当然だろうと思った。あいにく、わたしのほうは忠告を素直に受けとれる心境にない。美由紀はぴしゃりといった。「あなたのほうこそ、危険だからなかにいて」

相手が面食らった表情を浮かべたのを視界の端にとらえたが、それ以上の反応を知るだけの時間のゆとりはなかった。美由紀はすぐに階段に駆けだした。

コクピットにおさまってキャノピーごしに見る高度二百五十メートルの世界とは雲泥の

差だった。吹きさらしの空間に躍りでたうえに、パラシュートも背負っていない。強風はときおり突風となって美由紀を襲った。頰をぶたれたようによろめき、耳が一瞬きこえなくなる。すさまじい風速だった。階段の手すりにしがみついているのがやっとに思えた。

しかし、と美由紀は思った。いつまでも安全な場所にはいられない。乳児がいるのはこの階段のほぼ反対側だ。

美由紀は手すりを乗りこえて、梁のひとつに足を乗せようとした。突風がまた美由紀のバランスを崩させる。姿勢を低くして風が弱まるのを待ち、すぐさま梁の上に飛び乗った。

それは、美由紀自身が異常と感じる行為にほかならなかった。つかまる場所はなく、わずかな足場に直立している。手で身体を支えるためには、十メートル以上向こうにある鉄柱まで行き着かねばならない。

幅三十センチの梁の上を慎重に前進する。また風が強まる気配があった。下を見る。両足がかろうじて踏みしめる細い足場の向こう、二百五十メートル先に、都心の街並みがかすんで見えていた。

恐怖が信念をぐらつかせる。だが、恐怖は単に危険を避けさせるための感覚にすぎない。台風がくれば、地上にもこれだけの強い風は吹き荒れる。そんなときにまっすぐ歩くことは、果たして不可能だろうか。いや。ならばなぜ、いま困難を感じるのか。恐怖という感覚が行動の欲求を抑制しているからだ。ここが安全な歩道と信じて、ただまっすぐ歩けばいい。

ぐずぐずしている暇はなかった。美由紀は息を深く吸いこみ、歩調を速めた。ほとんど小走りに梁の上を突き進む。またしても風にバランスを崩しかけたが、すぐに立て直した。ほどなく鉄柱にたどり着き、やっと両手でしがみつける物体にありついた。

深呼吸を何度か繰りかえし、さらに先の梁へと歩を踏みだした。少しずつだがコツがつかめてきたと感じる。両腕は左右ではなく、前方に突きだしたほうが安定を得やすい。風が強まる気配を感じたときには静止し、膝《ひざ》を曲げてその場にかがむことでやりすごせる。

美由紀は梁から梁へと、特別展望台の真下を横切るようにタワーの逆側へと向かっていった。やがて、赤ん坊が横たわる梁が視界に入った。美由紀の歩調はさらに速まった。あと少し。眠っていてもいいから、まだ起きないで。美由紀は心のなかで乳児にそう呼びかけた。この腕に抱くことさえできれば、あとは来た道を引きかえすだけだ。

赤ん坊をくるんだシーツが風に揺らぐのが見てとれるほどの距離までくると、特別展望台の窓にうごめく人々の姿も視界に入るようになった。見学客たちが一様に青ざめた顔で、あんぐりと口をあけているのがわかる。誰もが凍りついていた。願わくは、そのまま動かずにいてほしいと美由紀は思った。視野のなかで余計な動きが生じると、注意が逸《そ》れそうになる。彼らの声はここまでは届かない。なにを言おうが勝手だが、動作だけは抑制してもらいたい。少なくともいまだけは。

鉄柱から一メートルほど上にある梁によじ登った。これで赤ん坊のいる梁と同じ高さに立つことができた。あとは、二十メートルほどの距離をじりじりと詰めていくだけだった。

地上から汚染された空気が、妙な暖気とともに吹きあがってくるのを感じる。この高さでも、都心の環境は人が住むのに適していないとわかる。深呼吸するとむせてしまいそうだ。息をひそめて、最初の十メートルを小走りに駆け抜ける。鉄柱でひと息ついてから、いよいよ乳児のいる梁に足をかけた。

赤ん坊は、美由紀のほうに足を向けて寝ている。シーツがはためいているが、乳児の身体を揺らがせるには至っていない。美由紀はゆっくりと前進した。あと五メートル。四メートル。三メートル。赤ん坊の顔がほぼ見下ろせるようになった。ぼんやりとしたまなざしでこちらを眺めている。小さな両手は起きあがろうとするように、しきりに動いていた。じっとしていて。そう念じながら、美由紀は赤ん坊の前に近づき、慎重にしゃがみこんだ。安堵《あんど》とともに、乳児の身体に両手を伸ばす。

ところが、赤ん坊を抱きあげた瞬間、まるで予測しえなかったことが起きた。

乳児の身体は異様に軽かった。身体つきは正常な発育をしめしているのに、重さは五百グラムにも満たないように思える。それに、シーツの上から触れただけでも感じられる赤ん坊の肌の違和感。奇妙なざらつきがある。まるで紙やすりのようだ。

丸く見開いた目に半開きの口、赤ん坊の顔のあどけなさはたしかに一歳未満のそれに相違なかったが、しかし人間の乳児のものではないと美由紀は直感した。

そのとき、赤ん坊の口がゆがんだ。笑みを浮かべたが、発せられた声は低く野太い中年男性そのものだった。「ひひひひひ……」

鳥肌が立ったのは、ただ一瞬のことにすぎなかった。美由紀はこれが人工物であるとすでに認識していたし、本物そっくりの赤ん坊の顔もラバー製の偽物とわかる。ステンレス製の頭骨に表情筋の役割を果たすチューブを無数に這《は》わせ、油圧の調整で膨張と収縮をおこない、表情に変化をつくりだしている。その身体を支えていると、表情が変わるたびに赤ん坊の身体が小刻みに振動するのがわかった。内蔵モーターの作動によるものだろう。

美由紀はしばし呆然《ぼうぜん》として、両手で抱きあげた赤ん坊の顔と向かいあっていたが、やがて憤りがこみあげてくるのを感じた。大勢の人々を騒然とさせ、わたしに命まで賭《か》けさせた事態の発端となったものは、フェイクにすぎなかった。悪質ないたずらというにもほどがある。乳児を支える手が怒りに震えた。

と、まるで美由紀の心境を察したかのように乳児がいった。「そんなに怒らないでもらいたい。このような方法を用いないかぎり、多忙な岬美由紀先生とお話しする機会は得られないのでね」

赤ん坊の声は、病院のパソコンできいたものと同じだった。男の声をボイスチェンジャーでさらに低く加工し、その電気的な処理によって声紋の特徴を埋没させている。この声を聞くだけでは、年齢や体形、性格などをうかがい知ることは困難だった。

しかし、あまりに手のこんだやり口に、美由紀は相手の素性をほぼ特定できた。声の主そのものが誰であるかはわからないが、その人間を雇っている組織については容易に推察できる。

「あなたたちなの」美由紀はうんざりした気分を隠さずにいった。「悪いけど、メフィスト・コンサルティングの陰謀に加担するつもりなんかないの。会社に戻って上司にわたしのことを聞いたら？　依頼する相手が間違っているって教えてくれるだろうから」

　赤ん坊はまばたきをして、ガラス玉の眼球でじっと美由紀を見つめた。その小さな口がぱくぱくと動き、容姿に似つかわしくない男の声がきこえてくる。「なにか誤解しておられるようだ、岬美由紀先生。あなたへの依頼は私の直属の上司のみならず、クローネンバーグ・エンタープライズ社の経営陣および株主の総意により決定されたものだよ。ご存じかな。わが社は、メフィスト・コンサルティング・グループの主要五社のうちの最大手。すなわちグループを統括する存在だ。グローバルでの二〇〇八会計年度、最初の四半期の総収益三百六十億ドル、四兆円弱のうち、三十一パーセントの利益は当社事業によるものだ。前年同期比十七パーセントの成長で、さらにグループ内での地位を確固たるものにしつつある」

　回りくどい説明だが、ようするに美由紀の指摘どおりメフィストの一派が接触を試みてきた、それだけのことにすぎなかった。総裁を務めていたマリオン・ベロガニアの失脚後も、グループは存続している。忌まわしい事実だった。

「イタリア人のダビデって名乗ってた男が在籍してる会社よね」

「偉大《グレート》なるダビデは、当社クローネンバーグの特別事業部門業務推進二課を統括しておられ……」

「グレート?」美由紀は思わず苦笑した。「なにそれ。英語の称号を冠するなら、ダビデじゃなくデイビッドでしょ」

「コードネームの発音はいかなる言語においても統一されている。ゆえに、複数の言語が混ざり合った呼称であってもおかしくはない。ほかにグレート、スプレンディド、アンビリーバブルの三つの称号があり、年に四回開かれる五社共同の経営者会議で審議された結果、優秀な成果をあげた社員に与えられる。昇給のほか、二か月の有給休暇が認められるなど特別待遇もある」

「ようするに有能な詐欺師として認められたってことね」

赤ん坊は依然として笑顔のまま即答した。「現在のメフィスト・コンサルティング・グループにそのような揶揄《やゆ》は当てはまらない」

「なにが揶揄よ。心理戦で世界を操って歴史をつくってきたとか誇示しておいて、しょせんは人々を欺き煽動《せんどう》することによって社会に混乱をもたらすだけ。戦争を起こして武器商人から報酬を受け取ったり、貧困にあえぐ国の経済状態が好転しないよう画策して金満国をさらに儲《もう》けさせたり、規模は大きいけど結局は集団詐欺。利潤を追求しつづけて組織が肥大化した末、マリオン・ベロガニアのような重度の偏執的妄想症の支配を許してテロ集団化した」

「どの企業にも過去の歴史に暗部というものはある。現在のメフィスト・コンサルティングは生まれ変わった。より合法的に、平和的に、理知的に、社会の発展と人類の発達を促進する手段を開発し提供しつづける、世界の歴史の誘い人としての役割に徹することが新たな社訓となっている」

吹き抜ける風に髪がなびいた。地上二百五十メートルの風にさらされるうちに、身体がずいぶん冷えてきたのを感じる。美由紀はこの危険な状況で、赤ん坊のかたちをした自動人形を手にして会話をする自分を愚かしく思った。なぜ貴重な時間を割いてまで、こんな戯言《たわごと》につきあわされねばならないのだ。

「ダビデがあなたの会社の上司ならちょうどいいわ」と美由紀はいった。「わたしに二度と干渉するなといっておいて」

「グレート・ダビデも、あなたにおうかがいしたいことがあると。まだあなたから返事をもらっていないとのことだが」

「返事？　なんの？」

「何度となくメールしたはずだ。イラクから帰って、メールは確認しただろう。しかしあなたからの返信はない。だからこうして接触をもち、返事をきいている」

「あいにく、わたしのメールソフトではメフィスト・コンサルティングってのはNGワードなの。件名か本文にその言葉が含まれてると、即削除。だからまるっきり知らないわ」

「嘘だ」と赤ん坊はいった。「背を丸めて視線をさげた。事実とは違うことを口にする人間の反応だ」

美由紀ははっとした。手にした乳児の人形、そのうつろな眼球を見つめた。

いま、相手は的確に美由紀の心情を見抜いた。たしかに、メールを読んでいないというのは嘘だ。メフィストの名義で何十通も同じ内容の依頼がきていたことを、美由紀は知っていた。じつに馬鹿げた依頼内容だった。無視を決めこむつもりでいたが、彼らはよほど真剣に美由紀の協力を得たがっていたのだろう、ここまでして早急なる回答を望むとは尋常ではない。

だが問題は、彼らが美由紀の嘘を見抜いたこと自体にあるのではなかった。心理学のあらゆる分野に精通するメフィスト・コンサルティングだ、並みのカウンセラーでもそれなりに発揮できる観察眼を一社員が持ちあわせていてもふしぎではない。それよりも、気がかりなことがある。

いま相手はどうやって美由紀の反応を知りえたのだろうか。赤ん坊の目を陽射しに向けて、つぶさに観察した。ガラス玉で、カメラが内蔵されているようには見えない。仮に小型カメラと映像の送信に必要なユニットが組みこまれているとすれば、頭部もそれなりに重くなるはずだが、手で人形の後頭部を支え持ってみるとほとんど重さがないことがわかる。それに、この赤ん坊の目で美由紀の顔を見ているのだとすれば、視線がさがったことは見てとれても、背を丸めるという動作については判然としないはずだ。

ふいに、ほかの視線の可能性を感じた。美由紀は特別展望台のほうに目をやった。距離は三十メートル足らず、窓に殺到した見学客たちの表情もはっきりと見える。誰もが美由紀に注目しつつ、興奮したようすで手にした携帯電話にまくしたてたり、カメラ付き携帯電話のレンズをこちらに向けている。

あのなかに、この乳児の人形をリモート操作している者がいる。美由紀はそう確信した。おそらくこの人形のなかにあるのは携帯電話の通話機能とスピーカー、それに同調して口を動かす表情筋のコントロール機能だけでしかない。誰かが携帯電話で特定の番号にかければ、この赤ん坊につながる。もちろん番号はメフィスト・コンサルティングの人間しか知りえない。そしてその人物は、特別展望台から美由紀の挙動を見張っている。

美由紀は赤ん坊を手にしたままゆっくりと梁《はり》の上に立ちあがった。展望台の人々と目があう。一様に興奮した面持ちの彼らは、ほぼ全員が携帯電話を手にしている。誰が赤ん坊を操っているか、特定するのは難しい。

「決心したかね」と赤ん坊がいった。「悪いようにはしない。報酬もはずむ。過去の対立は水に流し、新たな関係を築こう。わが社にはあなたに好待遇を約束する準備がある」

いまこの瞬間に、携帯電話を耳にあてて喋《しゃべ》っているのが犯人だ。そうわかってはいても、まだ確認はできなかった。見学客のうち半数以上が通話をしている。犯人は男だろうと美由紀は考えていたが、ボイスチェンジャーを使用している以上、女ではないと断言することもできない。

身体が冷えきっている。足もともおぼつかない。この危険地帯に踏みとどまるのもそろそろ限界だ。だが、もうこれ以上メフィスト・コンサルティングによるふざけた干渉を受けたくなかった。今後もこんなことがつづけば、本当の事件とメフィストの欺瞞《ぎまん》の区別がつかなくなる。この場ですべてを終わらせることができるのなら、そうしたい。

ちらと眼下に目を走らせた。タワーの真下には、フットタウンという鉄筋コンクリート四階建てのビルがある。その屋上は小規模な遊園地になっているが、見たところ乗り物は稼動していない。入場客は退去させられたのだろう。無人になっているのなら、好都合だ。

美由紀は特別展望台の窓にへばりつく人々の顔を眺めながら、梁の上にまっすぐに立った。

犯人を見つけだすには、一瞬に賭けるしかない。なにも見逃してはならない。そう自分にいいきかせながら、美由紀は両手に抱えていた赤ん坊の人形を、地上に投げ落とした。

展望台の人々の顔に驚愕《きょうがく》と絶望のいろがひろがった。悲鳴をあげている女、卒倒する老婦もいた。そんななかで、端のサングラスをかけた男がひとり、表情ひとつ変えずにたたずんでいる。そのようすを、瞬間的にとらえた。

男は美由紀と目が合った。ほんの一秒足らず静止していた男は、すぐに身を翻してその場から走り去るそぶりをしめした。

美由紀は梁の上を駆けだした。ここまで来た道のりを戻る、しかし時間の猶予はほとんどない。展望エレベーターがゆっくりと上昇してくるのが、鉄骨の隙間から見えた。窓を通じて警官らが乗っているのがわかる。この状況では犯人の逃げる道はひとつしかない。外階段だ。

梁の上を疾走する。突風は容赦なく襲い、足もとがふらついた。しかし美由紀は体勢を立て直し、みずからが空中に存在するという恐怖を思考の彼方《かなた》へと押しやって、無我夢中で走りつづけた。鉄柱を越えて外階段が見える位置にまで来たとき、その階段を駆け下りていく男の姿が見てとれた。

逃がすわけにはいかない。が、このまま歩幅を狭めて小走りに前進していたのでは間に合わない。美由紀は数メートル先の鉄柱めがけて跳躍した。風に流されそうになる寸前、目的の鉄柱にしがみついた。そこからさらに梁の上に前転し、外階段の手すりにまで行き着いた。

男の姿は、すでに数階下にあった。手すりを乗り越えて階段に降り立ち、男を追おうとした瞬間、背後から飛び掛かってきた人間に美由紀は押し倒された。

警官たちは次々に美由紀の上に覆いかぶさってくると、両手首をしっかりとつかみ、腕をねじりあげることによって身動きをとれなくした。美由紀の肩から背筋にかけて痛みが電気のように走った。

「動くな！」と警官のひとりが叫ぶ。「殺人の現行犯で逮捕する」

「馬鹿いわないで！」美由紀は怒鳴った。「犯人はあいつよ！　階段を下りていくサングラスの男。見えるでしょ、早く追って！」

「いいや」警官は頑固にいった。「赤ん坊を投げ落としたのはおまえだ。エレベーターのなかからも見えた」

怒りと苛立《いらだ》ちがこみあげてくる。メフィストはいつも用意周到だった。今回も彼らに手抜かりはない。どのように状況の打開を図ろうが結局こちらが不利になる。実行犯はまんまと逃げ失《う》せ、わたしは警官らに取り押さえられている。死力を尽くして争った結果も、彼らにとっては予測の範囲内でしかなかった。

さらに何人かの警官とともに、白衣の男が階段を下りてきた。美由紀が会ったことのない男だったが、何者なのかはおおよそ見当がついた。警察の嘱託、それもおそらくは精神科医だろう。タワーの梁の上を走りまわる異常な女の通報を受けて、警察に同行してきたのだ。それも目の前で赤ん坊が投げ落とされるのを見たのだから、ここは自分の出番と確信したに違いない。

精神科医はしかし、大舞台に駆りだされた喜びなどまるで感じていないらしく、青ざめた顔を美由紀に向けてたどたどしくいった。「そのう……、あの、とにかく落ち着いて。あのう、いいかな。まずは、心を落ち着かせることが重要だ。息を吸って、吐いて。それを繰りかえす。立ちたくなるまで、その姿勢のままでいればいい。立ちたくなったら、まず周りのおまわりさんたちにそう告げて、ゆっくり起こしてもらいなさい。無理はしないこと。みんなあなたを気遣ってくれてるんだから、逆らわずに身をまかせるといい」

こういう状況の定型文だ。だが美由紀は誤りに気づいた。警官らに押さえこまれたまま、美由紀は医師につぶやいた。「まず座って、でしょう。息が十分に吸いこめる姿勢に移してから、深呼吸を促す。それに、逆らわずに身をまかせろなんて言い方は、仮に相手が反社会性人格障害だった場合、抵抗の意志を助長するだけ。周りをよく見て、自分の目で状況を把握しなさいと言うのが正しいの。高いところで落ち着かないのはわかるけど、医師ならちゃんとセオリーに従ってください」

警官らが妙な顔をして美由紀を見る。精神科医も、呆気《あっけ》にとられたような面持ちでこちらを見下ろしていた。

「あの……」精神科医は目を丸くしていった。「もしかして、岬美由紀さんですか？　臨床心理士の……」

医師と同様に、警官らもぎょっとした表情を浮かべた。事情がまったく把握できないらしく、全員がその場に凍りついていた。

「そう」と美由紀はつぶやいた。不要なときばかり気づかれて、肝心なときには気づかれない。有名になるのは楽じゃない。ため息まじりにそう思った。

虹彩

「とんでもない話だ」と塚田《つかだ》市朗《いちろう》専務理事は声を荒らげた。「ショックのあまり失神したのが七名、記憶の混乱が二名、残りは全員が激しい動揺をしめして、いずれも病院に運ばれた。これが臨床心理士資格を持つ人間によって引き起こされた状況だというからあきれる」

岬美由紀は直立不動の姿勢をとりつつ視線を床に落とし、そのがみがみと口うるさい中年男の非難をただ聞き流すしかなかった。新宿パークタワーの超高層階に位置する日本臨床心理士会の会長執務室、全面ガラス張りの壁面の向こうには、降りそそぐ午後の陽射しに照らしだされた新都心のビル群がひろがっている。ガラス一枚隔てただけで、地上数百メートルの高さに昇っているという恐怖をまるで感じえない。このガラスがどれだけの強度か知るよしもないのに、とりあえず安全を意識する自分がいる。東京タワーの梁の上と現状を比べて、いかに人の心理が環境に左右されるかを美由紀は痛感した。

「聞いているのか」見た目は上品な紳士に思えるほど顔だちの整った塚田は、美由紀の前にやってきて顔をのぞきこんだ。その外見にはふさわしくない饒舌《じょうぜつ》さでまくしたてる。

「あの場の行動によって展望台の人々に衝撃を与えることは予測できていたはずだ。この先もしPTSDが発症したらどう責任をとる。どうしてあんなことをしでかしたのか、納得のいく説明をしていただこうじゃないか」

「その」言葉が喉《のど》にからんだ。美由紀は咳《せき》ばらいをしていった。「犯人を捕まえたいという一心で、後先を考えずに行動してしまいまして……。どうもすみませんでした」

「すみませんで済むか」塚田は顔を真っ赤にして、ぎょろりと目をむいた。「だいたい、きみは臨床心理士としての自覚が足らなさすぎる。幹部自衛官だったからといって勇み足が許されるものではないぞ。われわれ資格認定協会が存続できるか否かの瀬戸際にあるときに、きみのような乱暴者の行為がマスコミに喧伝《けんでん》されたのでは、資格の取り潰《つぶ》しが現実味を帯びてきてしまう。このままでは日本心理学会の医療心理師が正式にカウンセラーの国家資格となり、臨床心理士は有名無実の存在となる可能性だってある。きみはわれわれが長期にわたって目指してきた国家資格化への道を閉ざす気か」

資格認定協会の専務理事を務める塚田の批判は少しばかり先走ったものに思えたが、それでも美由紀は反論できずに押し黙るしかなかった。たしかにあれは賢明な判断だったとは言いがたい。展望台の見学客たちは人形を本物の赤ん坊と信じていたし、その衝撃的な光景をまのあたりにして精神面が不安定になることも十分に予測できた。それでもわたしは、犯人を探りあてることを優先させてしまった。結局は彼を取り逃がし、ただ人々をいたずらに動揺させただけに終わった。誉められた行為でないことは明白だった。

だが、室内にいるもうひとりの初老の男は塚田とは対照的に冷静だった。デスクにおさまった白髪頭で丸顔の男が、穏やかな声で塚田の憤りを制した。「まあ、待ちなさい。塚田君の怒りはもっともだが、失神した人たちも病院でほどなく意識を回復したそうだし、救急隊員が回収した赤ん坊の人形で、岬美由紀さんの主張が正しかったこともあきらかになった。彼女のもとに挑戦的なメッセージが届いたことも、千代田区赤十字病院の鍋島院長が証言している。いわばすべてはやむなく起きた事故のようなものにすぎん。そうじゃないかね」

塚田はしばし口をつぐんだが、憤懣《ふんまん》やるかたないようすでデスクを叩《たた》いた。「それは日本臨床心理士会としての公式見解ですか、新玉《あらたま》会長。現状では資格取得が困難な臨床心理士もしょせんは民間資格にすぎず、法的にはきわめて弱い立場にあるんですよ。いまのうちにこれは岬美由紀個人の問題であるというスタンスを明確にして、臨床心理士会および資格認定協会は本件にいっさい関知していないという声明をだしておくべきです」

会長の新玉恭介《きょうすけ》はちらと美由紀に困惑した視線を向けてから、また塚田に目を戻した。「そうはいっても、彼女の職業が臨床心理士である以上、われわれが無関係でいられるはずもないと思うが」

そのとき、別の男の声が割りこんできた。「そのとおりです」

美由紀は顔をあげて振りかえった。開け放たれた戸口に、ひょろりと痩《や》せた身体を褐色のスーツに包んだ中年の男が立っていた。神経質そうな顔つきは相談者《クライアント》によく見られるが、そういう相談者らと違い、男の目は生気に溢《あふ》れ、鋭い光に満ちていた。

「お邪魔しますよ」男はどこか挑発的に思えるような足どりで入室してきた。「公安機動捜査隊の白根哲久《しらねてつひさ》警部補です。日本臨床心理士会の責任者にお会いしたいと申しでたら、ここに通されましてね。岬美由紀さんの所在をおうかがいしたかったのですが、ここにおられたとは好都合だ」

塚田がひきつらせた顔を露骨に背けた。忌まわしい状況と感じたのだろう。すべての引き金になったのは自分だ、美由紀はその思いに胸を痛めていた。

「私が会長の新玉、こちらは資格認定協会の塚田専務理事です」新玉はゆっくりと立ちあがりながらきいた。「どういうご用件でしょうか」

白根は苦笑に似た笑いを浮かべた。「むろん、東京タワーの一件について事情を聞きにきたんですよ。いやね、私ども機動捜査隊というのは真っ先に現場に駆けつけて初動捜査をおこなうのが常なんですが、今回はまだ事情を把握しきらないうちに、こちらの岬美由紀先生が現場を引っ掻《か》きまわして……いや、言葉が悪かったですな。独自の行動を起こされたせいで、事件の詳細をあきらかにするのに手間取ってましてな。それで事情聴取にうかがったと、こういうわけです」

「後にしてくれませんか」塚田が苛立ちを隠すことなく白根にいった。「われわれとしても話し合わねばならないことがある。捜査に協力はしますが、意見がまとまってからでないと」

「おや」と白根は塚田をにらみつけた。「いましがた、あなたさまの協会とか日本臨床心理士会は事件に無関係で、すべては岬先生が単独で引き起こしたことだとおっしゃってませんでしたか？　失礼、立ち聞きするつもりはなかったが、ドアが開いていたのでね」

新玉が戸惑いのいろを浮かべながら目を開いた。「警部補さん、私たちの見解はべつに……」

「いや、いいんです」白根は顔の前で手を振った。「そりゃ、あなたたちにも事情はいろいろあるでしょうし、岬先生の聴取は後にまわしてもかまいません。けれども、どうしてもこの場で聞いておきたいことがあるんです。できればご両人の許可を得て、岬先生に質問させていただきたいのですがね」

新玉はため息をついた。美由紀を見やり、それから塚田に目を向ける。最後にまた白根を見つめて、小さくうなずいた。

白根は満足そうな笑いを浮かべて塚田を横目に見た。塚田も渋々といった表情で、首を縦に振った。

「では岬先生」白根は美由紀に向きなおった。「聞きたいことはひとつだけです。あなたは大勢の目の前で、赤ん坊を地上に投げ落としたわけだが……」

「人形です」美由紀はつぶやいた。「あれは乳児のかたちをした人形でした。ご存知でしょう？」

少しのあいだ、白根は黙って美由紀を見つめていた。その口もとがふたたび歪《ゆが》み、どこか高慢な態度が見え隠れする言葉づかいで喋《しゃべ》りだす。「赤ん坊の人形を地上に投げ落とした。お尋ねしたいのは、なんのためにそんなことをなさったのかという点です」

美由紀のなかにも苛立《いらだ》ちが生じはじめた。「それについては、さっき警視庁の取調室で担当の刑事さんにご説明したはずですけど」

「ええ、うかがっております。いわく、人形を操作している主を特定するためだと。しかし、どうも疑問ですな。人形を落としたからといって、三十メートルほども離れた展望台のなかにいる見学客のなかから、犯人がみいだせるものですかね?」

「可能です。あれが本物の乳児と信じていれば、落下の瞬間に驚愕《きょうがく》とともに絶望的な心理状態に陥ります。しかしその絶望というのは、あくまで落下する乳児に向けられたものであり、自身の絶望ではありません。このため瞬間を見逃すまいとする本能が働き、目は外光を多く取りこもうとして瞳孔《どうこう》が開きます。一方、乳児の人形であることを知っていれば、驚きと同時に湧く感情は自分の策謀が中断したことに対する虚無にほかなりません。よって副交感神経系の働きを受けて瞳孔が収縮します。表情だけなら演技もできますが、瞳孔の拡大と収縮は本能的なものなので隠しとおすことはできません」

「あれだけの距離で、二十人余りの瞳孔の変化を観察できたというんですか? 一瞬のうちに?」白根はあきれ顔で首を振った。「常識で考えて、ありえないことですよ。そうでしょう、会長?」

「いいえ」新玉は真顔でいった。「岬美由紀さんの視力は左右ともに二・八です。その視力自体が、航空自衛隊のパイロットに抜擢《ばってき》される理由のひとつになったと思われますが、実際、自衛隊で培われた動体視力は驚異的なものですよ」

新玉が美由紀の肩を持ったことが不服だったらしい、白根はしかめっ面になった。「なるほど、マスコミのいう千里眼ってやつですか。しかし、よしんば瞳孔の動きを観察することができたとして、犯人か否かの確信を持つことなどできますかな。私としては、おおいに疑わしいと思いますがね」

「そうでもありません」新玉はしばし黙りこくってなにかを考えているようすだったが、やがて白根の顔を見つめてきいた。「警部補さん、お昼はなにを食べましたか。正直に話してくださっても、嘘をつかれてもかまわないが」

白根は挑戦と受けとったらしく、目を輝かせた。「都庁の日替わり定食をね。すぐそこにある都庁の食堂は、一般にも利用できるんですよ。安いんで、こっち方面に来たときには立ち寄ります。とんかつとキャベツ、味噌汁《みそしる》、果物で五百円でした」

「違いますね」新玉はあっさりといった。「目が輝きすぎてます」

「輝きですって?」

「そう」塚田が新玉に代わっていった。「つまり、瞳孔が開いて黒みを増し、潤いを感じさせて輝いてみえるんです。あなたは喋りだす寸前に瞳孔が開いた。交感神経系が刺激された、つまり軽い興奮状態を覚えたと見受けられます。嘘をついたときの特有の反応です」

物怖《ものお》じしなかった警部補は、初めて面食らったようにふたりの中年男をかわるがわる見つめた。その目がさまよい、美由紀に向く。想像だにしなかった事態に、取り乱さざるをえない心情が表情からうかがい知れた。

美由紀は控えめな口調でいった。「きょうの日替わり定食のメニューを正確に記憶しておられたようですが、都庁の食堂には立ち寄っておられません。舌の動きが滑らかで、味覚の想起が同時におこなわれたようすが見られないことからも、きょうその食事をおとりになったわけでないとわかります」

しばらくのあいだ白根は呆然《ぼうぜん》としていたが、やがて硬い顔に変わっていった。刑事の十八番《おはこ》と自負しているであろう嘘を見抜く能力を、畑違いのカウンセラーに見せつけられ、苦い気分を噛《か》みしめたのだろう。いらいらしたようすで頭をかきむしってから、また美由紀を見つめていった。「違います。と、私が答えても、嘘かどうか見抜けるんでしょうな」

「もちろんです」と美由紀は答えた。

「わかりましたよ」白根は降参だというように両手をあげてみせたが、目は笑ってはいなかった。「あなたが常識では考えられない行動をとったのも、ひとえにあなたの特殊な才能と技能によるものだと解釈しておきます」

室内に沈黙が下りてきた。三人の臨床心理士が目の動きから人の心を読めると知ったせいか、白根の視線は誰に向けられるでもなく、窓ガラスの向こうの風景へと差し向けられた。

「ま」白根は投げやりな口調でいった。「報告書をまとめねばなりませんので、きょうのところはこれで失礼します。けれども、あなたにはまだ聞きたいことがありますからね、岬先生。雲隠れなどしないでくださいよ」

「心得ました」ここは礼儀正しくすべきだろう。美由紀は頭をさげた。「お手数をおかけして、どうも申しわけありません」

白根は新玉に向きなおり、懐から取りだした名刺を差しだした。「もしご連絡いただくことがあるなら、本庁のこの番号にお願いします。それでは」

新玉は黙って名刺を受けとった。白根はまだ不満そうに室内を見渡していたが、すぐに踵《きびす》をかえし、戸口へと消えていった。

足音が聞こえなくなるまで、誰も口をきかなかった。

やがて、静寂のなかで新玉がため息を漏らした。「公安がやってくるとはな」

塚田が歯ぎしりしながらいった。「やはり危険分子の疑いをかけてきてるってことですよ。日本臨床心理士会の組織的関与とみなされたらどうします」

新玉は苦笑いをした。「破壊活動防止法が適用されて解散させられるとでもいうのか？まさか。とにかく冷静になろう。なにより大変だったのは、ほかならぬ岬美由紀さんじゃないか。彼女の心労も汲《く》みとってやれ」

刑事を追いかえした安堵《あんど》からか、さっきよりは美由紀に対する反発が薄らいだように見える塚田がきいてきた。「岬美由紀。その犯人とやらに心当たりはあるのか？」

美由紀は口をつぐんだ。表情が変わらないよう、とっさに気を配った。臨床心理士資格をつかさどるふたつの団体の長らと向き合っているのだ、隠しごとを貫き通すには充分な注意が必要だった。

すべてはダビデの差し金に相違ない。例のメールで届いた荒唐無稽《こうとうむけい》な計画について、岬美由紀に協力を依頼する決定を下したのもダビデだろう。彼はその身勝手な認識で、あの事件後わたしと友好関係を築けたと思いこんでいるのかもしれない。

それでも、日本臨床心理士会および資格認定協会の関係者を騒動に巻きこみたいとは思わなかった。メフィスト・コンサルティングがみずからの利潤を求めて策謀を展開するとき、その周囲には広範囲にわたって被害や迷惑をこうむる者が続出する。臨床心理士は崇高な職業だ、あんな心理戦を売り物にする詐欺集団に対抗するためではなく、全国各地で支援を求めている人々のために存在している。その事実を知ればこそ、わたしはひとりで戦わねばならない。美由紀はそう思った。メフィスト同様に心理学に深い造詣《ぞうけい》を持つ臨床心理士の協力がひとりでも多く得られれば、心強い味方になるにちがいない。しかし、わたしはそれを望んではいない。

「見当もつきません」と美由紀は答えた。「タワーの上でも、赤ん坊の人形は意味不明のことばかり口走ってました。特にメッセージ性があったとは思えません」

塚田は疑わしそうに美由紀の顔をじっと見つめていたが、心を読むからくりを知る者どうしがせめぎあっても無意味であると悟ったらしい、ほどなく視線を逸《そ》らした。

「とにかく」と新玉がいった。「私たちはできることをやるまでだ。まずは東京タワーの展望台から病院に運ばれた人たちの心のケアだが……」

「急には手配できません」と塚田が苦い顔でいった。「みな予定が入ってますし、とりわけ長野県北西部の地震の被災地に大勢派遣してますから」

「ああ、そうだったな」新玉は腕組みをした。「彼らの現地活動はどれくらいかかるだろう。数日か、数週間か……」

「いえ、そこまではかからんでしょう。ついさっき被災地に着いた臨床心理士らによると、思ったほどの被害はでていないようで。今回の震源地は内陸部だったんですが、その真上に位置する場所に真っ先に向かったところ、倒壊している家屋は見当たらないそうで」

「おかしいな。ニュースの映像ではかなりの家屋が全壊していたし、土砂災害や火災も起きていたはずだが」

臨床心理士は災害の起きた場所に派遣されることが多いが、あくまで被災者の心のケアが目的だ、災害そのものに対する知識はそれほど持ちあわせてはいない。今回の地震についても数少ない情報を頼りに震源地に赴いた、それだけのことにすぎないのだろう。

「よろしいですか」美由紀は発言した。「今回の震源の深さは十キロメートル、マグニチュード六・九ときいています。震央を中心として、半径が震源の深さの約二倍の円周上に最大の被害がでているはずです。その円の内側および外側は被害が少なく、たとえ隣接する家屋であっても円周にかかっていなければ倒壊をまぬがれていたりします。次に被害が大きいのは、震源の深さの四・五倍、つまり震央から半径四十五キロメートルの円周上です。この外側の円の被害は内側の円ほどではないのですが、やはり住宅の全壊もしくは半壊がみられるはずです」

新玉が眉《まゆ》をひそめた。「震源地の真上じゃなく、そこを中心とした半径二十キロと四十五キロの円周上に被害がでているっていうのか？　どうしてそんなことになる？」

「日本列島は火山灰が堆積《たいせき》して粘土化したローム層を地盤としていて、上部の層には比較的新しい火山砕屑物《テフラ》が風化せずに残っています。ロームは粒子と粒子の結合力が強いために地中の震動は垂直方向に伝わりにくく、二層の地盤の脆弱《ぜいじゃく》な部分を通じて斜め上方へと昇っていきます。それで二重の円周上に最も大きな揺れが発生するのです。内側の円の震度は、外側の円の震度のおよそ一・七倍です。この現象をジクターベス・グラウンド効果と呼びます」

「感心だ」塚田が皮肉っぽくいった。「自衛隊の災害救助で教わったことはじつに細部にわたり記憶しているようだ。できれば臨床心理士の資格心得も熟読し、頭に叩《たた》きこんでくれるとありがたいのだがな」

「よせ」新玉が咎《とが》めるようにいった。「塚田君、すまないが早急に現地の臨床心理士らに連絡をとってくれ。震央から半径二十キロと四十五キロの円周上に被災地があるようだ、と伝えてほしい。現地の情報網はまだ混乱しているだろうから、地図で位置を割りだして、訪問先の見当をつけるといい」

塚田は不平そうに口をとがらせたが、なにもいわずに新玉をじっと見つめ、それから美由紀を見やった。苛立《いらだ》たしげにため息をつくと、わかりました、そういって背を向け、足ばやに部屋をでていった。

新玉は穏やかな声で美由紀に告げた。「塚田君の気持ちもわかってやってくれ。臨床心理士を国家資格にしようと半生を捧《ささ》げてきた男だ、医療心理師法案に先を越されそうになって気が立っている。唯一の息抜きはローンで買ったBMWだけだが、ドライブを楽しむ暇もないそうだ」

「わかっています」美由紀は沈みがちな心とともにいった。「臨床心理士という職務を貶《おとし》めるような行動をとってしまったことを、深く反省しております」

「きみはなにも間違ったことなどしていないさ」新玉はデスクの下からカバンを取りあげていった。「さ、では出かけようか」

「どこへ……？」

「きまっているだろ。東京タワーの見学客たちが入院している病院だよ。ほかの臨床心理士の手配がつかないなら、私やきみがいくしかない」

そうですね。美由紀は自分のつぶやきを耳にした。煮えきらない複雑な感情が胸のなかに渦巻く。わたしは社会のために、よかれと思う行動をとろうとした。しかしその行動によって傷つく人々のことを考えてはいなかった。イラクで過ごした日々は、あまりにもわたしの視野を大きくしすぎた。たとえ相談者でなくとも、目の前にいる人に苦痛を与えておいてカウンセラーといえるだろうか。多数が少数に優先するという考えは、自衛隊を辞したときに捨てたはずなのに。

もういちど、人の心を見つめなおす視線へと立ちかえらねばならない。自分のこととして相手の人生を考える、そのごく当たり前の思想を身につけねばならない。習得できなければ、何度でも試練は訪れる。美由紀は誓った。試練を自分への戒めとして精進しよう、これから何年かかろうとも。

出会い

陽が傾きかけてきた。東京共済医科大の虎ノ門病院前にマスコミの姿が見当たらないことに、美由紀はほっと胸をなでおろした。貪欲《どんよく》な報道各社が特別展望台の見学客らに対するインタビューまで欲するのではないかと内心危惧《きぐ》していたが、そこまでの心配はいらなかったようだ。もっとも、単にインタビューが不可能だったという、ただそれだけのことかもしれない。見学客は大半が意識を失ってこの病院に搬送された。当然、数日にわたって面会謝絶が予測される。すぐ記事にならない取材には人材を割かない。この国のマスメディアのやり方らしかった。

美由紀は新玉恭介会長とともに、日本臨床心理士会が所有する会長専用のトヨタマジェスタの後部座席から降り立ち、病院の時間外通用口を入っていった。精神科のナースステーションで尋ねてみると、患者たちは全員、病院の裏手にあるテラスにでているという。

外にいるということは、診察の結果問題がなかったということだろうか。全員の意識がすでに回復しているという報せ《しら》は受けていたが、安心するにはまだ早いように思えた。PTSD発症の危険性も考えられる。心の表層は修復できていても、奥深いところにまだ問題を残しているかもしれない。

看護師長の案内で、美由紀と新玉は病院の裏庭に向かった。歩を進めていくと、そよ風に乗ってバイオリンの音色が耳に届いた。ふと懐かしさを感じる旋律。なぜだろうかと美由紀は首をひねった。曲はマルティノンのソナチネだったが、さほど頻繁に聴いた記憶がない。演奏者の腕もそれほどうまいとは思えなかった。アマチュアであることは間違いないだろう。それなのになぜ、心惹《ひ》かれる自分がいるのか。

自然に歩が早まった。ゆっくりとした歩調の新玉が、美由紀のはやる気持ちを察したかのように、お先に行きなさい、そういった。美由紀は軽く頭をさげて足ばやに裏庭へと急いだ。

広々とした芝生が見渡せる、赤レンガを敷き詰めたテラス。屋外用の丸テーブルがいくつも並んでいた。郊外の自然公園の一角を思わせる優雅な風景のなかで、人々が椅子におさまり、心地よさそうにバイオリンの音色に耳を傾けている。その中心に立って演奏をしているのは、一見子供にみえる童顔ながら、派手なギャル系ファッションに身を包んだ金髪の女だった。手にしたバイオリンは四分の三サイズのようだ。

その病院にもバイオリンにも似つかわしくない演奏者の容姿に、美由紀の目は釘付《くぎ》けになっていた。誰だろう。フォームやスタイルにとらわれない、自己流とも思える弾き方をしている。幼少のころから習っていたわけではなさそうだった。スピッカートとサルタートの区別がついていないし、身体とバイオリンのあいだが開きすぎているせいでビブラートも心地よく響かず、無理な姿勢がいかにも辛《つら》そうだった。にもかかわらず、弾いている当人は平然とした面持ちのままだ。これが自分のあるべき姿だ、周囲にそう納得させるふしぎな自然さをまとっている。

ときおり音程がはずれたりテンポが狂ったりするが、聴衆は演奏に魅了されているようだった。その反応は決して気の迷いではないと美由紀は思った。完璧《かんぺき》ではないからこそ心に響く、そんな音色だ。かつてバイオリンの教師が美由紀にいった。演奏は巧《うま》いか下手かではない、良いか悪いかで価値が決まるのだと。この奏者はまぎれもなく良い演奏をする。バイオリンは弾き手の人となりを体現する、教師はそうもいった。教師の言葉が正しければ、このコギャルのような女の本質は演奏のとおりなのだろう。教科書的な回答はまるで不得意だが、人々の心をとらえるなにかを持ち合わせている。

静かに聴きいっている人々の顔を見たとき、美由紀ははっとした。特別展望台で、まっさきに倒れた老婦がいた。その隣りの中年男性も、OL風の女性も、全員があの展望台の見学客だった。タワーの梁《はり》の上からガラス越しに見えていた、あの恐怖と驚愕《きょうがく》の表情を浮かべた人々。いまはどの顔も安らぎに満ちている。

コギャル風の演奏者によるバイオリンの調べによほど魅了されているのか、聴衆らは美由紀に気づかないようすで、無心に聞きいっていた。演奏は終盤にさしかかり、やがて静かにフィニッシュをきめると、人々は満面の笑顔をたたえて拍手した。本物の渋谷のギャルならぶっきらぼうな態度をとるところだろうが、この演奏者はにっこり笑って会釈をした。

背後に足音がきこえた。美由紀が振り向くと、新玉が近づいてくるところだった。新玉は美由紀の肩越しにある一点を見つめてとまった。その口からつぶやきが漏れる。「驚いた。恵梨香さんじゃないか」

美由紀はその視線を追った。バイオリンの奏者は聴衆からの賛辞をひととおり受け終えて、ちょうどこちらに向き直ったところだった。

「あ」恵梨香と呼ばれた女の顔に複雑ないろが宿った。それでもまだわずかに笑みのとどまった表情で、恵梨香はいった。「会長。おひさしぶりです」

「いや、ここで会うとは。驚いたよ」新玉のほうは、再会の喜びを隠しきれないようだった。足ばやに歩み寄りながら、声を張りあげていった。「元気にしてたか？　いったいここでなにをしてたんだね？」

「ちょうど都内に寄っていたところで、ニュースを聞いたので。心理相談員としてできることはないですかと病院に申しでたら、こちらの皆さんのカウンセリングを手伝ってほしいといわれまして」

「そうか」新玉は感心しきりのようすだった。周囲の人々を眺め渡してきいた。「皆さまは、彼女と対話を？」

「ええ」と老婦が大きくうなずいた。「とってもいい子でね。親身になって話しかけてくれて、心を落ち着かせてくれたのよ」

「そのとおりです」と中年の男が同意をしめした。「目が覚めたら病室にいて、不安でたまらなかったんですが……、彼女が話を聞いてくれて、すぐ気が楽になりました。私たちひとりひとりに安心を与えてくれたんです」

心理相談員か。美由紀は圧倒されていた。これだけ大勢の人々に短時間でリラクゼーションを与え、事件の衝撃をすでに過去のものとさせている。臨床心理士並みの手際だった。見たところ若そうだが、何歳ぐらいなのだろう。見た目はとてもカウンセラーには思えない。むろん、と美由紀は思った。わたしも人からよくそういわれるのだが。

「ちょうどよかった」こちらに向き直った新玉は真顔になっていた。「紹介するよ。岬美由紀さんだ。当然、知っていると思うが」

美由紀は緊張した。自分のせいで病院に運ばれてしまった見学客たちが、いっせいにこちらに目を向けたからだった。

ところが、老婦がいっそうの笑みを浮かべて真っ先に立ちあがり、美由紀に駆け寄ってきた。「ああ、岬先生！　もしやテレビで見かけた人じゃないかと思ってましたけど、本当にそうだったんですね。お会いできて光栄です」

唖然《あぜん》として美由紀がたたずんでいると、ほかの人々も椅子から立ちあがって、さも嬉《うれ》しそうな顔で近づいてきた。美由紀はたちまち、口々に感謝の言葉を発する人の群れに囲まれた。

比較的若い女性が目を大きく見開いて、興奮ぎみにいった。「赤ちゃんを助けるためにあんな捨て身の行動をとるなんて、素晴らしいことです」

状況の急変についていけず、美由紀はただつぶやくしかなかった。「どうも……」

「感服しました」と男性がいった。「正直なところ、赤ちゃんが地面にほうり投げられたときには心臓が止まりそうだったんですが……犯人を捕まえるためになさったことだったんですね。まさに驚くべき機転ですよ」

笑いの渦が沸きあがるなか、美由紀はまだ途方にくれながらきいた。「事件について……もうご存知なんですか？」

「もちろん」老婦がうなずいた。「赤ちゃん、人形だったんですってね。ほんと、悪質な悪戯《いたずら》だわ」

美由紀は啞然としていた。衝撃的な状況をまのあたりにして、失神にまで至った人々に事情を把握させるのは、並大抵のことではない。目撃者は、目に映ったものだけが真実だと思いこみ、その状況を引き起こした当事者に対する反感や嫌悪感を意識のなかに強く刻みこんでしまう。この場合も、乳児が人形だったと説得したところで受けいれられる可能性は皆無だと美由紀は予測していた。人々は、本物の乳児と信じればこそショックのあまり気を失った。たとえテレビのニュース番組が現場から回収した人形を映しだしたところで、自分が見たものとは違う、あれは本物の赤ん坊だったと主張してやまないのが、こうしたケースの目撃者の常だった。臨床心理士は長期にわたって彼らの気を落ち着かせ、少しずつ現実を受けいれるように促さねばならない。

ところがこれらの人々は、ほんの数時間で事実を把握するに至っている。見たところ美由紀への遺恨も残さず、衝撃が今後のパニック障害につながるほどのストレスを蓄積したようにも見えない。いわば全快だった。美由紀が心を傷つけてしまったと悔やんでいた、その対象の人々はもはやなんの問題も残さず、社会に復帰できる状態へと立ち直っていた。呆然《ぼうぜん》とする美由紀の視界に、恵梨香という心理相談員の姿が小さく見えていた。恵梨香はバイオリンをケースにしまいこむと、そそくさとその場を立ち去ろうとした。

「待って」美由紀は声をかけた。「あなたが……」

恵梨香はすました顔を美由紀に向けた。ええ、と小さくうなずいて、恵梨香はいった。

「ニュースで伝えられていたことを、そのまま皆さんにお教えしました。岬先生といえば有名人だから、善なる行いをしたと説明すれば受けいれられるだろうと思って」

なぜかふたりのあいだに距離を感じさせる物言いだった。どこか軽蔑《けいべつ》したような態度も見え隠れしている。気のせいだろうか。美由紀は訝《いぶか》しくそう思った。

美由紀が黙っていると、恵梨香は気まずそうに視線を逸《そ》らしたまま頭をさげ、小走りに去っていった。

「あの、ちょっと」美由紀は追おうとした。まだ自分と対話したがっているようすの見学客たちに、すみませんと会釈して、人垣を掻《か》き分けて恵梨香のほうに向かった。

恵梨香はちらと美由紀を振りかえると、歩を緩めた。けれども、足をとめることはなかった。

美由紀は歩調を合わせて、恵梨香と並んで歩いた。「どうもありがとう。あの人たちの心のケアを引き受けてくれて」

だが、恵梨香の態度はそっけなかった。別に頼まれたわけではない、そういいたげな横顔で恵梨香はつぶやいた。「いったでしょ。あなたが有名だったから説得できただけだって」

「そんなことないわ。あなたがカウンセリングにおいて、信頼関係《ラポール》をうまく構築できたから。よければ、お名前を教えてくれる？」

恵梨香は足をとめて、美由紀をまっすぐにじっと見つめた。「気づいてないの？」

美由紀は意味がわからず、たずねかえした。「なにが？」

その大きく見開かれた恵梨香の瞳《ひとみ》が、かすかに物悲しく潤んだようにみえた。しかしそれは一瞬のことで、ギャル系特有の愛想のなさを表出させた恵梨香は、無造作にバイオリンのケースを投げて寄越した。

あわてながら美由紀が受けとると、恵梨香はケースをよく見ろというように口でうながした。

怪訝《けげん》に思いつつ、そのケースに見いる。と同時に、美由紀は息を呑《の》んだ。記憶の断片が呼び起こされる。このナイロンの光沢、肌触り。たしかに以前に手にしたことがあった。それも一度や二度ではない。十代のころ、ずっとこのケースにバイオリンをおさめて携えながら、自宅から藤沢《ふじさわ》にある教室まで国道沿いを歩いた。

「これ」美由紀はつぶやきを漏らした。「わたしの……」

「やっとわかった?」恵梨香はぞんざいにいった。「湘南の家をくれたとき、そのバイオリンも置いてったでしょ。教本も山ほど残ってたから、暇つぶしに練習するには事欠かなかった」

全身を電流が駆け抜ける。美由紀は全身が硬直するのを感じていた。目の前に立つ、背の低い金髪の女を見つめて美由紀はようやく声を絞りだした。「するとあなたが……一ノ瀬恵梨香さん……」

「当然でしょ」恵梨香は美由紀の手からバイオリンケースを奪いとった。苦笑に似た笑いを浮かべて、軽い口調でいう。「弦の音をきいても気づかなかったなんてね。なんかショック」

たしかに、耳に覚えのある音色だとは思っていた。しかし美由紀は、それ以上の記憶を呼び覚ませなかった。想起することを拒んでいたのかもしれない。すべての過去に折り合いがつき、新しい人生を歩みはじめたと信じた。受難はすべて明日を生きるための糧にできたと感じるに至った。そんな境地を悟りつつあったいまになって、一ノ瀬恵梨香と初めて顔を合わせることになった。

あるいは、すべてを過去のこととして忘却の彼方《かなた》へと押しやろうとしていたのは、自分のエゴにすぎないのかもしれない。美由紀はそう感じた。あれから五年か。あっという間に過ぎた月日のようにも、果てしなく長く停滞しつづけた時間の連続だったようにも思える。美由紀が恵梨香に抱いていたイメージは、二十歳にしてなお十代のあどけなさを残した勤勉な少女というものだった。髪は黒くストレートで、おとなしい性格の優等生タイプ。弁護士がそう伝えていたからだった。その弁護士に見せられた一枚の写真でしか、恵梨香の顔を知らなかった。世にすれたところがない、無邪気さを絵に描いたような女の子の顔。カメラのレンズに見つめられることにすら戸惑いを残した、やや憂いのある表情が印象的だった。

大きく見開かれた恵梨香の瞳が、わずかに当時の面影を残している。長いつけまつげやマスカラ、アイシャドウで縁どられたその目を見つめるうちに、静止していた時間がゆっくりと動きだすのを美由紀は感じた。

「一ノ瀬さん」美由紀は動揺を隠しきれなかった。「そのう、なんていったらいいか……」

「恵梨香って呼んでよ。会長もそう呼んでたでしょ」恵梨香は片手でしきりに髪を撫《な》でつけながら、けだるそうにいった。「テレビのニュースを見たから、こりゃ岬先生に会えるかなって思って来たんだけどね。ま、そういう意味じゃ、会えたからいいか」

空虚さを漂わせた言いぐさだった。本心はどこかに隠蔽《いんぺい》してしまっているかのようだ。

美由紀は笑いかけていった。「まさか会うとは思ってなかったから、驚いちゃって……。ごめんね、気づくのが遅れて。それに、心理相談員になってたなんて予想もつかな……」

「わたし臨床心理士だったの」恵梨香は美由紀を制してぴしゃりといった。苛立《いらだ》ちが声の響きにあらわれていた。が、恵梨香はため息をつくと、ふたたびつぶやくような声に戻った。「ちょっと前まではね。昨年度の新規資格取得者の名簿、見なかった？」

美由紀はなにもいえず、黙っていた。このところのわたしはあまりに多忙をきわめていた。名簿をチェックする時間はなかったし、その必要も感じなかった。そして、何度か顔をだした臨床心理士会の定例会議でも、一ノ瀬恵梨香の名や顔を見かけることはなかった。

恵梨香はまたため息を漏らし、頭をかきながらいった。「そのようすじゃ、ぜんぜん知らなかったみたいね」

「ごめんなさい。……でも、恵梨香さんも同じ道を目指してたなんて……」

「勘違いしないで」恵梨香は手をあげてふたたび美由紀の言葉を制した。その顔に笑みはなく、醒《さ》めたまなざしがまっすぐに美由紀を見据えていた。「わたしは、なにもあなたの真似をしてるわけじゃないの。たまたま同じ道を進んだ……っていうか、そういう時期もあったっていうだけ」

戸惑いを覚えながらも、美由紀は恵梨香と友好関係を築こうとした。「けれど、あなたのカウンセリングには素晴らしいものがあるわ。あんなに大勢の人の心をサポートすることができたなんて。どういう事情で臨床心理士から心理相談員になったのかは知らないけど、この世界で一緒に……」

「お断り」と恵梨香はいった。「どんな理由があるにしたって、みんなが赤ちゃんだと信じきっている人形を放り投げるなんて。わたし、あなたのそういうところが嫌い。自己中で、周りが見えなくなるところが。だいたい、あなたの親にもそんなとこあったわけじゃん。だからああいうことに……」

美由紀にとって、それは耳をふさぎたくなる一瞬でもあった。だがほどなく、恵梨香も言葉が過ぎたと気づいたようだった。沈黙が降りてきた。ふたりのあいだでその話題は、諸刃の剣だった。どちらが持ちだしても、両者が傷つく。

それでも、いままでそこに話が及ばなかったのは、単にふたりが話すことを避けていたからに過ぎない。ふたりが言葉を交わすとき、事故のこと以外に触れる話題など、本来ないはずだった。ふたりを結びつけたのも、いまこうして感じる確執の源も、あの美由紀の両親が起こした事故にほかならないからだ。

だが恵梨香は、これ以上美由紀との距離を縮めたいとは思わなかったらしい。自分の失言にばつの悪そうな顔を浮かべながら、美由紀に背を向けて歩きだした。「さよなら、美由紀先輩」

ふいに絶たれた対話に虚無感だけが残る。そんな自分に耐えきれず、美由紀は恵梨香を追おうとした。

が、新玉が背後から声をかけてきた。「岬さん」

振りかえると、新玉が神妙な顔で歩み寄ってきた。

「だいじょうぶかね」と新玉は気遣うようにきいた。「きみと彼女は過去に……」

「ええ。お互いの名前は知ってました」美由紀はあえて曖昧《あいまい》な言葉をかえした。「でもまさか、臨床心理士になっていたなんて」

ふむ、と新玉は顎《あご》に手をやった。「ごく短期間だったからな。なにもかもきみの人生の後追いだよ」

「後追い？」

「影響を受けてるってことだ。たしか彼女はきみの家を貰《もら》い受けて、ずっとそこに住んでいるはずだったな。きみに会ったことがなくても、存在を意識し、マスコミに公表されるきみの活動を注視していたはずだ」

美由紀は疑問だった。だからといって、わたしの人生を模倣する気になるだろうか。真似しているわけではないと恵梨香はいった。それに、彼女にしてみればわたしの両親は憎悪の対象のはずだ。その両親から生まれたわたしの生きざまを、好ましく感じるとは思えない。

新玉はふっと笑った。「資格取得後は、きみに似ていろいろ無茶な行動をしでかしたもんだよ。警視庁からの委嘱で、歌舞伎町《かぶきちょう》ビル火災の被災者の女性たちに対する心のケアに彼女を派遣した。ところが彼女はそれをきっかけにして捜査中の事件に首を突っこみ、甲《か》斐塚英人《いづかひでと》の爆弾事件の解決にまで手を貸した」

「あの手製ベルティック・プラズマ爆弾を作った男の事件ですか」美由紀は驚きとともにたずねた。

「そう。きみはイギリス心理学会との会合でロンドンに赴いていたんだったな。恵梨香は恐れを知らずに、爆弾を見つけて東京湾まで運ぶという荒業をやってのけた。きょうのきみも顔負けの勇気だよ」

美由紀は言葉を失っていた。その時期、美由紀はイギリス王室のシンシア妃が精神面に問題を抱えたことに端を発する一件で、同僚の嵯峨《さが》敏也《としや》とともに長いことロンドンに留《とど》まっていた。日本で起きた爆弾テロ未遂事件のことは新聞で知ったが、一ノ瀬恵梨香の名が報じられた記憶はない。けれども、少なくとも彼女にとっては一大事だったはずだ。恵梨香はその事件を機に、美由紀も臨床心理士になった一ノ瀬恵梨香の存在を認めてくれたにちがいないと思っていたのかもしれない。だから美由紀が彼女に気づかなかったとき、落胆のいろを漂わせたのではないか。

運命とはうまくいかないものだった。世間に情報は溢《あふ》れかえっているのに、知るべきことが知らされるべき人間の耳に入らない。

「でも」美由紀はいった。「爆弾の知識もないのにそんなことを……。勇気というより、無謀じゃないですか」

新玉は表情ひとつ変えずに押し黙り、微風にそよぐ芝生を靴の爪先《つまさき》で撫でていた。その視線が上がり、美由紀をとらえる。「私もそう思う。あれは必ずしも、きみと張り合ってのことではなかったろう。恵梨香が無謀な行動をとったのには、別の心理的欲求があったからじゃないかと考えている」

「別の欲求というと、それは……」いいかけて、美由紀は口をつぐんだ。

臨床心理士としての学習と経験を積むうち、可能性にたどり着くまでの時間は大幅に短縮された。そして、ほぼ的確な推論を展開できるようになった。いまも美由紀が思い描いた可能性は、ベテランの新玉のそれと一致したに相違ない。新玉の真剣なまなざしを見つめるうちに、美由紀はそう思った。

新玉はため息とともに視線を逸《そ》らし、まだ庭に居残っている東京タワーの見学者たちに目を向けた。「さて。彼らについて、病院の責任者と話をせねばならん。ちょっと失礼するよ」

美由紀の返事も待たず、新玉はテラスへと歩き去っていった。

恵梨香は美由紀の後追いの人生を送っている。新玉はそういっていた。彼女がわたしに憧《あこが》れの念を抱くとは思えない。危険行為に手を染めたのには、ほかに理由がある。そしてそれが、彼女の究極の欲求である可能性がある。

美由紀は歩を踏みだした。恵梨香はまだ病院をでてはいないだろう。まだ間に合う。足ばやに庭を精神科病棟へと引きかえしながら思った。彼女とのあいだには依然としてわだかまりが残っている。だがそれを振り払ってでも、恵梨香の心に迫らねばならない。もし恵梨香の欲求が破滅に向かうことにあるなら、わたしが救いださねばならない。ほかの誰でもない、わたしが。

モノマニアック

桜田《さくらだ》通りをはさんで虎ノ門病院の真向かいにある屋外平面駐車場に美由紀が到着したとき、空は黄昏《たそがれ》いろを帯びはじめ、赤く照らしだされたアスファルトに長い影が落ちている。左右に整然とクルマの並ぶ駐車場の通路を歩いていくと、向こうから一台のクルマが出口をめざしてやってくるところだった。数百台は収容しているだろうこの広大な駐車場のなかでも、その接近してくるクルマが一ノ瀬恵梨香のものであることは、美由紀にはほぼ予測がついた。黄色い車体のメルセデスＳＬＫ２３０、現行モデルではなく一九九〇年代に生産された初期のタイプだった。バリオルーフは開いた状態で、オープンカーの形状をなしている。

美由紀が足をとめると、クルマはすぐ近くまで速度を緩めずにやってきて、ブレーキを鳴かせながら停車した。

恵梨香は薄くオレンジがかったフレームのないサングラスをかけていた。少し気取ったしぐさでそのサングラスをはずし、ステアリングに片手を置いたまま美由紀を見あげる。

アメリカ人ならさまになるのかもしれないが、ＳＬＫのわりと小さな運転席のなかでも小柄とわかる恵梨香の姿は、どこか生意気な子供のようにも思えた。

「いいクルマね」美由紀はほかにいうべき言葉が見つからなかった。

「あなたほどじゃないって」恵梨香は笑みひとつ浮かべずにいった。「アストン・マーティンに乗ってんでしょ。DB9」

週刊誌で知ったのだろう。その記事にはおせっかいなことに美由紀の外出時の所持品すべてが分析されていて、エルメスのバーキンやカルティエの指輪、ブレスレットなどが列挙されていた。

いま、恵梨香のクルマの助手席にも同じ物が置かれている。バーキンのブルージーン。本物だった。身につけているアクセサリーも同様だった。ラブリングもラブブレスもまぎれもないカルティエ製のもので、ダイヤをちりばめたテニスブレスにも、イミテーションではないことをしめす上品な輝きが宿っていた。美由紀がテニスブレスを身につけたのは一度きりだが、あの週刊誌の記事のなかには含まれていた。

恵梨香は美由紀がなにを考えているのかを悟ったらしく、助手席のハンドバッグを足元に下ろすと、投げやりな口調でいった。「べつに真似したわけじゃなくて、偶然。そんなにお金かけてないし。このクルマも中古で百万円ていどだし」

なにを主張したがっているかよくわからない物言いだが、つまりは恵梨香の真意はその言葉とは逆のところにあったと認めたに等しかった。居心地悪そうにそわそわした態度に、すべてが表れている。できるかぎりブランドで飾って、わたしと張り合おうというのだろう。

どうしてそこまでするのだろうか。物で自分を価値ある人間に見せたいとする欲求は多分に子供じみているが、臨床心理士資格まで得た恵梨香がそこまで単純とも思えない。

恵梨香の視線がちらと美由紀の手もとに向いた。同じ指輪をしているかどうか、いまさらのように気になったらしい。しかし、美由紀は指輪をしていなかった。目を逸らした恵梨香の横顔に、安堵《あんど》と当惑の入り混じった複雑ないろがあった。

「カルティエはもう持ってないの」美由紀はいった。「というより、週刊誌に載ったわたしの持ち物はぜんぶ、チャリティオークションに出品したものばかりなのよ。記事を書いた人はそのリストを丸写しにして、いかにもわたしのプライバシーに触れたようなニュアンスを与えただけ」

無関心を装いながらも、目の輝きが抑えられない恵梨香の顔が美由紀を向いた。「エルメスも売っちゃったの？」

「バーキンのブルージーンはね」

「DB9は、まだ乗ってるんでしょ？」

「いいえ。外車は新車購入しても故障が多くて、肝心なときに遠出ができなくて」

「いまはなにに乗ってるの？」

「レクサスのSC430。旧名トヨタのソアラ」

ああ、と恵梨香がどこか小馬鹿にしたような態度でいった。「ソアラかぁ」

美由紀の困惑は深まった。恵梨香は、日本製でしかも耳にしたことのある車名に、どこか優越を感じているような面持ちをしている。

するると、恵梨香の価値観の基準は価格そのものに向けられているわけでもなく、ただ世間が認めるところの有名ブランドであるか否かにあるのだろうか。実際に費やした金がいくらであったかよりも、他者が高価だとみなしてくれることが重要で、真にブランドものを買い揃えるだけの財力をみずからが有しているかどうかは関係ない。他人にリッチだと信じさせることができれば、自分はリッチも同然だ、そういう短絡的な思考だろうか。クルマの価値を知る美由紀には早々と中古車であることを自白しておきながら、それでもブランド力では勝っているからSLKに分があると信じている、恵梨香の言動からはそんな考えが読みとれる。

結論をだすには早計だが、現時点で恵梨香の性格を分析するなら、それはモノマニアックというよりほかにない。美由紀はそう感じた。

と、恵梨香の目が美由紀を見つめた。「わたしをモノマニアックだと思ったでしょ」

「いえ……」美由紀は否定したが、それ以上言葉がつづかなかった。

「嘘ばっかり」と恵梨香はため息まじりにつぶやいた。「そう。わたし、モノマニアックだし。精神科医の先生にもそういう指摘、受けたことがあるし、自分でもそう思うし」

美由紀は黙って恵梨香の横顔を見つめていた。自分の欠点を口にしておきながら、その表情に憂いや悲しみのようなものは見当たらない。

臨床心理学の道を歩んできた恵梨香に、客観的な自己分析はできて当然だった。その彼女自身による分析は、美由紀の推論と同一だった。モノマニアック。幼少のころの偏執的な性格を残し、他人を所有物で判断する傾向のある人格のことだった。それゆえに、自身も周りからどうみられるかについて、常に物が重要だという結論に達する。より高価なもの、より人々の羨望《せんぼう》を集められるもの。それらを所有することによって、他者との優劣関係に勝利をおさめることができると信じるところがある。あらゆる人間関係の軋轢《あつれき》を、高価な所有物によって駆逐できると考えがちだったりもする。

ある意味でそれは、つきあう友達を持っている玩具《おもちゃ》で選び、自分がより高い玩具を持つことで高みに立とうとする、非常に幼稚で稚拙な願望の発露にほかならなかった。と同時に、自分自身は物の価値を判断する基準を持っていないことを意味する。価値はすべて他人が、社会が決めるもの。自分がきめるのではない。そして自身は、他者がきめた価値観に従って、より優越感が得られる物品を手にする。そうすることで安堵が得られる、そうでなければ落ち着かない。世に成金とみなされるタイプは、多かれ少なかれモノマニアック的志向を人格のなかに秘めているとされる。

恵梨香は仏頂面のまま、SLKの運転席から人を仰いだ。「千里眼相手に隠しだてするのも意味ないから、とりあえずぶっちゃけておくね。わたし、あなたが嫌い。理由は言うまでもないでしょ。たとえ事故でも、あんな目に遭わされれば憎悪の対象は事故を起こした人間に向けられる。あなたはその人たちの娘だし」

その言葉は、美由紀の胸に鋭利な刃物のごとく突き刺さった。やはり避けては通れない話だった。

五年前、美由紀の両親の乗ったクルマが湘南の海岸線を通行中、対向車の接触を受けて道路脇に飛びだし、二階建てアパートを直撃した。破損したガソリンタンクに引火して爆発が起き、炎はたちまちアパートを覆いつくした。

美由紀の両親は死亡。アパートの住民はほとんど出払っていたが、唯一、部屋にいたのが一ノ瀬恵梨香だった。

軽傷で助けだされた恵梨香だったが、彼女は心に深い傷を負った。中学生のころ、恵梨香の父は自宅に放火し無理心中をはかっている。そのときのショックでPTSDに陥った彼女は、ようやく立ち直って独り暮らしを始めたところだった。けれども、この事故が恵梨香のPTSDを再発させたという。

そもそも事故は対向車がセンターラインを割ったことに起因していたが、美由紀の父が運転していたクルマも制限速度を超過していたとみられ、過失があると考えられた。空自の幹部候補生学校に進学していた二十三歳の美由紀は、事故の報《しら》せをきいて実家に駆けつけたが、両親はすでに息をひきとった後だった。

被害者である恵梨香が未成年者でないことから、特別な補償は必要ないとされていたが、美由紀は両親の残した実家を恵梨香に無償で譲ることを決意した。家具や所持品もほとんどそのままに、すべてを恵梨香に引き取らせた。家の権利書の譲渡は弁護士を通じておこなわれ、美由紀はいちども恵梨香と顔をあわせなかった。恵梨香は当初、美由紀の申し出を断ったらしいが、弁護士の説得もあって受けることにきめたらしい。事故の当事者の家に住むことになるとは皮肉だが、大学生だった恵梨香には当時、収入はなく、ほかに選択肢もなかっただろう。

一年ほど前、湘南をクルマで通りかかったときに、美由紀はかつての両親の実家を視界の端にとらえた。スウェーデン風木造二階建ての家屋の屋根は真っ赤に塗り替えられ、おそらく模造品だろうがレンガの煙突が取り付けられていた。女の子が人形遊びに用いたがるような、玩具のような家。住人の恵梨香の姿は見かけなかった。改装したのが彼女か否かもわからない。だが美由紀はたしかめることなく、そのまま黙って通り過ぎた。すべては過去だと自分にいいきかせた。

しかし、なにも終わってはいなかった。恵梨香は美由紀に過剰なほどの影響を受けていた。現在の恵梨香の趣味をみれば、家の改装をおこなったのも彼女自身だと察しがつく。彼女も過去を忘れ、捨て去ろうとしたのだろう。けれども現実には、事故に端を発したすべてのことが、心に深い爪あとを残していた。

「滑稽《こっけい》でしょ」恵梨香は金髪を指で撫《な》でつけながら、おかしくもなさそうにいった。「まるでタレントに夢中になったファンみたいにおんなじような持ち物揃えちゃって。だけど、もういちどいうけど、わたしあなたが嫌いなの。同じように親を亡くして、でも立派な職業について、ほんの半年後にはテレビであなたの姿を見かけた。自衛隊で初めての女性パイロットだっけ？」

美由紀は押し黙っていた。実際には自衛隊における女性パイロットには何人も先輩がいる。美由紀は女性自衛官として最初の戦闘機パイロットだった。しかし、そのことを口にする気にはなれなかった。防衛のためとはいえ、交戦を目的とした機を操縦していた記憶を、いまこの場で蘇《よみがえ》らせるのは苦痛だった。

恵梨香はしばらく美由紀の顔を見あげていたが、やがてため息をついて、両手をステアリングの上に乗せた。「テレビのチャンネルを変えても、雑誌を読んでも、あなたのことばかり。両親を自動車事故で失った悲しみを背にがんばったとかなんとか、美談にされちゃってさ」

「わたしはそんなことをいった覚えは……」

「ないでしょうね。そりゃそうでしょ。マスコミなんてでっちあげるものだから。でもとにかく、それらの報道であなたの両親は被害者。突っこんだ家の住人がどうなったかなんて、ひとことも触れられなかった。事故が起きた当初の新聞記事では、あなたの両親の過失が大きくとりあげられてたのに、あなたが有名になってからはそういう話はさっぱり報じられなくなった。わたしのことなんて、ほとんど黙殺。あれって何？　やっぱ、防衛省とかそういうところの圧力とか？」

「圧力なんて……」美由紀の言葉は消えいりそうになった。

事実、政府所管のいかなる省庁であろうと、マスメディアを操作する権限など持ちあわせてはいない。れっきとした報道協定を結ぶ以外に、そのような規制をおこなったのでは非難を受けるのは目に見えている。それでも、無言の圧力というものはあるのだろう。防衛省の広報が発表したニュースを報じる際に、不必要にスキャンダラスな過去を穿《ほじく》りだすというのは賢明ではない。記者クラブから締めだされないためにも、どの報道機関も自発的に防衛省の広報の意向に沿うことを心がける、そんな傾向はあるだろう。たしかに、空自に入隊して以降いまに至るまで、両親の起こした事故の過失について質問を受けたことはなかった。

亡き両親の面影を振りはらうべく、無我夢中で歩みつづけた日々は、思わぬところで人を傷つけていた。恵梨香は当初、美由紀のことを、両親を失った者どうし同じ境遇に置かれた人間とみなしていたのかもしれない。だが美由紀は世間の脚光を浴び、その両親の不遇の人生は報われたとされる一方で、恵梨香の苦悩は無視されつづけた。それが、恵梨香の美由紀に向けた憎悪の理由かもしれなかった。

美由紀は動揺とともにこみあげる悲しみを抑えながら、恵梨香にいった。「ごめんなさい」

恵梨香は運転席から美由紀を見あげた。「なにに対して謝ってるの?」

「なにって……。あなたの苦痛を、早く理解してあげられなかったことが……」

「よしてよ」恵梨香は苦笑を浮かべたが、すぐに真顔に戻った。「あなたが超すごい人だったっていうだけじゃん。わたしね……、いまだからいうけど、家をもらったとき、これであなたは文無しだって思ったの。わたしを苦しめた人の娘は、住む家も失って、いずれ路頭に迷って……。とにかく一生悩んで苦しむと思ってた。それがいまじゃ、藤沢の一戸建てをどうこう思うはずもないぐらいのお金持ちになってる。セレブじゃん。わたしが焦りだしたときには、あなたは雲の上の人になってた。気づいたころには、わたしはあなたのことばかり考えるようになってた。いちども顔を合わせなかったあなたが、それをいいことに自由気ままに暮らしている気がして、本当に頭にきたの」

「どうしてそんな……。わたしは、一ノ瀬恵梨香さんのほうがわたしに会いたがらないと聞かされていたのに。何度もあなたのお見舞いに行きたいって申しでたのに、あなたが拒否しているから場所を教えられない、そう聞かされてたのに」

「ええ、そうよ」恵梨香は憤りを露《あらわ》にしていった。「わたし、あなたに会いたくなんかなかった。でもテレビが、雑誌が、毎日のようにあなたの姿をわたしに見せつけてくる。それもいい面ばかりを。直接会ってるほうがまだましだった。だって、わたしはあなたのことをなにもかも知ってんのに、あなたはわたしのことをなにも知らないわけじゃん。一方的に、岬美由紀さんはこんなにいい人ですって話ばかり押しつけられて、まじで頭がおかしくなりそうだったし。で、その後、あなたが臨床心理士に転職しましたってニュースを聞いた。一瞬、あなたにカウンセリングを受けにいこうかって考えが頭に浮かんで、次の瞬間には、そんなわたし自身に猛烈にむかついてさ。なんでそんなこと思わなきゃいけないんだって。あなたに会いたいとか、あなたを認めなきゃいけないとか、そんな欲求が生じてくる自分が、ほんと許せなくて」

しだいに興奮しつつある恵梨香の言動に耳を傾けながら、美由紀はいたたまれない気持ちになった。

彼女は曲解している。だいいち、わたしは恵梨香と友達になるのを拒否したことなどない、恵梨香のほうから会うことを拒絶した。だから会いたくても会えなかった。それが事実だ。しかしそれでも、恵梨香は美由紀に会いたがっていたのだろう。事故を起こした両親の代わりに、美由紀に謝ってほしかったのかもしれない。慰めてほしかったのかもしれない。あるいは、一緒に両親を失った悲しみを語り合いたかった、そう欲していた可能性もある。美由紀は加害者の娘であると同時に、かつての恵梨香と同じく両親をなくした被害者でもあった。美由紀に対する憎悪の念と同情心が葛藤《かっとう》し、恵梨香は悩んだ。ところが美由紀がひとり悩みを振りきったように世にでていくさまを見て、恵梨香は裏切られたように感じたのだろう。以後の報道はすべて恵梨香個人に向けられているように思え、美由紀が成功を見せつけているようで、不愉快だったのだろう。

恵梨香の目がかすかに潤んだ。その涙を指先でぬぐって、恵梨香はまくしたてた。「気づいたときには、あなたを意識したものをいろいろ買い揃えてた。あなたの部屋に残ってた本もぜんぶ読んだし、ファッションとかを真似した時期もあった。でもあなたよりもっと上をいこうと思ったから、より派手なのを目指したの。自衛隊は無理だけど、臨床心理士なら可能性があると思って、で事故のあとずっとわたしのカウンセリングを担当してくれてた人に聞いてみたら、難しいからやめたほうがいいっていわれた。でもわたし、あきらめきれないからどうしてもやるっていったの。そしたら向こうが折れて、勉強もみてくれるようになった。新玉会長とかいろんな人紹介してくれて、臨床に参加する機会を与えてくれて、昼も夜も勉強して……やっと資格認定試験に合格したの」

並大抵の努力では、資格を取得するにはとても及ばない。恵梨香がいかに必死で勉強をしたか、同じ努力の日々を送った美由紀には想像がついた。まさに茨《いばら》の道を歩むがごとき苦痛の連続だったはずだ。

「でさ」と恵梨香がつぶやいた。「専門知識を得て、やっとわたしがどんな状態に陥っているかわかった。モノマニアック。ひとり娘で、少し過保護に育てられたことからくる分離不安。まだ意識が成人しきらないうちに両親を失ったことによって、分離不安は社会から見捨てられることへの不安へと肥大化して、境界例に近い症状を持つに至った。でもそんな分析なんて、結局はどっかの学者がつけた名前と道筋に従っているだけ。わたしのことは、わたしが一番よくわかってる。あなたが高校生のころまで住んでた家に、わたしひとりで住んで、あなたが置いていった生活の名残りを受け継ぎながら、マスコミを通じてあなたを知った。孤立の不安から逃れるためには、あなたのようになるしかないと本能的に求めたのよ。両親をなくしたあなたの現状が孤独でないのなら、わたしもあなたに追いつくことになってそうなるはずだし、どうせならあなたを超えなきゃ気が済むはずがないじゃん。あなたは加害者の娘なんだし。見返してやらなきゃ、すっきりしないじゃん」

恵梨香の心の痛みを、美由紀は自分のことのように感じていた。その苦痛はできるかぎり、和らげてあげたい。しかし、それらはすべて過去に感じた苦悩の延長だ。問題はこれからにあると美由紀は思った。恵梨香はみずから歪《ゆが》んでいると認める人格を正し、健全な彼女の姿へと戻らねばならない。その最も危うい部分を真っ先に是正しなければ、彼女は立ち直ることができない。

「恵梨香さん」美由紀は静かにいった。「爆弾を恐れることなく東京湾まで運んだのは、純粋にあなたの勇気によるものなの?」

しばらくのあいだ、恵梨香の目は虚空をさまよっていた。あまり触れたくない話題のようだった。それでも、恵梨香が解決の一翼を担った刑事事件について岬美由紀の口からたずねられることは、彼女にとって嫌悪を覚えることではないようだった。

恵梨香はすんなりといった。「ええ。こうみえても度胸あんの、わたし」

「あの爆弾の威力について、誰かから説明を受けてた?」

「まあね。破裂したら即死だってことぐらいは知ってた。なんでも死体が残らないほど強力だとか、そんな話だったと思うけど」

美由紀は緊張がじわりと身体のなかにひろがるのを感じていた。

ベルティック・プラズマ爆弾は空自も空対地ミサイルの弾頭として採用している。美由紀が現役でいたころには存在しなかったが、のちに伊吹直哉《いぶきなおや》一等空尉が演習中に起こした誤射事件の際に知ることになった。直撃を受けたら最後、その爆心近くにいた生物は地上から抹消され、わずかな残留物を残すのみ。人間とて例外ではない。そのことを知る美由紀は、たとえ恵梨香と同じ状況に置かれてもそれを海まで運ぼうなどとは考えなかったろう。ほかに爆発を阻止できる手段があったかどうかはわからないが、恵梨香の選んだ方法をとらなかったことだけはあきらかだ。美由紀にしてみれば、恵梨香の行動はきわめて衝動的なものであり、断じて賛同できるものではなかった。

それに、と美由紀は思った。恵梨香もあの爆弾が死の危険をはらんだものだと知っていたのなら、その行為はむしろ勇気とは無縁のものだと考えられた。

「これは私見だけど」美由紀はいった。「場当たり的に爆弾の処理を思いつくなんて、ふつうじゃ考えられない。拾いあげた瞬間に爆発する可能性もあるし、構造を理解していないのならなおさら、恐怖でなにもできなくなるってのが当然だと思うけど」

「あいにく、わたしそんな臆病者《おくびょうもの》じゃないの」恵梨香はまるで美由紀に張りあうようにいった。「元自衛官でなくても、やらなきゃいけないって思ったときにはやるもんでしょ」

そのひとことは、美由紀に匹敵する活躍をしたという恵梨香の自負以外のなにものでもなかった。が、美由紀は恵梨香が本心を隠していると気づいていた。

「そんな決断力や使命感にささえられて、無謀な行動をとったわけじゃないでしょ。東京湾に爆弾を運ぶルートに、あなたは都心部を縦断する道を選んだ。どこで爆発しても死者がでる。結果は無事に済んだけど、あなたの選択は正しかったわけじゃない」

恵梨香は怒りのいろを漂わせて美由紀をにらんだ。「正しくなかったってどういうこと？　わたしがやんなきゃ、あれは市街地で爆発してたのよ。岬美由紀さん、自分の留守中に活躍の場を奪われたのがそんなに不満？　そりゃ、たしかにあなたがさらに名を上げるチャンスだったかもね。できることならわたしみたいな素人には、あなたの十八番《おはこ》を奪ってほしくないって思ってるでしょ。それもよりによって両親の事故で因縁があったわたしだったなんてね」

美由紀に対し優位に立ったと思いこんでいるのか、恵梨香はしだいに饒舌《じょうぜつ》になってきた。美由紀は苛立《いらだ》ちがこみあげてくるのを感じていた。勘違いもはなはだしい。爆弾の処理などという非日常的な緊急事態に直面し、無事にことなきを得れば、一時的には英雄視されることもあるだろう。が、臨床心理士としてなんら功績となるものではないうえに、一歩間違えれば大惨事を引き起こすことになっていた。それに、わたしは恵梨香の無事を喜びこそすれ、手柄を奪われたなどと思ったりはしない。

「そう思いたければ思ってもいいけど」美由紀は憤りを抑えながらいった。「でも、あなたもよくわかってるでしょ。あの状況で、勇気だけで爆弾を運べるはずがない。あなたには別の欲求があった」

と、間髪をいれずに恵梨香がいった。「死にたがってたってこと？」

悪びれもせずに核心を突かれ、美由紀は思わず口をつぐんだ。

「ま、そうね」と恵梨香はいった。「そりゃそう。死にたいとはいつも思ってる。こんな世の中なんかやだし、かといって自分からただ犬死にするのもね……。だから死ねそうな機会はいつも探してる。爆弾をすんなり手にできたのも、そのせいかもね」

今度はあっさりと、美由紀の指摘を認めた。恵梨香の意志は統一性に欠けていた。そのときごとに発作的な欲求を抱き、それにしたがって思考を構築しているようでもあった。

恵梨香はつぶやいた。「自殺は……、なんだっけ。孤立感とか絶望感、なにもかもが無価値だと感じることとか、現状の永続が予測される未来に対する悲観、そのへんだっけ。ぜんぶ、わたしに当てはまるね。あと、PTSDの苦痛から逃れたい心理も作用することがあるっていうじゃん。そこも当たってる。いまでも火を見るのが怖いし。ライターの火が風に揺れてるだけでも、呼吸とかできなくなるし」

美由紀は衝撃を受けた。恵梨香のいうPTSDが、事故の瞬間の火災によって齎《もたら》されたものであることは間違いない。むろんそのことは、恵梨香自身もわかっているはずだ。

「恵梨香さん」美由紀はきいた。「あなたを担当していた臨床心理士は、そのことを……」

「知ってた。けどわたし、治ったふりをしたの。そうじゃないと、臨床心理士になる勉強をさせてくれそうになかったから」

恵梨香がいまだにPTSDに苦しんでいる。美由紀は、恵梨香に対し苛立ちを覚えた自分を恥じた。わたしは彼女にできるだけのことをすると申しでたはずではなかったか。彼女をこのままにしてはおけない。

「それなら」と美由紀はクルマのドアに手をかけ、恵梨香の顔をのぞきこんだ。「わたしがあなたのカウンセリングを……」

と、恵梨香がふいに甲高い声で笑った。「やめてよ。わたし、臨床心理士だったっていったじゃん。自殺願望を抱いた人間とどう対話するか、PTSDからの回復をどうサポートするか、考え方もやり方もなにもかもわかってる。手の内が知れてることだし、誰がやっても無駄。わたし、自分自身でやれることは全部やったから。でもこの苦しみなんて、どうせ誰にもわからない」

微風にたなびく恵梨香の金髪を、美由紀は黙って眺めていた。PTSDは不治の病ではない。それを専門家が回復困難と感じるとき、症状は単独のものではなくほかのさまざまな心の苦悩と結びついていることが多い。

わたしの存在が恵梨香をそこまで追い詰めてしまったのだろうか。美由紀は思った。恵梨香が事故の直後からわたしを意識し、わたしを目指し、わたしに勝てないと感じて虚無に浸るに至った。家を譲渡する以外に、もっとするべきことがあったのではないか。わたしと同じ、いやわたし以上の苦しみを背負った恵梨香のことに想像をめぐらし、なにができるかを考えるべきだったのではないか。

臨床心理士としての知識を得たいまなら、間違いなくそうするだろう。だが当時の美由紀はまだ、心理学についてなにも知らなかった。自分の苦痛にしか目が向いていなかった。

沈黙していた恵梨香が、ふと表情を硬くした。サイドブレーキを解除し、チェンジレバーをDレンジにいれた。

「まって」美由紀はいった。「お願い。まだ、話し合えると思うの。よかったら、携帯の番号おしえるから……」

美由紀はポケットから携帯電話をとりだした。恵梨香はいかにも拒否の言葉を口にしそうな面持ちだったが、美由紀の手もとを見た瞬間、その表情がかすかに和らいだ。

しばし考えるそぶりをしてから、恵梨香は意を決したようにサイドブレーキをひき、レバーをＰに戻した。バーキンを模したかたちのハンドバッグを取りあげ、なかをまさぐりながらつぶやいた。「そのＦＯＭＡは、チャリティオークションで手放さなかったってことね」

恵梨香の手に、美由紀と同じパナソニック製のＰ９０１ｉＳが握られていた。

美由紀は笑いかけて、二つ折りの携帯を開いた。「同じ機種なら、テレビ電話で通話できるのよね」

「まあ、ね」恵梨香は気乗りしない返事をしてきた。

それでも美由紀は、恵梨香が今後のコミュニケーションを拒絶しなかったことに喜びを感じていた。携帯電話の赤外線通信機能で、自分の電話番号を恵梨香の電話に転送した。

電子音とともに液晶板に表示された美由紀の番号を、恵梨香はしばらくじっと眺めていた。美由紀は恵梨香のほうも番号を送ってくれることを期待したが、恵梨香はそれには応《こた》えず、携帯電話をたたんでハンドバッグにほうりこむと、あらためてチェンジレバーに手を伸ばした。

恵梨香は無言のうちに美由紀からの連絡を拒んだ。だが、彼女の心情を察すれば仕方のないことだった。恵梨香がわたしの番号を受けとってくれただけでもありがたいことだ、美由紀はそう自分にいいきかせた。

「恵梨香さん。もし時間があったら、いつでも連絡して。藤沢の家なら場所もわかってるし、すぐに飛んでいくから」

ステアリングを握ったまま、恵梨香は静止していた。その目だけが美由紀を見あげる。頑《かたく》なに美由紀を拒絶しつづけた無愛想な表情に、さらに別の蔭《かげ》がさしたようにみえた。

「わたし」恵梨香はいった。「もうあの家、売っちゃったの」

「そうなの……？　いまは、どこに？　あ、自宅を教えたくないなら、仕事場でもいいわ。心理相談員のお仕事は、どこを拠点にしてるの？」

深いため息をつき、恵梨香は姿勢を正した。「いまも一戸建てに住んでる。でも住所は萩原県。こういえばわかるでしょ」

美由紀は恵梨香の大きく見開かれた瞳《ひとみ》をじっと見つめた。夕陽を反射するその虹彩《こうさい》がゆっくりといろを変える。

萩原県住まい。つまりは、世を捨てていることを意味していた。仕事による稼ぎがなく、掲げている職業の看板も名目だけ。臨床心理士資格を失ったあとの恵梨香は、ずっと無職だったのだろう。そうでなければ萩原県に住む権利は得られない。

美由紀に負けじと、世に打ってでるために血のにじむような努力をつづけた恵梨香。いまの彼女の暮らしを支えているのは、萩原特別行政地帯の福祉だけだった。

「そういうこと」と恵梨香は、一切の感情を押し殺した顔で美由紀にいった。「じゃあね」

今度こそ呼びとめられまいとするように、一瞬の隙もみせずに恵梨香がアクセルを踏みこむ。SLKは低いエンジン音とともに駐車場を疾走し、出口から公道へと消えていった。

静寂とともに、日没後の寒気を肌に感じる。美由紀はその場に立ちつくし、黄昏《たそがれ》を残す空を見あげた。

萩原県から悪夢にうなされる悩みについて相談にきた戸内利佳子も、一ノ瀬恵梨香によって美由紀の勤務先にまで案内されたのだろう。たとえ萩原県のなかでも、彼女が心理相談員として再起しようとしていることは、彼女の前向きな気持ちの表れではないのか。

そう思いたい。わたしのせいで恵梨香の人生が狂ってしまったのだとしたら、あまりにも辛《つら》すぎる。

美由紀は重い足をひきずりながら歩きだした。黄昏は蒼《あお》みを帯びながら、闇夜へと時をいざなっていく。アスファルトに長く伸びていた影は、消え入りそうなほど薄らいでいた。

野生の目

会計士という仕事に就いて三十年、顧問先の企業は百社以上に上る。だが、それだけの経験をもってしても、このジンバテック株式会社という企業は理解しかねる。だいたい、会計士を雇っておきながら会社の経理のすべてを明かそうとしないという態度はいかがなものだろう。これでは健全な経営についてのアドバイスを求められても、なにも答えることができない。あるいはこの企業にとって、会計士はただのお飾りにすぎないのか。自分はただ、記帳や販売請求の代行、給与計算、経費精算といった雑務をこなすためだけの人材にすぎないのか。

大貫士郎《おおぬきしろう》は、六本木《ろっぽんぎ》ヒルズにほど近い五丁目の交差点付近に建つ巨人なインテリジェントビルのエントランスをくぐりながら、けさも憂鬱《ゆううつ》な気分に浸っていた。セキュリティゲートのセンサーに顔を向けて、コンピュータの顔認証システムが自分を認識するのを待つ。ほどなく、分厚いガラスを嵌《は》めこんだスライド式の自動ドアが滑らかに開く。そこから先は無機的な印象の漂う味気ない廊下がつづく。まるでガス室に向かう道だと大貫は思った。足を踏みいれてすぐ背後でドアが閉じるとき、いつもそう思う。空気中の分子あるいは粒子ひとつ通さないと思えるほどの密閉感とともに、ドアは内部と外部の狭間《はざま》に頑強な隔たりをつくる。もうこれで、明日の朝まで陽射しを直接浴びることはない。一日の業務を終えたころには、とっくに日が暮れている。

若かったころ、とりわけ昭和の末期が懐かしい。当時の経理はいまに比べればどんぶり勘定もいいところで、行政の目も現在ほど厳しくはなかった。毎晩のように接待費や交際費についてのやりくりを求められる一方で、支出については一円でも多く経費として計上できないかと経営者にさまざまな知恵を求められたものだ。いまなら脱税指南といわれるようなことも、かつては企業経営の常識だった。大貫は自分を実直でまじめな性格だと思っていたが、あのころはそういう海千山千の経営哲学を支持することが会計士の仕事のひとつだったように思う。もちろんこのところは、そんなふうに帳簿の記入者のさじ加減で経理を操作できるなどという甘えは許されなかった。なにもかもがコンピュータ管理。昔、サラリーマンは会社の歯車といわれた。いまはユニットだ。コンピュータのなかに何千、何万と存在するユニットのうちのひとつ。顧問会計士はサラリーマンではないが、システムの一部に組みこまれている以上、扱いはほぼ同じだった。

通路を進んでいくと上りのエスカレーターに着いた。三菱《みつびし》が開発した螺旋《らせん》階段式のエスカレーターが、吹き抜けの円筒状のホールを壁づたいに上へ上へと昇っている。スーツ、あるいはワイシャツ姿の社員たちが、無言のまま階上へと運ばれていた。屋根は六角形のドーム状で、ステンドグラスが自然の太陽光を取りこんでいる。そのせいで、エスカレーターの行き着く先がまばゆいばかりの光に包まれてみえた。社員らが天国への階段と呼ぶそのエスカレーターは、企業の体質そのものを表しているように思えた。社員たちが昇天する。しかしその先には、優雅な世界がひろがっているわけではない。天使たちは日夜、神のために奔走し、神のために働くことを余儀なくされる。落ち度があれば、天使の資格を失い翼をもがれる。勤務するフロアが一階下に、場合によっては数階下にダウンする。この企業では全般的に勤務する階が上であればあるほど高給取りということになる。露骨な下克上。いや、これも現代の経営理念というべきだろうか。重要度の低いユニットほど、メインのCPUからはほど遠い場所に位置しているものだ。

エスカレーターに乗ってすぐ、背後から男の声がかかった。「ああ、大貫さん。おはようございます」

振り向くと、後ろに見慣れた顔がついてきていた。十歳ほど年下の正社員、業務部ネットワーク課の長谷部《はせべ》だった。四十をすぎて独身貴族をきどり、毎晩のように六本木を飲み歩くという自称遊び人でもある。疲れ知らずなのか、それとも息抜きが功を奏しているのか、その笑顔は生気に溢《あふ》れていた。

おはよう、と大貫は応じた。「ゆうべも六本木で？」

「いや、銀座ですよ」と長谷部は快活にいった。「ヘネシーの一番高いボトルを入れたばかりだから、当分はそこに通いつめることになりそうです」

「いいご身分だね」大貫は心からいった。「ネットワーク課の課長の給料はそんなに高く設定してあったかな?」

「とんでもない。経費ですよ」

「経費?」初耳だった。大貫は上昇するエスカレーターの上で振りかえり、長谷部と向かい合った。「きみひとりで飲みにいく金が、経費で落ちるってのか? 交際費などほとんど認められてないのに」

「交際費だなんて。私はなにもやましいことをしてるわけじゃないですよ。精神面管理費として認められているぶんを、経理部の指導どおりにありがたく実行させていただいているだけです」

「ああ、あれか」と大貫はいった。精神面管理費という妙な名目の経費が、社員ごとに計上されているのを帳簿でみたことがある。この会社の帳簿には、ほかにも社員が個別に利用できる特殊な経費がいくつも存在しているらしい。こんな名目では税務署、まして国税局はごまかせませんよ、大貫は経理部長にそう進言したことがある。だが経理部長は顔いろひとつ変えず、さらりといった。わが社は前代未聞にして新進気鋭の企業だから、経理においても旧来の常識には当てはまらない部分もある。すべては社長の意向を反映したものだ、という。大貫は開いた口がふさがらなかった。乱暴な経営で知られた大阪発のディスカウントショップ・チェーンも、ここまで身勝手なルールを用いてはいない。

だが長谷部は、罪悪感などかけらも感じないようすで、上機嫌にいった。「この会社では、社員ひとりひとりが自己管理をするにも経費を認めてるって話でしょ。仕事のストレスを軽減して、精神衛生上健全な状態を保つための遊びは、会社の経費だというのが社長の考えでしてね。さすがですよ」

大貫はあきれた気分で長谷部の顔を眺めていた。彼は社員のひとりにすぎない。そういう使途不明金も同然のあやしげな経費の頻出によって、どの部署も予算を大幅にオーバーしているという事実を知らない。ますます理解しがたい会社だと大貫は思った。この規模にして計画倒産を仕組んでいるとは到底考えられないが、そう疑いたくもなる経営状況だった。というより、会社の経営はすでに破綻《はたん》している。手形から契約、仮契約までも含めたすべての約束事に現金が動く時点になれば、ジンバテック株式会社はたちまち数千億規模の負債を抱えることになる。風前の灯《ともしび》か。大貫には、陣場輝義社長が絶体絶命の窮地に立たされ、乱心したようにしか思えなかった。まるで敗戦寸前のヒトラーだ。電撃的な戦略で規模を拡張したまではいいが、長続きせず崩壊。まさに第三帝国の野望を彷彿《ほうふつ》とさせる。

長谷部は、目の前にいる会計士がこの企業の行方をナチスの敗戦になぞらえているとは露知らぬようすで、軽い口調でいった。「大貫さんもどうです、今夜あたりご一緒に」

「遠慮しておくよ」と大貫は前に向き直った。「私は顧問でここに来ているにすぎないからね。精神面管理費とやらは認められないと思う」

「大貫さんなら、だいじょうぶ、認められますよ。社員も同然だし。なんなら、私から経理部にきいてみましょうか」

大貫は思わず苦笑した。「いや、いいよ。平日から飲み歩けるほど若くはないし」

「ああ。ご家族をお持ちですもんね。私みたいな孤独なサラリーマンとはちがう」

家族か。大貫はため息をついた。毎晩、町田《まちだ》の家に帰るのは午前零時をまわってからだ。妻はもう寝ている。来年から社会人の息子は、大学のキャンパス近くのマンションでひとり暮らしをしている。家族はいつの間にか、お互いに顔を合わせなくなっていた。それぞれがただ漠然と、帰ることのできる場所としての家という存在を意識しあっているにすぎない。家族と呼べる関係が意味するものは、日に日に薄らいでいく。自分と妻が若かったころ、息子が幼かったころの家族は、もう戻らない。子供の成長とともに、失われていったものもある。

だが大貫は、そんな感傷的な気分を言葉にするつもりはなかった。昇っていくエスカレーターの行く手を見あげながら、背後の長谷部にいった。「独身のうちに飲んでおくにかぎるよ。結婚したら、酒を口にしても味気なく思えてくる」

「それは、ほかに楽しみが見つかるってことですかね?」

あくまで前向きな男だと大貫は思った。「だといいけどな」

そうですか。長谷部の声は、ふいに沈んだように聞こえた。「では私も、当分は結婚できそうにありませんね。飲まなければやってられないし」

大貫は妙な気配を感じて振りかえった。長谷部の顔にはまだ笑いがとどまっていたが、そこにはさっきまでなかった疲労と困惑のいろが表れていた。

「どうかしたのか」と大貫はきいた。

「いえ、べつに」長谷部は肩をすくめた。「ただね、こんな状況は長くはつづきそうにないってことですよ。そのうちバブルがはじけます。で、次はどこに就職しようかなんて考えてると、頭も痛くなるし」

意外だった。管理職のなかでもとりわけ天真爛漫《らんまん》に思えた長谷部が、じつは会社の危機を肌で感じていたとは。大貫はたずねた。「どうしてそう思うんだね？　経営は好調だときみらは信じてるだろう？」

「まさか」と今度は長谷部が苦笑を浮かべた。「ジンバテック証券はまだ優良の評価を受けているみたいだし、実際に多くの投資家から金を集めているみたいですが、そのていどでこの会社の経営が安泰だなんて思っている人はいませんよ。テレビ局の株式買収でもかなりの無茶をして資金調達したと聞いてるし、外資系に乗っ取られるのも時間の問題じゃないんですか？　いまの状況が保障されるなら社員をつづけますけど、そうもいかないだろうしね」

「いつからそんなふうに考えるようになった？　少なくとも、業務部ネットワーク課のほかの社員たちは、危機感など持っていないようにみえたが」

「危機感がないんじゃなくて、どうにもならないんですよ」長谷部は声をひそめた。「けどね、みんなわかってるんです。IT金融のバブルも無限というわけではない、もうすぐ終焉《しゅうえん》が来るとね。テレビ局との株式争奪戦で巨額の借入金、それで懲りたかと思いきや、今度は萩原特別行政地帯ときた。いまのところ問題は表面化していないみたいですが、あれは致命傷でしょう。金ばかりかかって収入ゼロ。社長がなにを考えているか、わかったもんじゃないです」

大貫は複雑な心境になった。陣場社長の経営手腕に疑問を感じていたのは自分だけではない、社員も同様だった。

それでもなお、会社が存続しているのはどういうわけだろう。つまりは、社長が崩壊寸前の会社に人材を引き留めるために遊ぶ金まで支払っている、そういう企業の末期状態をしめすものだろうか。たしかにこれまで世話してきた企業のなかに、そんな経営者の悲壮な姿をみたことがある。ただし、それらはどれも中小企業だったし、社長が社員の優遇のために費やす金額も常識の範囲内だった。いまや大企業に成長したジンバテック、それも社員ひとりずつに精神面管理費なる交遊費を認める企業。どうしてそんなに余裕ある素振りができるのか。よほどの秘策が社長の頭のなかにあるとでもいうのだろうか。テレビ局の株式の大半を時間外取引で取得して世間をあっといわせた、あの電撃作戦をうわまわる秘策が。

二十階に着いた。エスカレーターを降りて、壁の案内表示を見る。埋めこまれたハイビジョンテレビにきょうの予定表が映っていた。間もなく朝の経営会議、場所はこのフロアの大会議室Cだった。

ということは、またテレビ会議か。大会議室Cには巨大なモニタースクリーンが備えつけられていて、このところ社長はそのスクリーンに姿をみせるのみだ。とはいえ、遠方の地にいるわけではない。スクリーンの映像は結局のところ、最上階の社長室と社内LAN回線で結ばれたテレビ電話にすぎなかった。陣場社長は同じ社屋にいながら会議にさえ姿を現さず、社長室にひき籠《こ》もってハワード・ヒューズを気取るようになった。そのくせ、マスコミの取材要請にはどこへでも出向くという、目立ちたがり屋な面もある。テレビ会議もその性格の表れかもしれなかった。社長はスクリーンに大きく映しだされる。己れを誇示したいという願望を満たすには、もってこいかもしれない。

「大貫さん」と長谷部がいった。「会計士なんだし、社長にがつんと言ってくださいよ。このままじゃ会社がやばいって」

頭をかきながら大貫は歩きだした。「そうはいっても、私も経営のすべてを把握してはいないんだよ」

「会計士の大貫さんが?」長谷部は大貫と歩調を合わせ、並んで歩きながらいった。「こりゃ、いよいよもってやばいよ。私たちは社長の妄想につきあわされているだけなんじゃないか」

「まあ、それは……。否定はできんがね」

「誇大妄想ですよ。ええと、たしか妄想性人格障害っていうんでしたっけ。社長には間違いなく、そういうところがある」

大貫は口をつぐんだ。妄想性人格障害。それらしい名の症例を挙げられると、社長が正常ではないのではという疑念がいっそうの現実味を帯びて感じられる。

だが長谷部は、通路の果てにある大会議室Cの扉を入った瞬間、忠実な企業の僕《しもべ》に変貌《へんぼう》した。扇形、ひな壇式になった会議テーブルを埋めつくしている管理職に、片っ端から愛想をふりまきながら頭をさげている。ここにいるのは重役を含め、ほとんどが長谷部よりも役職が上の者ばかりだ。あれだけ会社の行く末を悲観視しながら、上司へのごますりには余念がない。課長職の典型といえた。

大貫の席は、弁護士や税理士ら外部から顧問を務めるために出向している者たちが集う一角にあった。周囲にあたりさわりのないあいさつをして、腰をおろす。それぞれの席にはパソコンが据え置かれている。いつものように、肝心な収益額について未掲載の収支報告書が表示されていた。

ほどなく会議室内の明かりが暗くなり、スクリーンに表示が灯《とも》った。

白い壁に掲げられたモディリアーニの絵画。以前、社長室に呼ばれたときに見たことがある光景だった。社長のデスクの背面の壁に、あの絵画が飾ってあった。社長専用のカメラ付きパソコンは、デスクの上に置いてあるらしい。

陣場輝義社長がフレームインした。スーツではなくポロシャツ姿だった。彼はいつもそんなカジュアルなスタイルを好む。椅子に腰掛け、こちらに向き直った陣場の顔がズームアップされる。しんと静まりかえった会議室のスクリーンに映しだされる巨大な顔。ある意味で、なんとも不気味な状況に思えた。

映像を通じての対面であるにもかかわらず、社員たちはいっせいに立ちあがり、口々におはようございますとあいさつしながら、深く頭をさげた。大貫や弁護士、税理士らも同じようにした。

「おはよう」画面のなかの陣場は無表情にいった。「座ってください。ではいつものように、収支報告の前に質問事項があれば受け付けておこう。なにか発言がありますか」

薄暗い室内のなかでも、離れた場所に座った長谷部がこちらを振りかえったのがわかる。目配せをしているようだ。経営そのものについて問いただせというのだろう。

陣場輝義は体格のいいスポーツマンタイプで、まだ四十歳代と若く、たしかに鋭い目つきをしているものの、どちらかといえばまだ日の浅い営業マンのような印象がある。ラフな服装と短く刈りあげた髪のせいで、頭を使うよりは身体を動かすことに興味がありそうな男にもみえる。それらの外見と、彼の中身に明確な違いはあるのだろうか。これだけの企業を一代にして築きあげた彼の半生はたしかに成功者だったかもしれない。しかし、企業が成立して以降はどうだろう。とりわけ現状、彼の頭のなかに起死回生の秘策はあるのだろうか。その事実の有無が知りたい。

ためらいはあった。が、大貫は思いきって、手もとのボタンを押した。

室内にブザーが響きわたる。出席者たちは沈黙したまま、スクリーンを見つめている。

陣場の目が、ちらとカメラから逸《そ》れた。パソコンの画面に、誰が発言のボタンを押したか表示されているらしい。陣場は抑揚のない声でいった。「大貫会計士、ご質問をどうぞ」

出席者たちがこちらを振りかえる。スクリーンのなかの陣場も、まっすぐに大貫を見据えた。少なくともそう思えた。画面が二次元であるかぎり、室内のどこにいてもそう見えるはずだ。しかし、大貫は自分ひとりが視線を注がれているように感じた。それも身を乗りだし、息がかかるくらい顔を近づけてきたかのような錯覚が起きる。

錯覚の理由のほとんどは大画面の効果だ。だが大貫は、陣場のかもしだす圧倒的な存在感を前に身がすくむ思いがした。頭の軽そうな若造という印象は、真正面からこちらを見つめる陣場の顔には少しも残されていない。強いていうなら、まるで思考のパターンの異なる野生の獣の顔のようだった。総合的な知能では人間のほうがうわまわるが、獲物を狙いすまして襲いかかる瞬間の的確な判断、俊敏な動作はいかなる人間にも真似《まね》のできない高度な才能にほかならない。いまも陣場の目は、その特異な才能を発揮する瞬間を虎視眈々《たんたん》と待ち構えているかのようだった。

「陣場社長におたずねします」喉《のど》にからむ声に咳《せき》ばらいをして、大貫はデスク上のマイクにいった。「僭越《せんえつ》ながら、社の経営全体についておたずねしたいと思います。このところ、各部署の支出は収入を大きく上まわっていて、なかでも福祉事業部福祉課の受け持つ萩原特別行政地帯への出費は、初期投資だけで四千七百億円、現在の月々の経費が百十二億六千万円となっています。この経費にはいわゆる萩原県の住民の生活費、市街地の整備費、道路工事費、萩原線リニモの運行費などが含まれ、税金は別となっております。収入もわずかながらありますが、その内訳は萩原県内での営業許可を与えているコンビニエンス・

ストアやファーストフード、ガソリンスタンドなどから徴収している土地の使用料、および主に隣り合う県との境に建つ看板などによる広告収入、それぐらいです。しかも萩原県内の各店舗の収入は、つまるところジンバテック社が提供している住民の生活費から支払われているわけで、ほかの土地に住む人間が通りかかって金を落としていかないかぎり、純益とは呼べません」

陣場は顔いろひとつ変えずにいった。「おっしゃることすべては、すでに把握済みのことですが。それで、なにをおたずねになりたいのですか」

「この萩原特別行政地帯の維持のために、多数の外資系から資金を調達しているというのが現状ですが、果たしてこの先、収益に結びつくなにかが得られるのでしょうか？　証券およびIT部門の業績は悪くはありませんが、この萩原特別行政地帯の福祉事業をつづけるかぎり、それらの部署の収益も焼け石に水という感じですが」

「なるほど」と陣場は小さくうなずいた。「疑問をお感じになるのも、もっともなことだと思います。しかしながら大貫会計士は思い違いをしておいでだ。萩原特別行政地帯の福祉は投資ではない。あの事業から収益があがるはずもなく、そもそも期待などしていない。ただし、わが社のイメージアップという面ではおおいに貢献してくれるでしょう」

大貫の疑念はさらに深まった。「そうすると、ひと月に百億を超える無償の支出が、この先もずっとつづくというわけですか。それを補いうる別の事業のご予定があるということでしょうか？」

会議の出席者たちがいっせいに身を乗りだし、食いいるようにスクリーンを見つめた。やはり、誰もが気にしている。陣場が大逆転のためにどんな策を用意しているのかを。ある意味では、いま会議で議題にせねばならないことは、その一点をおいてほかにはない。

陣場はあっさりといった。「むろん、新事業の計画があります」

大貫は心拍が速まるのを感じながらいった。「現在、このままジンバテックの経営が破綻《はたん》ということになれば、数千億から数兆という負債額を抱えての戦後最大の倒産となるのは必至です。どのような計画が、いつぐらいに実現するのか、ぜひこの場でお教え願いたいのですが」

誰もが息を呑《の》んでスクリーンを注視している。そのスクリーンのなかの陣場の顔がかすかにひきつったようにみえた。

だが、瞬《まばた》きひとつせず、陣場はいった。「大変申しわけありませんが、まだ公表できません」

室内のあちこちからため息がきこえた。失望の空気が漂うなか、大貫は食いさがった。「この場は経営会議です。社外秘ということにして、なんとか事業内容をお教え願えませんでしょうか。そうでなければ、経理についてなんの話し合いも……」

「ここでお話しできることはない」陣場はまた、あの野生の獣のような視線でじっとこちらを見据えた。「現在のところ一部重役と、当該の部署のみが知っていればよいことです。この会社に身を置くからには、当然、経営者である私の意向は全面的に尊重していただけるものと考えております。会議に出席しておられる皆さまには、ぜひそのあたりの認識を深めていただきたいと思います。では、ほかにどなたか質問があれば」

大貫の持ちかけた質疑は、陣場によって一方的に打ち切られた。会議室は沈黙していた。当然のことだと大貫は感じた。最重要の質問のはずが、露骨に回答を拒否されてしまったのだ。これ以上、ほかに聞きたいことなど思いうかぶはずがない。

「よろしいかな」と陣場はいった。眉間《みけん》の皺《しわ》が、わずかにその数を少なくした。「では、各部署の収支報告に入る」

依然として会議室は静寂に包まれていたが、緊張は解けたようだった。社員らも姿勢を崩し、椅子の背に身をあずけたり、頰杖《ほおづえ》をつくようになった。そんななかで、長谷部がまたこちらを振りかえった。長谷部は神妙な顔で首を横に振った。

同感だ、大貫は心のなかで返事した。

社員であるからには、社長を信用するのは当然だ。だから余計なことは聞くな、それが陣場の主張だった。もちろん、そんな説明で納得がいくはずもない。事態はもはや、ひとつの企業の経営責任を問うに留《とど》まらない。このままジンバテックが倒産すれば、瀕死《ひんし》の日本経済にとどめを刺す危険さえはらんでいるのだ。

ふと思いたって、大貫は手もとのパソコンのキーを叩《たた》いた。収支報告のウィンドウを閉じ、代わりにインターネットのブラウザを立ちあげる。

IT事業部の担当者の報告を聞き流しながら、検索サイトの入力窓に文字を打ちこんだ。

妄想性人格障害。

検索結果の一番上に表示されたサイト名をクリックした。精神科医のサイトらしい。妄想性人格障害。周囲に対し強い猜疑心《せいぎしん》を持つ。すべての人が、自分を出し抜こうとしているように見えて、警戒すべき相手となる。自分が利用されることに対して激しい怒りを覚えたり、配偶者や恋人に対して病的なまでの嫉妬《しっと》心を抱く。自分が類まれな才能《たぐい》の持ち主であると信じてやまず、偉大な成果を挙げることができると確信している。だがすべては、妄想である。

仮に自分が失敗することがあれば、そのときは誰か他人が邪魔をしたせいであると信じてしまう。自意識過剰で、自分の権利を主張したがることが多く、権力には反感を持つ。権力と争う自分を美化してとらえる。他人の欠点は遠慮なく指摘するが、自分の短所を指摘されると怒りだす。笑顔をほとんど見せず、尊大に振る舞い、なにごとも秘密主義で、誰に対しても敵対的な態度をとる。野生の肉食動物的なまなざしを人に向けることから、ワイルドアイズ・シンドロームと呼んだ学者もいる。

野生の目《ワイルドアイズ》。

鳥肌が立つ思いだった。顔をあげてスクリーンに目を戻すのが、なぜかためらわれた。びくつきながら前方を見やった瞬間、大貫は凍りついた。射るような鋭い目が、こちらを向いている。どんなに神経の図太《ずぶと》い男だろうと、命の危険を感じずにはいられなくなる、その尖《とが》ったナイフのような目。

大貫は息を呑んだ。可能性はある。いま陣場を支えているすべては妄想かもしれない。だとするなら、日本という国の経済はもはや破綻したも同然だ。

自殺願望

一ノ瀬恵梨香はSLKのステアリングを切り、まだ朝もやのたちこめる萩原県の住宅街を自宅へと向かっていた。けさも、日本列島のあらゆる都市が通勤ラッシュの喧騒《けんそう》を迎える時刻に、この周辺だけは静寂に包まれている。まだ眠っている住民も多いだろう。エンジンをふかさないよう気をつけながら徐行した。窓を閉めきっていても鳥のさえずりだけはかすかに響いてくる。それが朝の運転時におけるエンジン音の基準だった。似たものどうしが寄り集まって暮らす町だ、自分がどうされたら不快かを考えれば、おのずから気遣いも身につく。

昨晩は家に帰らなかった。虎ノ門病院の駐車場をでてから、妙に気持ちがむしゃくしゃして、どこかに寄っていきたい衝動に駆られた。あんな気持ちは何か月ぶりだったろうかと恵梨香は思った。ここのところは、用を済ませたらさっさと家に引き籠《こ》もるのが常だった。だが少なくともゆうべは、家にだけは戻りたくないと思った。ふしぎなものだ。家族がいるわけでもない、近所に知人も住んでいない。クルマのなかにいるのも、家のリビングに籠もっているのもたいした違いはない。どこか赴いた先で誰かと言葉を交わすわけでもない。それでも、家には帰りたくなかった。いや、この町から遠ざかりたいと思った。ここの住民になって以来、初めてのことだった。

日没後、渋谷にクルマを向かわせてみたが、結局停車せずに通りすぎた。109《マルキュー》周辺は、恵梨香の知るころの渋谷とはさまがわりしていた。女たちのファッションはいたって地味なものとなり、恵梨香の目には退廃的に映った。しかし、彼女たちからはわたしが時代遅れにみえるだろう。そう思ったとき、ここにもわたしの居場所はないと感じた。大勢の人が行き交うところに身を置くことはできない。人々の視線は苦痛だ、いつもそう思う。少しでも価値観のずれた者の介入を阻む、稚拙な絆《きずな》がどこにいっても存在する。かつての渋谷は、その絆のなかに恵梨香を迎えいれてくれた。恵梨香はその街に溶けこんだ。だがいまは、異質なものとして受けとられるにちがいない。道玄坂《どうげんざか》を抜けるとき、道端で嬌声《きょうせい》をあげる女子高生が目に入った。この街で彼女たちと同床異夢をみながら、共存する関係は終わった。わたしはここにはいられない。

首都高速から湾岸線を飛ばし、横浜のみなとみらいに行き着いた。ひっそりと静まりかえった埠頭《ふとう》にクルマを停め、コンクリート製の桟橋に打ちつける波を眺めた。ひと晩じゅう、そこにいた。冷たい夜気に包まれる以外、家にいるのとなんら変わりがない。孤独は、どこにいこうとついてまわる。それでも闇のなかにかすかに浮かぶ水平線を見つめ、ここが果てしない外の世界とつながりを持った場所だと感じることができる。いまわたしは、外の世界にいる。人と交じりあう気にはなれなくとも、引き籠もりではない。そんな自分のなかにわずかに残された過去の遺物ともいうべきこだわりと、心の奥底で向き合うことができる。

夜が白々と明け、恵梨香はまたこうして萩原県に帰ってきた。世が動きだすころには、やはりわたしはここに逃げ帰るしかない。この街には静止した時間がある。家のなかなら、なおさらだ。人生のあらゆる意味を考えなくて済む。自分の心をもてあそんで勝手に傷つくこともできるし、癒《いや》されるまでのあいだなにもせず、ベッドの上に横たわっていることもできる。

どの家も同じ大きさ、住民の生活になんの差もない。競争も存在しない。そういう萩原県の住宅街にクルマを走らせるうちに、恵梨香の心は落ち着きを取り戻していった。昨夜、帰りたくないと思った衝動が嘘のように、いまは安堵《あんど》に浸る自分がいた。家に着いたらシャワーを浴びて、眠ってしまおう。疲労した身体をベッドに投げだし、なにもかも忘れて眠りにつこう。それがいい。いまはそれ以外、なにも求めなくていい。

自宅がある設楽町に乗りいれたとき、恵梨香は心底、これから独りで自由な時間を過ごせる喜びに浸っていた。

ところが自宅に面した路地に入った瞬間、異様な光景が目に入った。

恵梨香の家の前に座りこんでいる男たちがいる。やせ細った三十前後の男がふたり、肥満体の中年がひとり。玄関前には若い女がふたりいた。全員、身だしなみとは無縁の服装と髪型だった。それはつまり、彼らがこの萩原県の住民であることを意味していた。

接近すると、その連中はぼんやりと顔をあげた。眠たげな目をしている。ここで夜更かしをしたのだろうか。萩原県ではめずらしい光景だった。

クルマを停めて降り立った恵梨香を、男たちは座りこんだまま見つめていた。怪訝《けげん》に思いながらも、玄関に向かう。女たちと目が合った。ふたりとも化粧をしていない。世間の基準でいえばずぼらな女に見えるが、この街では違和感はない。そのうちのひとりが、恵梨香を見てたずねてきた。一ノ瀬さんですか、心理相談員の。

「ええ」恵梨香は呆然《ぼうぜん》としながらきいた。「そうですが」

「ひと晩じゅう待ってたんですよ」女はふいに苛立《いらだ》ちをあらわにして、髪をかきむしりながらいった。「どこにいってたんですか」

「どこって……。ちょっと都内に……」

もうひとりの女が舌打ちした。まるで、この県の住民のくせに家に引き籠もっていないとは非常識だ、そんなふうにいいたげな態度だった。

背後に足音がした。三人の男たちもぶらぶらとこちらに近づいてくる。痩《や》せたふたりのうち、病的なまでに顔いろの悪い男が恵梨香にいった。「その、僕たち、きのうから、待ってたんです……」

もうひとりの痩せた男が口をきいた。「悪い夢ばかり見るから、相談したくて……。ここにくれば、臨床心理士の岬美由紀先生を紹介してくれるってきいたから」

岬美由紀。聞きたくない名前だった。一夜を明かすまでのあいだ、必死で頭から締めだしていた女の存在。しかしこうして、同じ街に住む住民からたずねられてしまったのでは、擬似的な健忘に浸りつづけることはできない。

「ああ」と恵梨香はつぶやいた。「きのうは、その人のところに行ってたんです。やはり悪夢にうなされるという悩みを持つ人がいたので、勤務先の病院に……」

と、太った男が甲高い声で口をさしはさんだ。「俺たちも連れてけよ」

恵梨香は押し黙った。太った男は真顔だったが、あまりにぞんざいな態度に、恵梨香は一瞬冗談かと疑った。思わず笑みを浮かべてたずねかえした。「は？」

だが、太った男の言動はこの場にいるほかの人々にとって、場違いに思えるものではなかったらしい。女のひとりが同意をしめしてきた。「なんできのう相談に来た人だけ、岬先生のところに連れてったんですか。わたしたちも連れてってください」

誤解されているのだろうか。わたしは岬美由紀への相談を申し入れる窓口ではない。困惑しながら恵梨香はいった。「あのう、連れてけっていわれても、わたし、そんな義務があるわけじゃないし……」

病的に痩せた男が不服そうな顔できいた。「義務がないってどういうこと？　じゃ、なぜきのうは連れてったの？」

「きのうは……」

「ねえ」と女のひとりが苛立ちをあらわにした。「ひとりでも連れてったのなら、ほかの人も連れてかなきゃ不公平ってもんじゃない。早く連れてってよ」

太った男がいった。「っていうか、連れてこいよ。岬美由紀をよ」

ほかの面々も一様に同意をしめした。もともと出不精の連中だけに、相手が出向いてくるほうが好ましいと感じたらしい。それがいい、そうしてよ。男女らは口々にそういった。

恵梨香はただ戸惑うばかりだった。なんという身勝手な言いぐさだろう。だが、それも当然かもしれなかった。社会に参加せず引き籠もるという生き方を選ぶ人間は、そもそも自分勝手な道を歩んでいる。自分のことしか考えない。いつも本能的に自分の欲求を満たすことばかりを考えている。悪夢が睡眠をさまたげたら、その怒りをぶつけられる他者を探す。あるいは権威を頼って、手早く困難を除去してもらおうとする。この特別行政地帯でぬくぬくと暮らしているせいもあって、どんなサービスでも受けられるという甘えはいっそう強固なものになっている。恵梨香がどういう立場にある人間なのかを鑑《かんが》みることなく、ただ自分たちが欲しているから与えるのが当然だとこの男女らは主張した。それが、いったん欲求不満が起きたときにここの住民がしめす常識的な態度なのかもしれない。

しかし、と恵梨香は思った。このところなぜ、悪夢をみる住民が増えたのだろう。引き籠もりの心理からすれば、この街ほどストレスを溜《た》めこまずに生きられる場所はほかにないというのに。

「そのう、皆さん」恵梨香はいった。「皆さん全員が悪夢に悩んでおいでですか？」

「僕はちがう」と痩せた男のひとりがいった。「金縛りが起きるんだよ。毎晩のように……」

女が会話をひったくった。「わたしは悪夢を見るの。いつも火あぶりになる夢で、身体ごと燃やされちゃって……」

「わたしもそう」もうひとりの女がうなずいた。「ぼうぼうと燃える火に包まれて、焼かれて……」

全員が我先にと発言し、言葉は混ざりあってほとんど聞き取れないものになった。恵梨香はその騒々しい声を聞き流しながら、呆然とたたずんだ。

火に焼かれる夢。きのうの戸内利佳子も同じ悪夢についてカードに書きこんでいた。複数の人が似た夢をみる理由はどこにあるのだろう。ここでの暮らしのなにが、ストレスとなって下意識にそんな夢を提示するのだろう。

と、太った男がまた声を荒らげた。「いいから、早く岬美由紀を紹介しろよ。きのう二時間もかけてここまで来たってのに、おまえが留守にしてたからひと晩待たされたじゃねえか」

初対面の人間に向かっておまえ呼ばわりとは、礼儀を欠くにもほどがある。けれども恵梨香は、憤りを抑えてきいた。「二時間って？　萩原県にお住まいじゃないんですか？」

「もちろん萩原県だよ。だけど、ここから逆側の印橋《しるしばし》町ってとこから来てんだ」

自分のことしか考えない男女たちは、またしてもここまで足を運んだ苦労を、それぞれが譲りあおうともせずに発言した。わたしは一沢《いちさわ》町から来たの。萩原線の駅が遠いから、かなり歩かなきゃならなかったし。僕は背座《はいざ》町に住んでるんだけど、設楽ってどこかわかんなかったから、あちこち探して、結局三時間以上かかっちゃって……。

男女らの住まいはすべて萩原県内ではあるが、その場所は県内の各地に散っていた。印橋は栃木県との県境近くにあるし、背座もここからは遠くに位置している。それぞれの町にはなんの因果関係もない。県内のほぼ全域で、悪夢や金縛りに悩まされる症例が多発しているのだろうか。それにしては、相談にくる人間が少なすぎる気がする。八百万戸もの住居が建つ萩原県だ、いかに隣人と疎遠であっても、大多数が同じ症例に悩んでいるなら噂はたちまち広まるだろう。対話はなくてもネットなどを通じてのコミュニケーション手段は存在するからだ。しかし、そういう動向はまだない。なにより、この県に住む恵梨香は、火あぶりの悪夢もみたことがなければ、金縛りにあったこともなかった。

恵梨香はいった。「あのう、悪夢か金縛りかの違いはあっても、要するに不眠ということですよね？　よければ、わたしが心理相談員としてカウンセリングをおこないますけど」

その場にいる全員の態度は、きのうの戸内利佳子がしめしたものと同一だった。狐につままれたような顔で、恵梨香の姿をじろじろと眺めまわす。こんなコギャルのような女になにができるのだろうか、誰もがそう訝《いぶか》しがっているようだった。

痩せた男のひとりがたずねてきた。「なんであなたがやるっていうんですか？　僕、岬先生に会いたいんですけど」

「不眠症は、どんな権威でもたちまち治せるってわけじゃないんです。ストレスの原因を見つけ、それを除去する方法を話しあいながら探していかないと……。だから、少なくとも何週間かはカウンセリングを受けていただくことになります」

「えー」女がだるそうにいった。「そんなに？」

太った男がしかめっ面をした。「だから岬美由紀に会わせてくれっていってんだろ」

「岬美由紀……先生であっても、たった一回のカウンセリングで不眠症を完治できるはずはありません。だいたい彼女は臨床心理士であって精神科医ではないんです。カウンセラーは問題を解決するためのヘルパーですから、回復のためにはご自身の努力が必要になります」

努力という言葉は、この県の住民には忌むべきことらしかった。全員がいっせいに嫌悪の態度をしめす。なかでも太った男の声がひときわ高かった。「なんで努力なんかしなきゃいけないんだよ。金縛りにあうってのに、自分じゃどうしようもないだろ。だから専門家に催眠とか、そういうのでさ……」

「催眠は魔法じゃないから一発で問題を解決することはできません」恵梨香はしだいに苛立ちをおぼえはじめた。ここまで聞きわけのない連中に講釈をたれたところで、聞く耳を持つわけがないではないか。

その予感は的中した。女のひとりが、いままでの対話を台無しにするひとことを吐いた。

「なんでもいいけど、岬先生に会わせてよ」

ほかの男女らもたちまち同意の言葉を口にした。

恵梨香は黙りこんだ。岬美由紀のもとに、これらの人々を運んでいく。わたしが必要とされている役割は、そんなものでしかないのだろうか。萩原県に住みながらも、少しずつ人々の役に立っていく道を探っていきたい、そう願って心理相談員の看板を掲げた。しかし恵梨香を訪ねてくる人々は、岬美由紀に会いたがってばかりだ。マスメディアの煽動《せんどう》を鵜呑《うの》みにしやすい引き籠《こ》もりが多く住んでいることもあるだろう。

が、それにしても人々はあまりにもわたしの声を無視しすぎている。正論を伝えようとしても、彼らは耳をふさぎ、自分たちの欲求を満たしうる存在ばかりを追い求める。

そのとき、女のひとりがSLKを眺めながら、恵梨香にきいた。「きのう相談に来た人、あのクルマで都内に連れてったの？」

「ええ……」

病的に痩せた男は露骨に嫌そうな顔をした。「ベンツ乗ってるなんて。この県に住む必要、ないんじゃない？」

「ベンツっていっても……中古だし……」

女は頭を掻《か》きながらいった。「萩原県住まいで、見栄張ったってしょうがないじゃない」

男女のなかにさしておかしくもなさそうな笑いの渦が沸き起こる。

恵梨香の苛立ちはさらに募った。わたしのなにがわかるというのだ。引き籠もりなんかに、わたしのプライバシーについて評価してほしくはない。

太った男がクルマをにらみながらつぶやいた。「座れるところ、助手席しかねえな。後ろの座席とかねえし。ひとりずつしか運べないんじゃねえの」

女のひとりが間髪をいれずにいった。「じゃ、わたしから」

ほかの男女らも声高に主張した。僕からだ。俺だ。わたしが最初。そのさまは、まるで公園の遊戯施設を奪いあう幼稚園児のそれと同様だった。いい年をした大人のとる行動ではない。

恵梨香は思わず本音を漏らした。「ばからし」

踵《きびす》をかえし、玄関に向かって歩きだす。男女らの視線が背中に突き刺さるのを感じたが、まるで痛みなどなかった。

「ちょっとまてよ」太った男が声をかけてきた。「いつ連れてってくれるんだよ」

「わたしにそんな義務はないの」恵梨香は醒《さ》めきった気分でいった。「もう寝るから、邪魔しないでくれる？」

女が詰め寄ってきた。「ふざけないでよ。わたし、悪夢のせいで眠れないっていってるでしょ。心理……なんだっけ、相談員とか名乗ってるんだったら、ちゃんと責任とってよ」

「責任？」と恵梨香は女をじろりとにらんだ。

女はたじろいだ顔で押し黙った。あとの男女も同様だった。

「ほんっと、口ばっか達者ね」恵梨香は歯止めがきかなくなっている自分を感じながらも、思いつくままにまくしたてた。「自分たちがどんなに勝手かわかんないの？　両親に甘やかされて育って、なんでも与えられて、そのまんま大きくなって、ほんのちょっとしたことも我慢できずに社会から孤立して、家に引き籠もる。自分のこらえ性のなさにすべての原因があるって、いい加減わかったら？　いい年してガキみたいに、連れてけだのクルマに乗せろだの、馬鹿じゃないの？　あんたらみたいなの、横に乗っけてドライブなんてまっぴら。世間の役に立たない、存在価値のない引き籠もりの分際で、自己主張なんかしないでよ。わたし、あんたらの親でもなんでもないから、要求したもの与える義理なんてないから。わかった？　二度と顔見せないでよ。じゃあね」

男女らはみな顔を真っ赤にして憤激のいろをしめしていたが、怒りが思うように声にならないようすだった。鈍い連中だ、感情を表すことさえ迅速にできないなんて。恵梨香は軽蔑《けいべつ》を覚えながら、玄関の鍵《かぎ》を開けてドアのなかに滑りこんだ。誰にも発言する隙を与えず、ドアを叩《たた》きつけるように閉めて鍵をかけた。

ふうっとため息が漏れる。スニーカーを脱いで、廊下をリビングに向かった。

リビングに入ったとたん、恵梨香は苛立《いらだ》ちを爆発させた。いつ訪れるかわからない来客を迎えるために用意してあるテーブルやソファ、それらのすべてが憎悪の対象になった。恵梨香はテーブルを蹴《け》り飛ばした。棚にあった花瓶をつかみあげ、壁に投げつけた。花瓶は粉々に砕け、花は破片とともに床に散らばった。

頭を抱えて、その場にうずくまる。どうにも抑制しようがない、そんな気分だった。

家の前にいた男女への反感は、急速に薄らいでいた。代わりに自己嫌悪がやってくる。

自分のこらえ性のなさにすべての原因があるって、いい加減わかったら。世間の役に立たない、存在価値のない引き籠もりの分際で、自己主張なんかしないでよ。

わたしは彼らにそう怒鳴った。彼らは怒りとともに、内心あきれていたのではなかろうか。それらの言葉は、そっくり恵梨香自身に当てはまる。同じ萩原県で福祉の世話になっておいて、どうしてあんな偉そうな台詞《せりふ》が吐けるのか。

滑稽《こっけい》だった。五十歩百歩の者どうしの低俗なののしりあい。自分への憎悪を同類の他人に向けようとする、幼稚な衝動。なにもかもが情けなかった。ただ情けない人間。自分を表現すると、それだけのものでしかなくなる。

あの男女たちの態度がいかに気に障るものであったとしても、不眠の苦痛は本物のはずだ。どうしてわたしはそれをわかってあげられないのか。臨床心理士を務めていれば、もっと自己中心的でわがままな性格をしめす相談者とも向き合うことになる。かつてはそれなりに対処できていたはずだ。けれども資格を失ってからは、わたしの忍耐力もどこかに消えうせてしまったかのようだった。我慢ならないときがたびたびやってくる。そのたびに怒りに我を忘れては、後悔にさいなまれる時間を過ごすことになる。

そんなに臨床心理士の肩書きが重要だったのか。ちがう、と恵梨香は思った。いまならわかる。わたしにとって重い意味を持っていたのは岬美由紀だ。資格の取得によって彼女に近づいた、いや、彼女とわたしを同一視することができた。それがあらゆる困難を乗り越えさせていた。彼女と同じ舞台に立った、その満足感に浸ることで、充実に近い日々を送ることができた。

満足感といえば、たしかにわたしは、岬美由紀と同じ職業に就くことを人生の目標としていたのだろう。だから臨床心理士になったとたん、それ以上の成長を求めなくなった。そして、極論をいえば、いつ死んでもいいと思うようになった。わたしは岬美由紀に負けていない、そのことを証明できた。ふたたび引き離されないうちに人生の幕を閉じたい、そんな願いも持つようになっていた。

甲斐塚英人の爆弾事件に関わりを持ったとき、恵梨香はこれこそが、わたしと岬美由紀の差を埋める最後の機会だと確信した。臨床心理士である以外にも多才ぶりを発揮していた彼女が最も世間から評価されたのは、元自衛官としての経験を生かしてテロ事件の解決に劇的な貢献を果たしたときだった。報道を耳にして、わたしも同じことができれば、本気でそう望む自分がいた。日本臨床心理士会がビル火災の被災者に対するカウンセリングのために警視庁に人材を派遣しようとしたとき、恵梨香はみずから志願した。刑事事件に関わっていれば、そのうち自分も事件を解決する機会に巡りあうだろう、そう思ったからだった。そして甲斐塚の事件。爆弾をまのあたりにしても、いささかも恐怖を感じなかったことを覚えている。これで死ねる。人生を終わらせられる。喜びさえ伴っていたように記憶している。

だがきのう、岬美由紀はすべてを見透かしたようにいった。恵梨香のなかにあったのは勇気ではない、使命感でもなかったと。その言葉はいまも頭のなかに反響しつづけていた。

勇気。使命感。実のところ、そんなものの価値を問う思考はかけらも存在していなかった。結果がすべてだと思っていた。動機など無意味だと感じていた。なぜそんなふうに考えていたのか。答えはすぐに見つかった。わたしはただ、存在を岬美由紀に知らしめたかっただけだからだ。だから目に見える結果しか求めなかった。自分の気持ちなど、取るに足らないものだと思っていた。

爆発寸前の爆弾を運ぶという、誰もが不可能に思える行動をとることができたのは、わたし自身が死にたがっていたからに相違ない。岬美由紀はわたしの行為を、ただ死への衝動だけに支えられたものと断じた。おそらく間違ってはいないのだろう。けれども、岬美由紀には見抜かれたくなかった。こんなことになるのならむしろ、会いたくはなかった。

当初、岬美由紀がどんな女であるにせよ、毛嫌いしようと心にきめていた。憎もうと決意していた。忌み嫌う理由が見つかったら幸いだ、そんなふうに思っていた。しかし、心の底から嫌おうとしても、そうはなれない自分に気づいた。岬美由紀が人間的にいかに素晴らしいかは日を追うごとにあきらかになっていった。

そんな彼女の評判に翻弄《ほんそう》されている自分が虚《むな》しかった。同時に、あまりにも美談に彩られた彼女の人生に、別の種類の憎悪が生じはじめた。この憎悪はきわめて理不尽かつ身勝手なものだ。だが恵梨香は、岬美由紀を嫌うことができた自分に酔いしれた。わたしは彼女を好きにならなくてもいいのだ、その思いだけで解放された気分になった。どんなに彼女が素晴らしくとも、加害者の娘ではないか。わたしは認めない、それでいいはずだ。

岬美由紀を嫌悪しながらも、彼女の人生を手本にし、その色に染まろうとする自分がいる。かつて、そんな自分の衝動は岬美由紀を越えようとしているために生じるのだと、みずからに言い聞かせたことがある。だが、実際のところは彼女のように生きたいと願っていたのかもしれない。彼女は事故によって背負った苦難を乗りきったようにみえた。ならばわたしもと、そう思ったのかもしれない。

結局、わたしはなにも得られなかった。甲斐塚の事件への貢献は、岬美由紀のように認められることはなく、ひとりの臨床心理士が勝手に事件捜査に介入したと一部で報道されたにすぎない。甲斐塚の家で爆弾が作動したことや、それが東京湾で処理されたことについては、都民の不安を掻き立てることになると報道が自粛されたようだった。

岬美由紀にとって両親の仇というべき鉤名《かぎな》光琳《こうりん》を逮捕に導いたことも、その代償にドリトル現象なる精神疾患を背負いこんだことも、世間には知られていなかった。やる気を失って引き籠もる、その道しか選べなかった。

自堕落な生活のなかで、また死への欲求も起きはじめる。もう自殺する気にもなれなかった。ふたたび岬美由紀に差をつけられた。負け犬となってから命を絶ったところで意味はない。結局わたしは、ずるずると生きつづけるしかなかった。無職の道を歩み、やがて萩原県の住民となった。

なんのために生きているのだろう。恵梨香は思った。自分を苦しめた夫婦の娘に圧倒的な才覚を見せつけられて、自分の存在価値は無に等しいと思い知らされた。この五年間、そんな毎日だけがあった。それほどわたしの存在を軽んじたいか。神様がいるかいないか知らないが、さっさと心臓をとめるなり、事故を起こすなりして命を奪えばいい。これ以上運命を弄《もてあそ》ばないでほしい。わたしは岬美由紀にはなれなかった、あきらかに劣っています。これで満足ですか。さあ、さっさと殺せ。馬鹿。

思考の暴走は頂点に達した。そして、その時期を越えると、ようやく沈静化の兆候をみせてきた。恵梨香は深くため息をついた。

わたしは自殺することもできない臆病者《おくびょうもの》だ。だからずるずると生きつづけるしかない。たまに衝動的に世に関わろうとして失敗する。みっともないと笑われながら、やはりまた生きつづける。それだけのものでしかない。価値ある人生を送りたいと欲したのに、そうはならなかった。

視界が涙でゆらぎはじめたとき、電話の音が鳴った。

どうせまた岬美由紀を求める声だろう。ほうっておけばいい。恵梨香は床に座りこんだまま、動かなかった。しばらくすれば留守電メッセージが応答する。どうせ、内気な引き籠《こ》もりは録音しないだろう。何度でもかけるがいい。わたしはでない。

ほどなくメッセージが流れた。いまの気分とは対照的に、明るい自分の声がきこえてくる。設楽町で心理相談員を務めさせていただいております一ノ瀬です。ただいま外出しております。ご用件のかたは……。

恵梨香は腰を浮かせた。シャワーでも浴びよう。眠りについて、思考を停止させてしまおう。それが最良の選択だ。

　と、そのとき、電話の相手の声が聞こえてきた。低く、落ち着いた男性の声だった。

「こちらは埼玉県警、萩原西分駐署の伊勢崎《いせざき》と申します。心理相談員の一ノ瀬さんにご相談があってお電話しました」

　警察。恵梨香は動きをとめた。ここ萩原県は正式には都道府県のひとつに数えられていないため、埼玉県警の所轄下となっている。いたずら電話ではなさそうだった。なんの用だろう。警察が、わざわざ岬美由紀の居所をわたしに聞く必要もないと思うが。

　県警の伊勢崎の声はつづいた。「じつは昨晩、萩原県の住民の男性が自殺未遂を起こしまして、病院に搬送されました。さいわい怪我のていどは軽く、事情聴取を終わったところなのですが、ふたたびそのような事態にならぬよう、カウンセラーによる指導を受けさせたいと考えております。一ノ瀬さんは萩原県にお住まいとのことですが、いちどご連絡いただけませんでしょうか。電話番号は……」

　恵梨香は、リビングの隅で赤いランプを明滅させる電話機を、じっと見つめていた。

　わたしが必要とされている、そんな喜びは二の次だった。それよりも恵梨香は、メッセージに含まれた特定の言葉に心を惹《ひ》きつけられていた。

　自殺未遂。男の声はたしかにそういっていた。生活不安のない萩原県ではきわめて稀《まれ》な、自殺志願者という存在。

　わたしのほかにも、死にたがっている人間がいる。それも、このすぐ近くに。恵梨香はみずから判然としないと感じる複雑な思いとともに、電話機の赤い光の点滅を眺めつづけた。

来訪者

国会と、かつての大学のキャンパスが重なる夢をよく見る。会社員ならとっくに定年を迎えているこの歳になっても、まだ昭和二十年代前半の慶應《けいおう》義塾大学で経済学の講義を受ける自分の姿が浮かんでくる。なぜか議員バッジは身につけていて、役職も現在の財務大臣のままなのだが、同時に大学生でもあるという夢だった。はじめのうちは国会の定例会に出席していたのに、いつの間にかひな壇式の本会議場が大学の教室に結びつくのか、当時の友達が姿を現す。彼らはこちらが財務大臣であることを知っているが、だからといって遠慮したり卑屈になったりせず、当時のままぞんざいな口調で、お互いにさぼった講義の内容の補塡《ほてん》のためにノートを貸しあおうと持ちかけてくる。授業をおこなう教授のほうは、こちらの機嫌をうかがうような態度をとっていた。昭和四十五年に衆議院議員に当選以来、通商産業財務次官に始まってずっと政府の要職を務めてきた人間は、やはり無下に扱うことができないのだろう。私が平成に入って国家公安委員会の委員長を務めたことが、教授にとって警戒心を持つきっかけだったかもしれない。教授はマルクス経済学者で、メーデーに率先して参加していたからだ。

　そんなふうに時代が混ざりあった不可思議な思考が、夢のなかでは生じる。いまも浅い眠りのなかで、自分が国会の本会議場にいることを忘れ、大学生に戻った夢をみていた。これは夢であると頭の片隅で認識しながら見る夢。目が覚めて我にかえっても、まるで動揺はなかった。無駄な時間の多い議会に参加していれば、こういうことはたびたびある。夏池省吾《なついけしょうご》財務大臣は、眠気を覚ますために背筋を伸ばした。昔にくらべると、いまの本会議場の椅子は座りごこちがよすぎる。まるで新幹線のグリーン車のようだ。実際、周りには自分と同じく薄い白髪頭の議員たちが姿勢を崩し、椅子の背もたれに身をあずけているさまがそこかしこに見られる。何人かは浅い眠り、そして何人かは熟睡状態にあるようだった。あるいはこの怠惰さが、大学のキャンパスを連想させたのかもしれない。一流とされる大学の受験勉強には大変な労力が必要だったが、入学後はけだるい日々に身をゆだねるばかりだった。講義の最中に眠りこけている学生も多かったし、たしか自分も何度か睡魔に負けてしまった記憶がある。国会も同様だった。いま寝ている彼らは、半世紀も前の大学生のころも同じていたらくだったのだろう。

　自分も眠ってしまった以上、人のことをとやかくはいえない。が、この議会ではそうなるのもやむをえないところだと夏池は思った。郵政民営化についてのまるで進展のない議論、それも質疑応答する両者が原稿を読みあげるだけの、かたちばかりの応酬が延々とつづく。この議題そのものがあまりにも長期にわたって話し合われているせいで、さしたる新味もなければ盛りあがりもしない。野次を飛ばす議員も少ない。ただし、静寂に包まれてはいなかった。私語が飛び交っている。とりわけ、右側の与党議員の席がざわついている。ふつうに談笑している者もいる。このあたりの常識はさすがに大学には通用しないだろう。席を立って通路をぶらついている議員らも目立つ。午前の国会としては、特に珍しい光景でもない。不毛とわかっている議論となればなおさらだ。

振りかえって二階の報道席を見あげる。やはり記者たちも退屈しきっていた。週刊誌を読みふけっている連中が多い。あらためて見渡してみると、この議場で熱心に働いているのは答弁席の前に陣取ったふたりの速記者だけだった。

この無駄に思える時間にも税金が費やされている。これで景気を回復しろというのだから頭が痛い。まるで森林を伐採しておきながら環境保護をうたった愛知万博のように矛盾をはらんだシステムだった。

野党議員のやや耳障りに思えるぼそぼそという質問の声を聞き流しながら、夏池はまた眠りに落ちないていどに身体をリラックスさせることにした。腰に負担がかからないよう、椅子の背にのけぞるようにして天井を仰ぐ。

と、本会議場のきらびやかな照明を見あげる視界に、秘書の顔が入ってきた。秘書は小声でいった。「議会中、恐れいります」

夏池はあわてて姿勢を正した。「なんだね」

秘書は通路で腰を低くしながら、夏池にささやいた。「日本銀行総裁の代理のかたがお見えになっています。至急お話ししたいことがあると」

「いますぐにかね？」

「ええ。是非にとおっしゃるので」

昼休みまで待てないとは、よほど急を要することなのか。総裁とは先日会ったばかりだが、特に変わった話題はでなかったように思うが。

だが、日銀総裁の代理を待たすわけにはいかない。それに、この議会を抜けだせる口実が見つかったことも喜ばしかった。夏池は席を立った。周囲の大臣たちが恨めしそうな顔をするなか、夏池は通路を後方の出口へと向かった。

秘書は議員が席をはずしているあいだ、議会の進行を見届ける義務がある。夏池はひとりで本会議場をでた。

この調子で、面会の約束は議会の時間と重なるように申しこまれるとありがたいのだが。赤い絨毯《じゅうたん》の上に歩を進めながら夏池は思った。夜も更けてから会食する日ばかりがつづき、ここ最近はずっと午前様だ。妻からも愚痴をいわれた。今年四十二になる息子も選挙に出馬する意向を示していて、父のアドバイスを受けたいと願っているという。あれが授かりたがっているのはアドバイスよりも父の威光だろう。永田町《ながたちょう》の比較的新しい隠語で、二世議員はセブンスターと呼ばれていた。親の七光りからその呼称がついた。息子の力量ではセブンスターにもなれはしない。それに、時期も悪すぎる。いっこうに景気が回復しない現状では、財務大臣の影響力はたかがしれていた。

絢爛《けんらん》豪華な中央広間に立つ衛視にきいた。「日銀総裁の代理がお越しとのことだが」

衛視は、なぜか中央階段の上方を指ししめした。「そちらでお待ちです」

夏池は眉《まゆ》をひそめた。階段に目を向ける。ひっそりと静まりかえった階上にはひとけもない。また衛視に向き直ってたずねた。「御休所《ごきゅうしょ》前広間にでもおいでなのかね？」

「さあ。とにかく、そちらの階段を上っていかれました」

なぜ委員会室のほうで待たないのだろうか。夏池は首をひねりながら、階段を上っていった。

ホテルのエントランスホールを連想させるアーチ状の屋根を持った御休所前広間にも、人の姿はなかった。衛視の勘違いか。階段を下ろうとしたとき、夏池を呼びとめる男の声がした。「お待ちしてました、夏池財務大臣。どうぞこちらへ」

声は広間に反響し、どこから聞こえてきたのはさだかではなかった。しかし、周りを見まわしても可能性はひとつしかなかった。

まさか、と思いながら御休所への通路を歩いていった。ここは天皇陛下がおいでになった際の控え室だ。ふだん議員や来客が足を運ぶようなところではない。

檜《ひのき》に本漆塗り、金の飾り金具や刺繍《ししゅう》で彩られた広い部屋。その真ん中に置かれた椅子に、ひとりの男が足を組んで座っていた。

巨漢だが、肥満体ではなく鍛えた身体のようだった。黒のジャケットに黒の丸首セーター、スラックスも靴も黒。髪の生え際は額の上部まで後退していて、年齢は五十をすぎているようにみえる。魚眼のようなぎょろ目に、やけに大きく黒々とした瞳孔《どうこう》、鷲《わし》のように高い鼻、人食い鮫《ざめ》を思わせる口もとにがっしりとした下あご。その濃すぎる顔つきは一見して日本人でないとわかる。イタリア系の顔だった。西洋の国にさほど詳しくない夏池にも、その男が堅気ではないことは明白に思えた。マフィアの中堅的存在か、そこそこ名の売れたファッションブランドのオーナー。男のかもしだす印象から推察できる職業はそのあたりだった。

夏池はしばし面食らって立ちつくしていたが、やっとのことでたずねた。「誰だね、きみは」

「さて」イタリア系の男は両手をひろげて、とぼけた表情を浮かべた。ほんの少し訛《なま》りを感じさせるものの、男の発する日本語は流暢《りゅうちょう》そのものだった。「私は何者かな。少なくとも、日銀総裁の代理でないことはたしかだと思うが」

「当然だ」夏池は怒りを覚えた。「立て。天皇陛下の御席だぞ」

ところが男は立ちあがるどころか、身じろぎひとつしなかった。「椅子は座るためにある。人は座る椅子を選べるが椅子は誰に座らせようかと考えたりはしない。こうして私が腰を下ろしていれば、いまは私の椅子だ」

挑発的な態度。一般見学者の悪戯《いたずら》とも思えない。夏池は身の危険を感じ、戸口を振りかえって怒鳴った。「衛視」

ところが、その夏池の声を掻《か》き消すかのように、同時に扉がばたんと音を立てて勢いよく閉じた。

夏池は呆然《ぼうぜん》とした。広間や通路には誰もいなかったはずだ。扉はむろんのこと、自動で開閉する仕組みではない。どうやって閉めたのか。

イタリア系の男は夏池の心を読んだかのようにいった。「不可能なんてものは思いこみにすぎないのさ、大臣。とにかくこれで邪魔されずに話を聞いてもらうことができる」

鳥肌が立つ思いだった。だが、取り乱すわけにもいかない。夏池は男と距離を置いたまま、向かいあう位置に立った。「私になんの用かね」

「経済のことは財務大臣に話すのがいちばん適切と思ってね。あ、申し遅れたが、私はダビデという。そう呼んでもらいたい」

「ダビデ？」夏池はいった。「むろん本名ではなかろう」

「まあな。しかし、名称なんてものは私を指しているとわかればそれでいいはずだ。ほかの呼び方がよければ、イタリア系のクールガイ。イタリアの渡辺謙《わたなべけん》。そのあたりでも結構だが」

ジョークのつもりなのだろう。だが夏池には不快なだけだった。「ダビデでいい」

「これは理解力に優れている。さすが財務大臣だ」ダビデはにやりと笑った。「日本人の割には、という条件つきの評価ではあるがね」

「愚弄《ぐろう》するのもほどほどにしてもらいたい。誰の差し金かね？　日本政府はテロリストとは取り引きしないぞ」

「テロリストだなんて。日本人のジョークはやっぱりわかりにくいな。さっぱり笑えん。

私はさる企業の特殊な事業の管理責任者を務めている。社名よりもグループ名のほうがなじみがあるだろう。メフィスト・コンサルティングだ」

夏池は頭を殴られたような衝撃を受けた。思わずつぶやきが漏れる。「メフィスト……」

その名を忘れられるわけがない。心理戦によっていかなる歴史もつくりだしてみせると豪語するコングロマリット。世界でも選《え》りすぐりの心理学者が在籍し、法外な額の依頼金を申し受け、商品流通を成功させることから戦争開戦まで、ありとあらゆる煽動《せんどう》を可能にするという。しかもいかなる場合も、メフィスト・コンサルティングがなんらかの工作を働いたという物証や痕跡《こんせき》をいっさい残さない。メフィストが創立された十六世紀以降、現在に至るまで、世界の歴史の大半は彼らの影響を受けているといわれるが、具体的にどの部分に彼らが手を染めたのかはあきらかではない。

歴史を操る巨大企業の存在など伝説にすぎないと断じる声もかつてはあった。が、中国との開戦騒ぎやアメリカのディフェンダー・システムの暴走で浮かびあがったその強大な組織力は、現在ではすべての国家政府の脅威として認識されている。表にでてくることはめったにないが、裏で日夜どんな策謀を実行に移しているかわかったものではない。全世界の権力構図がほぼ固定化された現代、その裏の権力を有するのがメフィスト・コンサルティング・グループだった。

夏池は、椅子に腰掛けたまま不敵な笑いを浮かべているダビデを見つめた。

この男が違法な手段で私にアプローチしてきたのはたしかだ。メフィスト・コンサルティングなど非合法な詐欺集団にすぎないという声もあるし、いかに世界に対し影響力のある企業だろうと、その企業から派遣された人間の言いなりになる義務はない。

しかし、と夏池は思った。常識を超えた方法で歴史に干渉するという彼らには興味がある。なによりも、梃《てこ》でも動くことがない日本経済の斜陽化をしめす下降線を、彼らは動かしうるかもしれない。溺《おぼ》れるものは藁《わら》をもつかむというが、いまこの国の財政事情を知っていて、藁をつかまない人間などひとりもいないはずだ。閣僚の何人かは景気回復を願う参拝を欠かさないというが、少なくともメフィスト・コンサルティングは実在の企業グループだ、神頼みよりは現実味を帯びている。

それでも夏池は、ダビデへの警戒心を解いたわけではなかった。彼らに頼ろうと決意したわけでもない。夏池はいった。「わが国の経済に対する助言があるならば聞いてもいい。ただし、報酬が必要となると私の一存ではなんともしかねる。総理に相談しないと」

ダビデはやれやれというように、ため息をついて椅子から立ちあがった。「借金まみれの死に体の国から、なけなしの金を奪おうなんて考えちゃいない。あなたたちも、ない袖《そで》は振れないっていう自覚を持ったらどうなんだ。途上国への無償援助なんか、びた一文出せる状態じゃないだろうが。それを景気よくばらまいて、近い将来どうするつもりなのか、大臣の意見を聞きたいね」

「国際社会には相互の関係というものがある。当面は不利益でも、出費せねばならないこともある」

「稼ぎにならないとわかっていても使わなきゃいけない金があるってか。潰《つぶ》れる飲食店の言いぐさと同じだな。大臣、もっと実情を把握したらどうだい」ダビデはそういって、指をぱちんと鳴らした。

その芝居がかったしぐさとともに、窓をカーテンが覆った。室内の照明が暗くなり、暖炉の上にある太い円柱がぼうっと光を放つ。

すべてが機械的な小細工であることは明白だが、いったいいつの間にこれだけの用意をしたのだろう。夏池は、たかが不意打ちのプレゼンテーションのためにここまでの実行力を発揮するメフィスト・コンサルティングに、圧倒されかけている自分を悟っていた。国会議事堂は厳重なセキュリティがなされ、蟻一匹入りこむ隙がないとされている。議員の手荷物すら、じっくり調べられたうえでないと持ちこめない。ところが彼らは飄々《ひょうひょう》と、舞台装置まがいの機材を運びこんで、あろうことか御休所にセッティングを完了していたのだ。こんなことが可能だろうか。

ダビデが、光る円柱に近づくよう夏池にゼスチャーでしめした。夏池はびくつきながら歩み寄った。

乾漆の円柱はなんと半透明のチューブのように透けて、内部に地球儀が浮かびあがっている。魔法のような現象に夏池は啞然《あぜん》とした。

が、ダビデは笑い声をあげた。「そんなに驚きなさんな。あなたの国の技術じゃないか。日立製作所が開発した立体映像ディスプレイ。三百六十度、どの角度から回りこんでみても中央に物体が浮かんで見える」

「立体映像？　ホログラムか？」

「よせやい、大臣。立体映像イコール、ホログラフィなんてのはジョージ・ルーカスの世界だぜ？　なにもない空間に映像を投影することなんかできないし、実際に研究開発されたホログラフィもまやかし的なものだ。干渉縞《こう》、つまりレーザーを照射して物体から反射した光の波形を、感光材料に記録し、再生時に光を当てると擬似的な三次元映像になるっていう仕組みだな。それじゃいちいち干渉縞を作成しなきゃいけないし、たんなるこけおどし以上のものにはならない。実際をありのままに記録できて、再生できてこそ真の映像媒体といえるだろうが」

　夏池は心配になって、円柱に顔を近づけた。「まさか、柱になにか手を加えたんじゃなかろうな」

「心配ないって。柱の周囲に、二十四の方向から特殊な方法でプロジェクターの映像を投影しているだけだから。柱が透けてみえるのは錯覚で、たんなる立体映像のスクリーン代わりさ。で、この浮かんでる地球儀をみなよ。なにか気づかないか？」

　地球儀の表面は国ごとに色分けされている。当然、注視するのはわが国だった。そしてすぐに、違和感に気づいた。「日本列島がいくつもの色にわかれてる」

「そのとおり。これは二〇八二年の世界の国別領土をしめしたものだ。見ての通り、日本はあちこちの国に分割統治されている」

「分割統治だと？」夏池は甲高い自分の声をきいた。「どういうことだ」

「常識で考えればわかるだろ、大臣」ダビデはぱちんと指を鳴らした。

地球儀が消え、今度は円柱のなかにうずたかく積みあがる札束の立体映像が現れた。

ダビデはいった。「きょう現在、日本という国の借金は八〇七兆、八二六五億、四八六一万円。日本人の家庭ひとつあたり、一六八三万円の借金を背負っていることになる」

ミニチュアの札束はどんどん高く積みあがっていく。夏池はそれを眺めながらいった。

「普通国債の発行残高か」

ふんとダビデは鼻を鳴らした。「そのとおり。みなよ。一秒間に九十二万円、一日で八百億、一年で三十兆円の借金。いったい誰がこの金を返せる？　すべての国債を踏み倒すか？」

「赤字対策なら国会でも話し合われているよ。公費削減は今後の課題だ。公団の民営化、省庁をさらに再編して縮小……」

「わかってないな。少しぐらい財布の紐《ひも》を締めたところでもう遅い。国庫に現金がないことが問題なんだよ。たとえ借金を抱えていても、政府の判断で自由にできる現金が数十兆円もあれば、まだ目先の問題に対応できる。ところがいまの日本はそういうゆとりも失って、なにか金が必要になれば即座に国債を発行して借金を募らなきゃ身動きもとれない。そんな危機的状況で、近い将来に日本の大きな転機となる出来事が起き、経済状態はより切迫することになる」

また映像が切り替わった。ニューヨークの国連本部が映しだされる。ダビデが早口に喋《しゃべ》りだした。「二十一世紀前半に日本は国連の常任理事国入りを果たす。ドイツが常任理事国となって半年から三年後と、弊社の未来データ予測部門はみている。問題は、それ以前の十年間だ。日本は有事法制を整え、海外への自衛隊派遣を現実のものとし、防衛費を大幅に増額する。世界じゅうのアメリカ軍基地に自衛隊の海外駐屯地がつくられ、日米安保条約に基づく集団的自衛権に基づき、友好国の防衛のためにも戦うようになる。これはアメリカが強く求めてきたために日本が承諾せざるをえなかったものだ。と同時に、ドイツが戦後補償を完済して常任理事国入りしたケースをそのまま手本として受け入れざるをえず、日本はアジア各国に莫大《ばくだい》な補償金を請求されることになる」

「ちょっと待て」夏池は納得できなかった。「ドイツが完済して日本が請求されるだと？　馬鹿をいうな。そもそもドイツはユダヤ人を数百万人も惨殺してきた。ユダヤ人に対する補償はおこなわれたが、それ以外のほとんどはまだ交渉段階で、うやむやになってるはずだ。東西ドイツ統一後にようやくポーランドの強制労働の生存者らに数万円ずつ支給したぐらいで、あとはあらゆる請求を退けてきている。それにひきかえ日本は、アメリカや中国大陸にあった海外の資産のすべてを放棄したし、サンフランシスコ条約でそれ以上の請求を受けないとされていたにもかかわらず、国ごとに賠償協定を結んだんだぞ。北朝鮮を除くすべてのアジアの国は請求権を放棄して協定を受けいれたし、わが国はアジア諸国に対し政府開発援助もおこなってきた。補償としては十分のはずだ」

ダビデはうんざりした顔でうなずきながらいった。「わかってるとも。それに戦争犯罪なんてものの定義は難しいし、アメリカがネイティブ・アメリカンの土地を奪った罪や、バイキングが上陸して居座ったロシアを考えれば、補償の定義もうやむやさ。だがな、乱暴にいえば、日本が常任理事国入りするとなると、アジアのやつらは手のひらを返したように昔の恩を忘れて、まだ補償を受けてないと言いだすってことだよ」

いらいらしながら夏池はいった。「支払う義務はない」

「で、国際世論で孤立する。アジア各国、主に現在の常任理事国である中国が強固に反対し、日本を孤立に導くよう画策する。そのころには中国の人口は十八億人に達し、地球温暖化を助長しながら産業を急速に成長させて相当な経済力をつけている。世界の経済勢力図が現在とはかなり変わり、中国と西欧各国の貿易も増える。韓国がこれに追随し、米中韓の関係が世界経済の重大な地位を占めるようになる。あせった日本政府は一日も早く常任理事国入りを果たそうと、アジアへの巨額補償を承認する」

夏池はこみあげてくる怒りを抑えきれなくなった。声を張りあげてダビデに怒鳴った。「戯言《たわごと》だ。わが国の政府は馬鹿ではない。現にいままでに補償をおこなってきたのに、どうして諸外国の圧力に屈する必要がある」

「それがな」とダビデは人差し指を突き立てた。「屈することになるんだ。国連が全会一致で中国を支持する。アメリカまでもが支持するんだぜ？　二〇四〇年までにアメリカの大企業のほとんどは中国企業との五分五分の提携関係を結ぶことになる。無限に存在する労働力、相対的に安く済む人件費で中国の製造業は世界第一位に達する。中国人たちが日本企業の子会社で培ったノウハウや、そもそも特許や著作権を軽んじるお国柄などすべてがよい方向に転んで、まんまとアジア経済圏の中核をなすんだ。結局アメリカは核兵器を有する中国との友好関係を重視せざるをえなくなる。で、日本があくまで抗議をするなら、常任理事国入りがふいになるだけでなく、国連脱退も視野に入れなきゃならなくなる。かつての国際連盟脱退と同じ窮地に立たされるわけだ。ここでうまくゴネれば危機を回避できる可能性もあるんだが、日本国内の世論の反対もあって、国連から孤立することなんてできない」

またも新たな映像が現れた。どうやってつくりあげたのか、荒廃した渋谷駅周辺のようすが映しだされている。暴動を起こす人々、焼身自殺をはかる者もいる。店頭からは略奪が起き、ビルからは火の手があがっていた。

ダビデが円柱をぽんと手で叩《たた》いた。「これは二十一世紀後半の首都圏のようすだ。巨額の対外債務を受け入れてしまった政府は支払いを迫られ、一千兆円をゆうに超えた国の借金はそのままに、国民に対しいままでをはるかにうわまわる重税を課す。国内経済は最悪の状態にまで墜《お》ちて機能を失い、失業者も続出、国民の三分の一が暴徒と化す。大災害でも略奪とは無縁だった、つつましい生活の日本人が、アフリカの貧しい国の人々と同じ境遇におかれ、ついに怒りを爆発させる。日本円はインフレとなって紙切れ同然、製造業の優秀な技術者は海外に引き抜かれ、いくつかの大企業も完全なアメリカ傘下となる。税収のない政府はもはや有名無実の存在でしかない。これらの混乱は、旧ソ連政府崩壊直前のロシアと同じくらいの速度で日本全土に広まると予測される。日本は世界経済の癌となり、地球規模での不況と経済破綻《はたん》につながる危険な存在とみなされる。二〇七二年、国連は日本に関する国家特別再編法を可決、日本を競売にかけることが決定する」

「競売！」夏池は衝撃とともに叫んだ。「わが国の領土がせりにかけられるっていうのか」

「領土だけではない。国民とその労働力から得られる生産性、工場を中心とするハードウェア、蓄積されている技術力、それにもちろん既存の交通や通信、住居、地方行政、および電力、ガス、水道の設備など、すべてを含む。いわば国そのものの統治権が売られるってことだ。しかし、抱えている借金の金額があまりに大きく、値が張る。結果、落札者は一国だけではなく複数の国となり、列島を分割して所有することになる。二〇七九年に決定する競売結果の内訳はこのとおりだ」

ダビデの鳴らした指の音とともに、日本列島の全図が円柱のなかに浮かびあがった。分割された地域ごとに諸外国の国旗が立っている。ダビデはいった。「東京はほぼ全体がアメリカの所有になるが、江戸川区と大田区の半分は中国、大田区の残り半分と江東《こうとう》区はデンマーク、台東《たいとう》区がシンガポール、それに練馬《ねりま》区の一部がベルギーの所有になる。二十三区外では、多摩《たま》と立川《たちかわ》、調布《ちょうふ》をフランスが所有することになるな。北海道は九割以上がサウジアラビア、関西方面になるとアジア各国の購入が増えて、大阪府は大部分が韓国のものとなるが、京都と奈良は人気でね。沖縄に匹敵する落札価格がつく。結局それら三つはアメリカが落札するんだが、そのアメリカもこの時期、経済危機を迎えていてね。支払いが遅れて国連から非難を受けることになる。が、落札が無効になるほどではないな。反対国はせいぜい十八か国というところだ。ようするにネットオークションの評価額に〝悪い〟と〝非常に悪い〟が十八ついているってことだな。それくらいなら、いけしゃあしゃあと取り引きをつづける人間がいるように、アメリカも支払いを遅らせながらも国としては存続するだろうよ」

夏池は黙ったまま、世界各国の国旗に埋め尽くされた日本地図の立体映像を見つめていた。なにも喋る気がおきなかった。いまの自分がどんな気分なのかさえ、さだかではない。

しばしの沈黙のあと、映像は消えた。カーテンが開き、窓から光が差しこんでくる。天井の明かりも灯《とも》った。

ダビデは得意満面の笑いを浮かべて夏池を見つめていた。そのぎょろりとした目は、部屋の隅々までを見渡せる広角レンズのようだった。

夏池はそんなダビデを見かえした。「なるほど、ショッキングな見せものではあった」

「そりゃどうも」とダビデはいった。

「だが、にわかに信じることはできんな」

ふうんとダビデは小さくうなずいた。「まだ戯言だとでも？　弊社の膨大なデータを詳細に分析したうえでの未来予測だよ。ここ十年間、現実の世界は八十パーセント以上の確率で弊社の予測どおりになっている。なんなら賭《か》けてもいい。もちろん、あなたが本当に賭けることになったら、そのおおよその金額までも当ててみせるがね」

すでに映像の消えた円柱に、夏池はまた目を戻した。そこに映しだされた、生々しい予測の数々を思い起こす。夏池は、自分が動揺していることに気づいていた。それ以上の感情は、把握すべき事態があまりに大きすぎて判然としない。だが、この胡散《うさん》くさいイタリア系の男が用意したプレゼンテーションを見て、おそらくは彼の思惑通りに衝撃を受けてしまったことを、さとられたくはなかった。

夏池は平静を装っていった。「わが国の将来に関し、こういう悲観的な見方もあるという一意見としてきいておこう」

「そんなに意地を張るなよ、瞳孔《どうこう》が拡大してるぜ？　隠しても緊張してることはわかる」ダビデは顎《あご》を指先で掻《か》きながらいった。「ま、危機を回避する手もなくはない。日本経済がそこまで追い詰められる前に、国の借金の増えぐあいに歯止めをかければいい。体力さえ残しておけば、いま予測したようなあらゆる事態にも対処できる。つまり歴史はまるっきり変わる可能性があるってことだ」

「公費削減以外に、なにか方法があるのか？」夏池は思わず、咳《せ》きこみながらきいた。

「この国が将来にわたって、政策を誤らないていどに借金の増加を抑える方法がある、そういうんだな」

「落ち着きなって、大臣」ダビデはにやりとしたが、魚のような目は笑っているようにみえなかった。「そもそもどうして、国債の発行がこんなに加速していると思う。税収が減少しすぎているからだ」

「納税の義務の強化とか、そんな話か」

「そんなもの」とダビデは笑った。「ちまちまやったところで、たいして変わりゃしないさ。アメリカがこのところ財政赤字の増加幅を小さくしている理由は知ってるよな？　マイクロソフトから莫大な税収を絞りとっているからだ。ところがこの国は、トヨタをもうわまわる純益を得ているIT金融企業を野放しにしている」

ああ、と夏池はいった。「ジンバテックのことだな」

「いかにも。法人の納税額をみてびっくりだ。あんな巨大企業がほぼ非課税に等しい扱いを受けてる」

夏池はため息とともに首を振った。「萩原県の設立と維持、管理を国が承認している。もちろん納税義務は免除されていないが、あの特別行政地帯の維持に莫大な金がかかっていて、社としては赤字街道まっしぐらだからな。ジンバテックがITや金融部門の経理と萩原県の福祉費を帳簿上切り離していないために、企業としては儲《もう》かっていないことになってる」

「税金逃れだな」ダビデは肩をすくめ、部屋をうろつきまわった。「いったいどうしたってんだい、日本政府は。萩原県が無職やニートを一手に引き受けてくれるからといって、ジンバテックから税金がむしりとれなきゃ経済全体からすればマイナスだろうが。それにジンバテックが累積債務を溜《た》めこんでいるってことは、いずれ破綻だぜ？　あんなでかい企業が潰《つぶ》れてみなよ。この国の経済はいまの予測よりもはるかに早くダウンだ」

問題の深刻さは認識している。だが、夏池はそこには踏みこめないと思った。「特別行政地帯管理の承認を与えたのは国だが、ジンバテックの経営は当然、経営陣の責任だ。私どもが口だしすることではない」

「お約束の無関心ってやつだな。議員はすぐこれだ。ジンバテックが本当に倒産したら、そうもいってられなくなるさ」

夏池はむっとした。「彼らも企業である以上、収支のめどはどこかで立てているんだろう」

「そこだよ！」だしぬけにダビデは声を張りあげた。「まさにそこなんだ。いいかね、大臣。ジンバテックは儲からないはずの福祉でまんまと納税を逃れているが、とにかく支出が大きすぎる。考えられることはただひとつ、ほかにどでかい収益を得られる事業を予定しているってことだ」

見当もつかない話だった。夏池は首をひねった。「萩原県の維持費をうわまわる収益かね？　そんな事業、そうはないと思うが」

「それがあるんだ」とダビデはにやついた。「弊社はそれがどんなものか、もう見当をつけている」

ベルの音が響いてきた。午前の議会が終了した。昼休みに入る時間だ。この男はどうやって逃げおおせるつもりだろうかと、夏池はいぶかしく思った。

それにしても、もったいぶった言いまわしをする男だ。夏池はそわそわしながらきいた。「ジンバテックは、どんな事業に乗りだすつもりなんだ？」

「いまは言えん。だが、ひとつだけ断言しておく。その事業およびそれによって得られる収益は、ジンバテックが独占できるものではない。いまのうちに動けば、合法的にそれをわれわれの手中におさめることができる」

合法的といいながら、含みのある物言いだった。夏池はきいた。「メフィスト・コンサルティングの裏工作で、それを横取りできるってことか」

「裏工作だなんて。特殊事業と呼んでもらいたいね。とにかく、もしよければジンバテックが得ようとしている利益がそのまま国に転がりこむよう、歴史を調整してあげようじゃないか。もちろん、さっき見せた未来予測も大幅に変わってくる。なにしろ、得られる利益は現在の国の借金の一割に達するのだからな」

一割。夏池はまたも驚かざるをえなかった。すると八十兆円もの収益が見こめるというのか。昨年度のトヨタの全世界における純益でさえ一兆二千億円だったというのに。

ダビデは夏池の顔を眺めながら、腕組みをして立った。「おわかりかな。私も商談のためにここに来てる。日本政府として弊社に依頼する気があるなら、われわれが責任をもって計画を成功させる。それだけの収益を政府が得ることになる過程が、正しく歴史の事実になるよう取り計らおうじゃないか。成功報酬は、純益の五パーセントでいい」

話が真実ならば、メフィストの取り分は五パーセントといっても四兆円になる計算だ。

まさしく常軌を逸した、しかし見過ごすことのできない巨大な取り引きにほかならない。夏池は薄くなった頭を掻きながら、上目づかいにダビデを見やった。信用できるか否かと問われれば、否だ。信頼できようはずもない。

慎重にダビデの表情をうかがいながら、夏池はきいた。「報酬についてだが……。全額、もしくは半額の先払いを条件にするつもりか？」

ダビデは快活に笑った。「冗談いうなよ、大臣。ない袖《そで》は振れないって事情はよくわかってるって言っただろ？　全額あと払いでいい。ただし、約束はちゃんと履行するようにな。弊社が日本政府にそれだけの利益を与えたあとで、分け前が惜しくなって、約束を反故《ほご》にするなんてことはやめてくれ。そのときにはまた、歴史がどんなほうに転ぶかわからんからな」

ほんの一瞬、ダビデの目が怪しげに光った。果てしなく黒い瞳孔と虹彩《こうさい》、まるで死神のように、目に映ったものを地獄に引きこんでしまう魔力を秘めているかに思える。夏池は背筋に冷たいものが走るのを感じた。こんな歳になって怯《おび》えることがあるとは。まさに信じられない事態の連続だった。

夏池は喉《のど》もとに指先で触れた。ネクタイの結び目をたしかめながら、夏池はつとめて冷静にいった。「この場ではなにも確約できないが、とりあえず聞いたことはすべて総理に伝えておく」

「けっこう」ダビデはにんまりと笑った。ついいましがた殺気を放った人間とは別人に思えるほど、自然な笑いを浮かべている。

内心ほっとしながら夏池はいった。「突飛な話なんでね。口べたな私の説明で、うまく伝わるかどうか」

「だいじょうぶさ。あなたの説明なら総理も納得するよ」ダビデの目がふと、夏池の肩ごしに遠くを見つめた。「あの暖炉の扉、みごとな漆塗りだな。高蒔絵《たかまきえ》か？」

夏池はダビデの視線を追って振りかえった。豪華な部屋のなかでもひときわ人目をひく、美しい装飾を施した暖炉があった。

「そう、高蒔絵だ。埋めこまれた螺鈿《らでん》の細工も見事なもんだよ」夏池はダビデに向き直ろうとした。「きみは美術にも造詣《ぞうけい》が……」

面食らいながら夏池は口をつぐんだ。

御休所にダビデの姿はなかった。夏池はただひとり、部屋のなかに取り残されていた。

捏造

正午のチャイムが萩原県の閑静な住宅街に響きわたる。一ノ瀬恵梨香は、屋根を開け放ったオープンカー仕様のメルセデスＳＬＫを飛ばし、ナビの告げる住所へと向かっていた。穏やかな陽射しのなか、ひとけのない街角を横切り、風をきるように走る。悪くないと恵梨香は思った。実際、朝の落ち込みようが嘘のように恵梨香の気分は高揚していた。

心理相談員のわたしを求める声があった。それも警察から。ひさしぶりに胸が躍るのを感じる。萩原県下でカウンセラーを探したがゆえに恵梨香に声がかかった、それだけのことにすぎないのかもしれないが、満足だった。警察がその気になれば東京から臨床心理士を呼ぶことは可能だったはずだ。にもかかわらず、彼らは恵梨香を指名してくれた。カウンセラーという職業の内情や実情に疎いせいでそうなったにせよ、機会を与えられたことは幸運だった。しばし仕事に浸れる。萩原県の住民ではあっても、けさ家の前で待ち構えていたあの無職の住民たちとは違う、そんな意識を持つことができる。

有頂天というわけではない。胸にひっかかるなにかがある。しかし、そのなにかに目を向けたくはなかった。やっと希望をみいだしたと信じる自分を疑いたくはない。この街の静けさは、思考を妙に冷静にしてしまう。いまの気分を維持するにふさわしいのは、かつての渋谷の喧騒《けんそう》だった。もちろん萩原県では、ないものねだりにすぎないのだが。少しでも雰囲気を近づけようとして、カーステレオのスイッチをオンにした。何年も前からずっとCDチェンジャーに入れっぱなしのブリトニー・スピアーズの歌声が響く。音量をあげた。ボーズサウンドシステムとは名ばかり、SLKに搭載されている純正のアンプとスピーカーは貧弱そのものだった。CDなのにAMラジオを下まわる音質。アイポッドを使いこなす昨今の女子高生なら眉間《みけん》に皺《しわ》を寄せるにちがいない。しかし恵梨香にとっては、ひび割れたドラムの音とざらついたボーカルのほうが好ましく思えた。いまのわたしに必要なのは音楽ではなく、渋谷の街にいつも流れていた音楽という名の雑音だった。

住宅地を抜け、片側二車線の並木道にでた。萩原県の中心部を横断する唯一の国道、いわばこの県のメインストリートだった。とはいえ、閑散としているのはあいかわらずだった。国道沿いだというのに店舗はまばらにしか見えず、そのほとんどはシャッターが下りていた。犬の散歩をしている人がちらほら見受けられる。ジョギングをしている人もいた。この県ではめずらしい。いまさら身体を鍛えてどうするのだろう。肉体労働に再就職でもするつもりなのか。正式な仕事にありついたらこの県からは出ていかねばならなくなるというのに。

ふと、わたしはどうなのだろうかと恵梨香は思った。心理相談員として生計が立つようになって、この県の住民でなくなる日を望んでいるのだろうか。

答えなどあきらかだった。よほどのことがないかぎり、ここを出るつもりはない。その〝よほどのこと〟とは、臨床心理士を凌駕《りょうが》するほどの功績や地位、名誉すべてを手にいれた状態を意味していた。岬美由紀を見下せるぐらいにまで昇りつめたなら、社会に復帰してもいい。そうでないなら、萩原県で過ごす。もちろん、後者の可能性が高いだろう。それらふたつ以外の選択肢はない。いまさら社会でもういちどゼロからのスタートを切ろうとは思わない。競争に参加して切磋《せっさ》琢磨《たくま》する、そんな暑苦しい毎日はもうたくさんだ。

平日の昼間から、都合のいい妄想に浸ることができるのも、この県の住民ならではのことだった。かつての恵梨香は、妄想を毛嫌いしていた。みずから行動を起こそうとしない人間をさらに退廃させる悪癖とまで思っていた。いまはそんなふうには思わない。妄想といえば聞こえは悪いが、物思いにふけることの延長にすぎない。人生がつまらなければ、もっといい人生を思い浮かべてみるのも悪いことではないだろう。だからわたしはそうする。独りでいるなら、現実の経験も妄想もさしたる違いはないからだ。

同じ大きさの住宅が建ち並ぶこの街に似つかわしくない、レンガ造りのわりと大きな建物が目に入ってきた。ナビが、目的地周辺に到着したので案内を終了します、そういった。都内に暮らしていたころは、このナビのしめくくりは理不尽そのものに思えた。きちんとゴールまで導け。目的地周辺だなんて、曖昧《あいまい》な状況でほうりだされて、どうすればいいというのだ。ただでさえ都会の道は複雑かつ混みあっていて、通り過ぎてしまったらUターンもままならないというのに。いつもそう憤ったものだった。ここでは、そんな苛立《いらだ》ちに駆られることはない。街並みはナビの画面同様にすっきりしている。目的地を見失うことはありえない。

埼玉県警、萩原西分駐署と記されたその建物の前にクルマを横付けして停めた。正面の出入り口には警官の姿もない。駐車禁止を咎《とが》められるような気配もなかった。犯罪がまず起きない萩原県内にあって、警察の緊張も緩んでいるのだろう。

ルームミラーを見ながら髪の毛の乱れを手早く整え、ハンドバッグを片手にクルマを降りた。署の出入り口に向かおうとしたとき、なかから眼鏡をかけた若い制服警官と、しょぼくれた身なりの小太りの中年男がでてきた。

東京で見かける警官の動きはきびきびしたものだが、いま恵梨香が目にした警察官は土地柄を反映してか緩慢な歩調だった。ちょうどいい、声はかけやすい。

恵梨香は警官にいった。「すみません」

警官と中年男が足をとめた。ぼんやりとした顔で、警官は恵梨香を見た。「なんでしょう?」

「ええと、こちらの伊勢崎さんという人から連絡をもらったんですけど」

するとどことなく頼りなげな印象の漂う若い警官が、意外な返事をした。「伊勢崎は私ですが」

恵梨香は面食らい、思わず警官の制服を眺めまわした。真新しい服だった。新人に違いない。そういえば、声もたしかに留守電のメッセージと同じだった。見た目のわりには、低く落ち着いた喋り方をする。

落胆を禁じえない状況だった。巡査だったなんて。もっと上の役職にある人間からの依頼だと思っていたのに。恵梨香は思い描いていた理想と現実のギャップをさとった。やはり日本臨床心理士会を経由して警視庁への協力要請が入ったころと、同じ境遇を望むことはできそうになかった。

だが伊勢崎巡査のほうも、恵梨香を怪訝《けげん》な面持ちで見つめていた。その視線は、小柄な恵梨香の頭のてっぺんから足の先までを何度となく往復した。金髪のギャル系。これが本当に心理相談員かと呆《あき》れているのだろう。どこででも向けられる目だ。

こういう視線を投げかけられることに対する嫌悪感はないわけではなかったが、黒髪に戻してスーツ姿になってまで回避したいとまでは考えなかった。わたしはわたしであって、変わる必要はない。自己主張をするつもりはないが気に入ったファッションは捨てられなかった。そもそも、どうしてギャル系のおしゃれを好むのか、いまとなっては自分でもよくわからない。たぶんかつての渋谷を埋め尽くしていたギャルやコギャルらも、説明できるほどの理由を持ち合わせてはいないはずだ。この外見が好きだからそうする。人と会うからこそ、この装いでなければならないと感じる。奇抜を通り越して奇異に思われても、没個性にみられるよりはましだ、そういう思いが根底にあるのかもしれなかった。

やがて伊勢崎巡査は、妙に納得したような顔をした。この反応は、ほかではあまり経験したことがない。が、恵梨香は巡査がなにを考えたかおおよその見当をつけることができた。心理相談員とはいえ萩原県の住民だ、無職の道楽のようなものだ。おかしな女だったとしても、まるでふしぎはない。巡査はそう考えたのだろう。

「一ノ瀬さんですか」と伊勢崎は、いかにも取り繕った笑顔を浮かべていった。「どうも。お呼びたてして申しわけありません」

「いえ……。あの、早速なんですが、自殺未遂を起こされた人というのはどこに……」

伊勢崎は戸惑いのいろを浮かべ、視線を逸《そ》らした。その目がしばしさまよったあと、隣りにいた中年男に向けられる。

巡査に視線を注がれたその小太りの男は、恐縮したように身をちぢこまらせていた。年齢は五十代半ば。髪は長くはないがぼさぼさで、ほとんど白髪だった。皺だらけのチェック柄のジャケット、くたびれた開襟シャツ、もう少し痩《や》せていたころに買ったのかサイズの小さなスラックス、薄汚れた運動靴。センスがないというより、洋服棚から手あたりしだいにつかみだした衣服をまとっただけにみえた。実際のところ、外出するには裸ではまずい、ただそれだけの理由で服を着ているにすぎないのだろう。なにもかも投げやり、ずぼら。いま独身であることは、容易に推察できる。

男は丸顔だったが、それがだらしなく肥満した印象をさらに助長させている。肉付きだけはいい頬はブルドッグのように垂れさがり、やたら太い眉毛《まゆげ》は手入れをしていないらしく伸びほうだいで、目もとはやけに子供っぽい。逆に言えば、社会人の大人にごく普遍的にそなわっている鋭さがない。鼻は低くてほとんど隆起がなく、口もとにもしまりはない。

無精ひげはまるでカビのようだった。

それでも、県外なら不審者呼ばわりされてもおかしくないその男の身なりも、萩原県の住民としては許容の範囲内だった。たしかに、だらしなさを絵に描いたような県民の平均的なルックスよりもさらに下をいく存在であることは間違いないが、人と会うことを想定せずに生きるのが常の萩原県にあって、身だしなみを意に介さないのはある意味で常識でもあった。

恵梨香は男の顔を眺めるうちに、ふしぎな感覚にとらわれた。どこかで見かけたことがある顔だ。知人にこんな男がいただろうか。いや、ありえない。だがそれでも、脳の記憶の領域が恵梨香の意識に向けて、絶えず微妙な信号を発しつづけている、そんなふうに感じられる。思い当たる情報が頭の片隅に残っているのだろうか。いったい誰だろう。

中年男は恵梨香の視線を居心地悪く感じたらしく、気まずそうに目を伏せた。男は恵梨香には関心をしめさない。ということは、知り合いではないはずだ。

横に並んで立っていると、清潔な美青年にさえ見えてくる伊勢崎巡査が恵梨香にいった。「電話でご相談したのは、この人のことです。播山貞夫《まきやまさだお》さん。萩原県の住民なんですが、きのうも自殺未遂を起こしましてね」

播山。やはり耳に覚えのある名前だ。たしかにわたしは、この人を知っている。しかし誰なのかは、まだ思いだせなかった。

「きのうも?」恵梨香は伊勢崎にきいた。「というと、何度も……」

「そう」伊勢崎はため息をついてうなずいた。播山に向かって、まるで子供を諭すような態度で口をきく。「ほら、お見せしろ」

播山が当惑したような目を伊勢崎に向ける。その目つきも、年齢にそぐわず子供のようだった。まるで悪戯《いたずら》を咎められた少年のように、おどおどした素振りをしている。

「傷跡だよ」と伊勢崎がじれったそうにいった。「きのう病院でお医者さんに見せただろ。こちらの一ノ瀬さんはカウンセラーだ。どういうふうに自殺を図ったか、ちゃんと伝えておけ」

父親ぐらいの年齢の男に対し、ずいぶんと容赦のない言葉づかいをする巡査だった。自殺未遂者に向かって、自殺という言葉そのものを吐くというのも配慮を欠いているように思える。

やはり叱咤《しった》を受けた少年のようにあわてながら、播山は左腕の袖《そで》をまくった。手の指は太く、職人のように使いこまれている。播山はおずおずと手首をかえしてみせた。そこには、無数の傷跡があった。

リストカットによる自殺か。が、どれも傷は非常に浅かった。猫にひっかかれたといっても通用するていどだ。それはすなわち、本気でみずからの命を絶とうとしていなかったことの表れでもあった。きのう病院にいったとのことだが、縫合の手当てを必要とするほどの怪我はひとつもなく、最新の傷と思われる部分にはバンドエイドが貼ってある。これで自殺とは失笑ものだった。

なるほど、伊勢崎が冷ややかな態度をとるのもうなずける。そう思いながら恵梨香はつぶやいた。「致命傷はないみたいですね、よかった」

「致命傷だなんて」と伊勢崎は苦笑を浮かべた。「動脈を切断するほど深い傷になるわけがないですよ。刃物じゃなく、スコップの先でひっかいただけですから」

「スコップ？」

ええ、と伊勢崎はいった。「庭の手入れに使うような小さいやつでね。ずぼらもここまでくると呆れますよ。事情聴取でなぜ刃物を使わなかったのかたずねたら、家になかったから、そういうんです。包丁も果物ナイフもないから、とりあえず手近にあったものを使ったっていうんですよ。いままで何度となくリストカットしておきながら、今度は刃物を買ってこようとか、思わないものですかね」

実情を知らない人間がきけば、巡査が自殺未遂者に対しこんな口をきくこと自体が大問題だろう。正しく自殺するには刃物が必要だ、そう示唆しているようにも聞こえる。しかし恵梨香は、伊勢崎が警官としてモラルに欠ける人間だとは思わなかった。おそらく彼も播山に対し、最初からこんなに遠慮なくものを言ったわけではなかったろう。自殺未遂というにはあまりにも実現性に乏しい稚拙な行為に腹を立て、やめさせるには皮肉もまじえて言い聞かせねばならない、そう考えるようになったのだろう。

播山はそそくさと腕をひっこめて、袖を引き下ろした。伊勢崎の発言を否定しないところをみると、自殺が本気でなかったことを本人も自覚しているようだった。

恵梨香は伊勢崎にいった。「これくらいの傷では、病院から警察に通報がいくとは思えませんが」

「当然ですね。本人がいわないかぎり、自殺を図ったなんて誰も思いません。でもこの人は、自分で警察に連絡してくるんです。いまから死んでやるとかいって。たいてい、酒を飲んでるんですけどね。警察としては無視するわけにはいかないんで、播山さんの家に駆けつけることになるんですけど、いつも結果は同じでね。この浅い傷を腕につけて、おおげさに床に横たわってわれわれの到着を待ってる。そのていどじゃ病院にいく必要はないというと、いつまで経っても起きあがってくれないんです。だから毎回、救急車を呼ぶことになる。平和な街だからいいですけど、萩原県でなければ噴飯ものですよ」

伊勢崎は、これまでのいきさつを恵梨香に伝えつつも、そのことを利用して鬱積《うっせき》した不満をぶちまけているようだった。公務員の立場では、いいたいことがいえなかった事情もあるのだろう。

困惑を深めながら恵梨香は播山に向き直った。まだ播山はひとことも喋《しゃべ》っていない。本人の言葉もきいておきたい。そう思ってたずねた。「スコップが家にあるということは、趣味はガーデニングですか？」

ところが、落ち着かなさそうに視線を躍らせるばかりの播山に代わり、口をきいたのは今度も伊勢崎巡査だった。

「とんでもない」と伊勢崎はいった。「ご存知ないですか。いってみれば、播山さんの仕事です。だったというべきかな。発掘とか、そういうものです」

「発掘……」つぶやきながら恵梨香は、もういちど播山の顔をしげしげと眺めた。

たちどころに、おぼろげだった記憶は克明にかたちをとりはじめた。恵梨香は驚きながらいった。「ひょっとして、あの……」

ふんと伊勢崎が鼻を鳴らした。「そのとおりですよ。元アマチュア考古学者というか、いちおう民間の考古学研究団体の副理事長……だったかな、そういうものを務めていた、それがこの人です」

恵梨香は、いっそう気まずそうにうつむいた中年男を見つめながら、唖然《あぜん》としていた。知人ではなかった。テレビの報道を通じて見たのだ。たしかわたしが十九歳のころだった。旧石器の発掘と称しながら、じつはこっそり事前に埋めて自分で掘り起こしていた人物が、新聞に真相を暴かれて窮地に立たされた。記者会見ではずっとうつむいていたが、恵梨香の前に立つ播山も当時とまったく同じしぐさをしていた。

播山貞夫という名前は、当時の報道で耳にしたのだろう。その後の報道では、彼は実名を挙げられることはなかった。元副理事とか、イニシャルで呼ばれていたと思う。にもかかわらず、六年前にきいた名が頭の片隅に残っていたということは、当時それなりにインパクトのあるニュースと感じたからにちがいなかった。

考古学にも遺跡発掘にも興味のない恵梨香は、さほど詳しいことは知らなかった。記憶に残っていることもわずかでしかない。第一報は新聞のスクープ記事だった。捏造《ねつぞう》ではないかと疑いを持った記者たちが発掘現場に隠しカメラをセッティングしたところ、早朝にひとりで現場を訪れた播山が、持参したビニール袋から取りだした石器を埋め、足で踏み固めるという一部始終が撮影された。それらは連続写真で新聞の一面に掲載され、つづいてテレビをはじめとするマスコミがいっせいに騒ぎだした。

そんなことをして得になるのか、そもそも捏造を働いた播山がどういう人物でどれくらいの評価を受けていたかを知らなかった恵梨香は、すぐには事態の大きさを理解できなかった。だが連日の報道で、播山は数年にわたり幾多の遺跡を発見し、次から次へと石器を探りあてては掘りだすことで知られる〝神の手〟の持ち主として、考古学会に大きな影響を与えていた存在だったとわかった。全国各地でおこなわれた発掘のうち、とりわけセンセーショナルだったのはたしか三十五万年前の原人の墓と、五十万年前の建造物の跡だった。

恵梨香が小学六年のころ、社会科で日本の歴史を習ったが、教科書には卑弥呼《ひみこ》の邪馬台《やまたい》国《こく》の前にほんの一ページか二ページ、日本人のルーツについての記述があるだけだった。二万年から四万年前ぐらいに中国大陸から朝鮮半島を経て、当時は氷河期で地続きになっていた日本列島へと渡ってきた、そんな表記だったはずだ。縄文という言葉を漢字で書けねば点数がもらえなかったことを覚えている。

つまり、日本にはもとから存在していた人類はいなかったと小学校では教えていた。ところが中学一年の日本史の授業で、いきなり五十万年前に日本に原人がいたという話になった。五十万年前といえば、北京《ペキン》原人とほぼ同時期だ。教科書の歴史年表は、その発端部分が大幅に変わり、小学校で習わなかった遺跡の名と所在地名を新たに覚えねばならなかった。これらは高校受験でも出題の範囲になるから、小学校で習わなかったからといって見過ごさないように、と教師はいっていた。

当時の恵梨香は暗記事項が増えることを憂慮する感情のほうが強かったが、それがいかに重大な発見であるかは、教師のはしゃぎようを見るまでもなく理解できた。教科書が書き換えられた、それも前とはまるで違う事実が浮上した。そのことだけでも充分に衝撃的だった。小学校は現実と異なることを教えていたのだ。多感な思春期には、大人が信じられる存在か否かはきわめて重要な関心事だった。大人の発言が必ずしも正しいわけではない、そう感じるきっかけのひとつにもなったような気がする。

そして、そういう考え方は正しかった。ずっと後年になり、大学に入った恵梨香は、原人の存在は幻だったと知らされることになる。原人の遺跡も播山の捏造だった。五十万年前とみられる地層から石器を掘りだしたように装った、たったそれだけのことで、教科書が書き改められるほどの大発見とされていたのだ。

考古学界とは、そんなにだまされやすい人たちの集まりなのだろうか。周囲の誰も疑いを持たず、播山を盲信してしまったのはなぜだろうか。のちに疑惑を抱いていた別の専門家も、批判されることを恐れてなにもいえなかったと述懐している。いかに播山の支持者が多かったか、うかがい知れる話だった。

十九歳当時、まだ心理学を志そうとも思っていなかった恵梨香は、そんな一種異様な集団心理を突き詰めて考えることもなかった。やっぱ大人って馬鹿じゃん、呆《あき》れぎみにそう思っただけだった。

捏造が発覚したあとの記者会見で、播山は顔を隠すようにうつむき、魔がさした、ぼそりとそのひとことを口にした。すなわち動機は、なにか発見せねばならないというプレッシャーから思わず捏造に及んでしまったことにある、彼は遠まわしにそう主張していた。しかし、新聞やテレビで紹介された播山の捏造の証拠写真を見るかぎり、石器を埋める手際は慣れたもので、表情にも緊張や後ろめたさは感じられず、いたって平然としていた。発作的犯行とはとても思えなかった。

原人を村おこしに利用していた地元が気の毒なことになったとか、その後の調査で播山が発掘した石器のすべてが捏造で、遺跡とされた各地の発掘現場も事実無根と証明されたとか、いくつかのニュースをきいた記憶はあるが、当の本人の播山貞夫がどうなったのかはまるで知りえなかった。金銭を詐取する目的だったわけではないから詐欺ではないだろうし、ニュースキャスターが播山容疑者と呼ぶこともなかったから、逮捕されてはいないのだろうと憶測することはできたが、恵梨香はそれ以上の関心を持たなかった。いまにして思えば、小学校の教科書と大人に対する信用を結びつけた十代の思考が、この騒動へのわずかな関心の糸口になっていたのかもしれなかった。

ある意味では伝説ともいえるその男と、いま向かい合っている。と同時に、播山貞夫の現状もあきらかになった。萩原県の住民。職に就けず、この特別な福祉の世話になる道を選んだ社会の落伍者《らくごしゃ》だった。

「ええと」恵梨香は困り果てながら、伊勢崎巡査を見た。「それで、わたしになにを……？　自殺願望を抱いている人に対しては早期にカウンセリングが必要ですけど、播山さんの自殺未遂は本気じゃないってわかってるわけですよね？」

「そりゃもう」伊勢崎は真顔でうなずいた。「しかし、今後も繰りかえし警察を呼ばれたのでは、私どもとしても迷惑なので。なんのためにああいうことをしでかすのかはわかりませんが、おそらくはわれわれに構ってほしいと願っているんでしょう。なんにせよ、心が歪《ゆが》んでいることに変わりはないと思いますね。で、私の上司に相談したところ、萩原県内にもいろいろな人が住んでいるし、こういう問題の相談に乗ることをボランティア的に掲げている人もいるから、紹介してあげたらどうかといわれましてね。それで県内のデータベースを検索して、心理相談員のあなたを見つけたんです」

「ああ」恵梨香はつぶやきを漏らした。「そうですか……」

「だから、無理にお引き受けいただく必要はありません。正式な仕事の依頼ではないのですからね。萩原県の住民どうし、交流を深めるような気持ちで、播山さんの話を聞いてあげてくれませんか」

恵梨香は気持ちが果てしなく沈んでいくのを感じた。落胆どころではない、失望そのものだった。

わたしを専門家とみなしたうえでの依頼ではなかった。萩原県民どうし、つまりは無職の者どうしをひき合わせただけだった。警察としては、面倒ばかりかける荷物を誰かに背負わせたいという考えもあっただろう。というより、むしろそれが本音のようだった。そして恵梨香に対しては、人の役に立つことで社会復帰の礎としていきなさいという示唆を与えたつもりだろう。老人ホームの介護スタッフが、住んでいる高齢者たちを友達にしようとおせっかいを焼くのと同じだった。

腹立たしくなってきた。なんのことはない、彼らがわたしにカウンセリングを施した気になっているのだ。ずいぶん見下されたものだ。この若い巡査は、わたしがかつて臨床心理士だったことを知っているのだろうか。たぶん知らないのだろう。ほかの大勢の住民同様、怠け癖のついたニートのひとりとみなしているのだろう。

「播山さんには」と恵梨香はいらいらしながらきいた。「ご家族とか、おいでじゃないんですか。世話は身内の人にしてもらうのがいちばんいいと思いますけど」

やはり無言のままの播山に代わって、伊勢崎巡査がいった。「おられません。奥さんと娘さんがいたんですが、何年も前に離婚して、独り暮らしです」

恵梨香はため息をつきながら、播山に目を戻した。ただでさえしょぼくれた外見が、わけを知ったいまではいっそう貧相にみえてくる。

嘘つきとして全国民にその名を知られ、なにもかも失った男。おそらく、恵梨香の中学一年のころの社会科の教師も、いまとなっては播山貞夫を軽蔑《けいべつ》か憎悪の対象としていることとだろう。日本全国どこへいこうと、悪評はすでに国の隅々にまで広まり浸透している。捏造の発覚時にすでに五十歳、実名で報道されていたこともあってまともな職業に就くこともできない。そんな彼が萩原県に住みだしたのは、ある意味で当然の選択だったかもしれない。この特別行政地帯は彼のように、社会に顔向けできなくなった人間の最後の避難所でもあるのだろう。

だが、同情心などかけらも生じなかった。モチベーションがどこにあったかは知らないが、嘘で塗り固めた偽りの名声を追求するなんて、まるで理解できない。それに、と恵梨香は怒りとともに思った。萩原県に住んでいるというだけで、この男とひとくくりにされてしまうとは納得がいかない。

伊勢崎は恵梨香の反発には気づいていないらしく、満足そうに微笑みを浮かべながらいった。「事情聴取を終わって、播山さんを駅まで見送ろうとでてきたところに、ちょうどあなたが来てくれた。顔合わせをしておけば、今後連絡をとりあうこともできるでしょうし」

恵梨香は承諾する気などなかったが、苦言を呈すべく口をひらきかけたとき、署の二階の窓から別の制服警官が顔をのぞかせて声をかけてきた。「伊勢崎。そっちが終わったら、こっち手伝ってくれ」

「はい。いまいきます」伊勢崎は快活に返事をすると、恵梨香に向き直った。「ではよろしくお願いします。なにかありましたら連絡をください。それでは、私はこれで」

口をさしはさむ隙などあったものではない。恵梨香がなにも言いだせないうちに、伊勢崎は敬礼して踵《きびす》をかえし、署の出入り口に歩き去っていった。住民に対してよい采配《さいはい》を振った、そんな自負が見え隠れする堂々とした足どりだった。

恵梨香は播山を見た。播山は依然として、臆病者《おくびょうもの》のように背を丸めていたが、その視線がちらとあがった。恵梨香を一瞬だけ見ると、なにもいわずに会釈をした。視線はもう逸《そ》れている。そのまま播山は、ゆっくりと背を向けて国道沿いを歩きだした。

遠ざかっていく播山の背を眺めるうちに、空虚さが恵梨香のなかにひろがっていった。このまま彼を見送れば、責任を背負わずに済む。警察がなにをいおうが、強制ではない。こんな状況ではとても彼の世話を焼きたいとは思わない。たとえ正式な依頼であってもお断りだ。

しかし、ふと恵梨香は思った。それならわたしはなぜ、ここまできたのだろう。どんな人間と会うことになるのかは、予測していなかった。けれどもわたしは、警察からの連絡を受けてすぐ、ここに直行することを選んだ。

理由はすぐ思い当たった。恵梨香は声をかけた。「待って。ちょっと待ってください」

播山の歩がわずかに緩んだが、足をとめるまでには至らなかった。振り向きもしない。

恵梨香は走って追いかけると、播山の前にまわりこんだ。

「ひとつだけ、聞いていいですか」恵梨香は播山にいった。「伊勢崎さんがいったように、自殺は虚偽ですか？　ただ構ってほしかった、それだけですか？」

非常にぶしつけな質問だろう。カウンセラーが聞くべきことでもない。たとえ本当の自殺志願者でなかったとしても、まだ相手の心情を理解していない段階でこんな聞き方はまずい。恵梨香にはよくわかっていた。

それでも、いまは正式なカウンセリングの場ではない。お互いに気乗りもしていない。ならば好きなように行動するだけだと恵梨香は思った。聞きたいことを聞く。心理面談の鉄則なんか知ったことではない。

播山はあいかわらず目を泳がせつづけていたが、恵梨香を嫌っているわけではなさそうだった。ただひたすら戸惑っているだけらしい。そしてその困惑は、状況のみならず彼自身にも向けられているように見えた。自分の感情をどう理解すればいいのかわからず、みずから途方に暮れる。そんな混乱状態にあるようだった。

「自殺なんて……」播山はどこか落ち着かない素振りのまま、小声でつぶやいた。「そりゃ死にたいと思ってるけど、そんなに簡単にはいかない」

そのとき、播山の目がふたたび恵梨香をとらえた。今度は、さっきよりも長いあいだ見つめあった。恵梨香を直視した播山の顔。諦《あきら》めに似た虚無感だけがある。歴史を改変させてしまうほどの大嘘で社会をだましおおせた知能犯的な面影は、一片たりとも残っていない。あるのはただ、望みが常にかなわないという失意のいろだけ。恵梨香の目にはそう映った。

あの自殺未遂は必ずしも擬似ではない、少なくとも自殺願望は本物の可能性がある。恵梨香はそう思った。切れないとわかっているスコップばかりを使って、刃物を用意しないから本気ではない。警察はそう考えている。わたしも初めはそう思った。だがそれだけで、本当は死ぬつもりがないと断言できるだろうか。死にたい、だが実行に移せない。その迷いのなかで一進一退をつづけているのだとしたら。刃物を買うことにはいつも腰がひけてしまうが、それでも死にたい、自殺したい、その一心で手首を傷つけているのだとしたら……。

自殺の心理についての分析は専門家によって意見が分かれる。専門家らが決してみずからそう望むことのない心理だ、推測で理解せざるをえないところがある。

しかし、わたしは違う。恵梨香は思った。その衝動は理解できる。わたしの心のなかで、最も振幅の大きな振り子として、いまもゆれつづけている。死を望んでいるくせに、自殺のための準備をするには至らない。そんな臆病者の自分が嫌になり、いっそう生きていることに虚《むな》しさを覚えるようになる。それでも実行どころか準備にも至らない以上、ただ生きつづけるしかない。自分の命を絶つという望みさえもかなわないことに、情けなさと虚しさを噛《か》み締めながら。

いましがた返答した播山の表情に、そんな心の状態が浮かびあがった。一瞬だけだが、たしかに感じえた。カウンセラーとして学んだ技術によって心理を読みとったわけではない。これは共感だった。恵梨香が胸の奥底に秘めている感情が、彼の感情と同種のものだったために理解しえたのだ。きっとそうにちがいない、と恵梨香は思った。

しばし黙って向きあう時間が過ぎた。播山は沈黙に耐えかねたように、またうつむきながら歩きだそうとした。

「待って」恵梨香は播山を押しとどめた。

播山は足をとめて、恵梨香を見下ろした。

恵梨香は播山の顔を仰ぎみた。播山の顔には、ただ驚いた表情があった。ためらいがよぎる。仮に、この男がわたしと同じく、死を望みながら自殺できない悩みを抱えている人間だったとして、わたしは彼になにを望んでいるのだろう。みずからに問いかけてみたが、答えはでなかった。その答えが知りたくて播山を制止した、それが本音かもしれない。

なにが待っているかはあきらかではない。だが、求めているものに近づいている、そんな気はする。

「よければクルマで送らせてください」と恵梨香はいった。「ぜひお話をおうかがいしたいんです。わたしたちが話しあえば、前進する道が見つかるかもしれません」

福祉

ボウリング場のすべてのレーンが稼働中だった。どのアプローチも子供たちによって埋め尽くされている。あちこちで歓声やはしゃぐ声が沸きあがって、とんでもなく騒々しい。最年少は四歳、最年長は十八歳。参加者は全員で二百人を超している。それらの子供たちの人数に比べると、見守る大人の数はごく少ない。それぞれの福祉ホームから保護者がわりの保育士が、ひとりかふたりずつ来ているにすぎなかった。だが、混乱はなかった。場内を走りまわってふざけあう男の子たちに、ときおり大人の叱咤《しった》の声が飛ぶが、誰の顔にも笑いがあった。身体を動かすゲームに熱中することができれば日ごろの不満からくるストレスも解消される。少々のことでかっとなったり、他人との軋轢《あつれき》に苛立《いらだ》ちを覚えることはなくなる。このボウリング場の光景は、岬美由紀の予想したとおりだった。

美由紀はアプローチのひとつで十歳の女の子相手にボールの投げ方を指導していた。

「こう肘《ひじ》を曲げて、両手でボールを支えて、まっすぐに前をみる。助走したら止まらずにそのまま腕を前に振りぬくようにして、勢いよくボールを投げる。わかった？」

女の子の顔にはまだ笑いが留《とど》まっているものの、困惑のいろが支配的になっていた。

「うーん……でも……」

「だいじょうぶ。やれるわよ。まだなにか気になることがある?」

「ええと……」

女の子の視線が左に向いたのを美由紀は見逃さなかった。その左後方には、女の子と同じチームでゲームに参加している子供たちがいる。男の子が多い。たぶん、うまく投げられなくて冷やかされることを恐れているのだろうと美由紀は思った。これだけ警戒心を働かせるということは、以前にそういう経験をして傷ついたことがあるのだろう。

このうえガーターを連発したら、女の子は集団のなかで孤立する可能性もある。ただでさえ、運動は苦手そうな子だ。ここは自信をつけさせねばならない。

「もうひとつアドバイスがあるの」と美由紀はいった。「あなたの身体の右側に、おおきな時計の文字盤があると思って。直径はちょうど、あなたの身長と同じぐらい」

女の子は妙な顔をして美由紀を見た。「え?」

「想像するだけでいいのよ。ちょっと目を閉じてみて。それで、文字盤があるのを思い浮かべて。学校の校舎にあるものより、ずっと大きな文字盤」

暗示というものの適性は人によって異なる。この女の子の趣味は読書だときいた。つまり言葉から状況をイメージする連想力が身についていると考えられる。これぐらいの想像については難なく思い浮かべることができるだろうが、もし時刻をたずねてこなかったら、具体的に想起できていないことをしめしている。その場合は、別の暗示を試してみねばならない。

「どう？」と美由紀はきいた。「思い浮かべた？」

「はい。でも、ええと」女の子は目を閉じたままたずねてきた。「何時何分ですか？」

よし。美由紀は女の子にいった。「十二時ぴったり。いい？　その文字盤はこれからも、あなたの右にぴったり寄り添うようにくっついてる。歩いても走っても、常にそこにある。でもその時計は壊れてる。あなたが文字盤の上をこすったりしてショックを与えると、その長針が一瞬にしてぐるん、と一回転するの。たった一秒で一回転するのよ。そういう時計なの。どう、わかる？」

女の子はうなずいた。「わかりました」

「その文字盤はこのボウリング場を出るまでのあいだ、ずっとあなたの右横に居座りつづける。でも外にでれば、なくなるの。イメージできた？　じゃ、目を開けて」

すぐに女の子は目を開けた。その目が訝《いぶか》しそうに右のほうを向きがちになる。

美由紀はいった。「さっきいったように投げて。脇目を振らずに、ちゃんとまっすぐにピンの真ん中を狙って投げるのよ。さあ、がんばって」

やや緊張した面持ちでうなずくと、女の子は歩を踏みだした。ぎこちないフォームだが、身体の芯《しん》が安定している。美由紀はすでに成功を悟った。

暗示はなにも特殊なわざではない。イメージを浮かべることによって下意識に新しい道すじをつくる、それだけのことだ。特に催眠状態に入ったわけでもなく、通常の意識状態で与えられる暗示は、当人がただ言われたとおりに、意識的に想像を浮かべるにすぎない。この女の子も、存在しないはずの文字盤があたかもそこにあるように信じたわけではない。ただ漠然と指示されたイメージに従っているだけだ。それでも暗示は効力をしめす。下意識はイメージに従って身体を動かす。理性に訴えかけてコツを教えるとうまく伝わらないことも、暗示の力を借りれば下意識に浸透させることができる。

女の子は助走し、ボールを前方に突きだしてから後方にテイクバックさせた。ここまでは理性が受けたアドバイスにしたがっている。しかし、すばやく背後へとスイングさせた右腕に、暗示が機能するはずだった。右側の文字盤の長針が一瞬にして回る。時計回り、すなわち前方に回転する。

暗示の影響を受けた女の子のフォームはほぼ完璧《かんぺき》だった。頭の片隅で長針をイメージしているせいで、肘が曲がることなく、力をこめることもなく一定の速度で前方へと腕を振り抜いた。ボールは勢いよくまっすぐに転がっていき、ピンは派手な音をたてて飛び散るように倒れた。ストライクだった。

背後の子供たちがどよめくなかで、女の子は信じられないようすで立ち尽くし、前方に目を凝らしていた。それから美由紀を振りかえり、にっこりと笑った。

「ナイスストライク」と美由紀はいった。

女の子は満面の笑みを浮かべて駆け戻ってきた。「ありがとう、岬先生」

「わたしはなにもしてないのよ。これがあなたの実力」

同じチームの男の子たちも、拍手で女の子を迎えた。さっきまでとはうって変わって、明るい雰囲気に包まれている。これで、このレーンも心配ないようだ。美由紀はその場を離れて、周りのようすを見ながら歩きだした。

週にいちど、美由紀は自費でボウリング場を借りきって、都内の養護施設の子供たちに開放していた。独り暮らしの美由紀が、千代田区赤十字病院のほか三つの病院の精神科と心療内科を掛け持ちし、小中学校でのスクールカウンセリングやハローワークの就職支援など忙しい毎日を送っていれば、貯金は使う機会もなく増えるいっぽうだった。どうせなら有効に活用したほうがいい。そう思って複数の福祉ホームに呼びかけて、最初のボウリング大会を実施したのは十か月ほど前のことだ。それが好評だったので、恒例行事にすることにした。美由紀がイラクに行っていた数か月間は中断せざるをえなかったものの、無事にこうして再開できる運びになった。

どの養護施設の子供たちも、帰ってきた美由紀を歓迎してくれた。きょうもひとりの欠席者もいない盛況ぶりだ。やはり子供たちの心をひらくには、カウンセリングの対話だけでは不十分だった。実際に行動と経験があってこその情操教育だといえる。臨床心理士会などの団体も、こういう活動の価値を認めて公式に実施するようになればいいのだが。美由紀はため息をついた。資格認定協会の専務理事、塚田の顔とともに、民間団体のしがらみを思いだす。本当に子供たちのためになる福祉が実現するのはまだ先のことだろう、と美由紀は感じた。

子供たちの嬌声《きょうせい》に混じって、ふと大人の女の声が耳に入ってきた。同世代で顔なじみの保育士、増川秋枝《ますかわあきえ》がふたりの男の子たちの喧嘩《けんか》の仲裁をしている。「だめよ、取り合ったりしないで、譲りあって。交代で使えばいいじゃない」

喧嘩といっても小競り合いていどのようだが、見過ごしていると大きな争いに発展することもある。美由紀は近づいていって秋枝に声をかけた。「どうしたの?」

「あ、美由紀さん」秋枝は当惑のいろを浮かべつつも微笑した。「この子たちがふたりともカメラを独占したがってて……」

「だってさ」と男の子のひとりが声を荒らげた。「こいつ、自分のデジカメ忘れてきてんだぜ」

もうひとりも負けじと応酬する。「それが俺のだよ。返せよ」

「こら」秋枝が男の子たちにいった。「カメラはひとりのものじゃなくて、うちの福祉ホームみんなのものでしょ。借りてるだけ。いつもいってるでしょう」

「だからさ。きょうはこのカメラ、俺が借りる週じゃん」

「おまえはデジカメじゃなくってふつうのカメラの番だったはずだろ。返せっていってんだよ」

美由紀は苦笑した。デジタルカメラと普通のフィルム式カメラ。男の子というのはどんな物についても、乾電池が入っているほうを好むものだ。凝ったメカが内蔵されているアイテムをこよなく愛する傾向は、大人になっても変わらない。この年代の男の子にしてみれば、どうしてもデジカメでなければと考えるのだろう。

ため息をついて、美由紀はハンドバッグから自分のデジカメを取りだした。男の子たちの目は、即座に釘《くぎ》付けになった。

「これを貸してあげる」と美由紀は、デジカメを持っていないほうの男の子に渡した。「シャッターは、その丸いボタン。撮影後は保存のボタンを押してね」

男の子たちは目を輝かせると、今度は美由紀のデジカメをめぐって対立のきざしを見せ始めた。ついに秋枝が、争いを収めるための最終兵器を口にした。「いい加減にしないと、二度とここに参加させないから。仲良く使って。わかった?」

そのひとことは確実に男の子たちに効いたらしい。ふたりの男の子は押し黙って、それぞれ手にしたアイテムを気まずそうにいじりはじめた。

秋枝はようやくほっとしたらしく、美由紀に歩み寄ってきて微笑を浮かべた。「いつもこうなの。男の子ってたいへん」

「でもお見事」美由紀はゆっくりと歩きだした。「稲妻のようなひとことで仲裁完了なんて。秋枝さんのほうがわたしより、トラブルシューターとしては向いてるかもね」

「まさか」秋枝は並んで歩きながら笑った。「戦争を収めるなんて、わたしにはとても無理」

「わからないわよ。実際、権力者たちの争いなんて、あの男の子たちの心理とさして変わらない。玩具《おもちゃ》をほしがって、奪いあってるだけ」

「美由紀さんＦＯＭＡ持ってるでしょ？　カメラ付いてるじゃない。どうしてデジカメを別に持ってるの？」

「フォトレタッチが趣味だから」美由紀はレーンから少し離れたところにあるベンチを秋枝にすすめながら、みずからも腰をおろした。「解像度が高いほうがいいし」

「へえ」

「ところで、きょうはどの福祉ホームからも欠席者ゼロってきいてるけど、知った顔が何人か見当たらない気がするの。なにか知ってる？」

「ああ」秋枝は真顔でうなずいた。「うちのホームも三人、親と同居することになって」

「卒業したってこと？」

「まあ、そうもいえなくもないけどね。無職の親がようやく職にありついて、子供をひきとるってことはこれまでもあったんだけど、今度のケースはちょっと違うの。親が萩原県に引っ越して、今後は子供と同居するっていう」

なるほど、萩原県か。美由紀はいった。「でも子供にとってはいいんじゃない？　福祉というかたちではあるけど、親も生活費を得るわけだし、一戸建てに住むんだし」

「それはそうなんだけどね」秋枝の表情は曇った。「たしかに萩原県のおかげで、どの養護施設も世話をする子供たちの数が減って、楽になったんだけど……。萩原県って、稼ぎのない大人たちが住むことのできる場所でしょ。そういう大人たちの子供はみんな施設をでて親と住めるようになったけど、そもそも親のいない子供たちは全員、施設に残されてるの。本当にかわいそうなのは、そういう子たちだってのにね」

美由紀はうなずいた。「萩原県が民間経営とはいえ福祉をカンバンに掲げているわりには、妙な話よね」

「そうなのよ。わたしたちの勤めてる福祉ホームなんて、いつも火の車でしょ。親が仕事をしてて稼ぎはあるけど、子供の面倒はみれないっていう事情の家庭から、子供を預かる代わりにお金をもらう。収入はほぼそれだけ。両親も身寄りもいない子供たちについては、それぞれの福祉ホームがボランティアで世話をしてる。だから支出も馬鹿にならないの。萩原県ってさ、住民をすごく優遇してるでしょ？　家も生活費もあげてるし……。だから、親のいない子供たちのための施設も萩原県内に建てられないかと思って、ジンバテック社の陣場社長宛てに嘆願書を送ったのよ。都内の複数の福祉ホームが協力して署名を集めたの」

「ふうん」美由紀は感心した。日本を離れているあいだに、さまざまなことが起きている。

「それで返事はきた？」

「まだだけど、絶対いい返答があると思うの。だって、これこそ最高の福祉でしょ。高齢者と無職の大人に住む権利があるのに、身寄りのない子が福祉を受けられないなんて、そんな馬鹿な話あるわけないもの」

たしかにそうだ。しかし、美由紀はその実現性については懐疑的にならざるをえなかった。萩原県と呼ばれる特別行政地帯は八百万戸の住宅がひしめき、しかもそれらすべてに人が住んでいて、空き家はひとつもないときいている。福祉の管理を一手に引き受けているジンバテックの経営も、このままいけば破綻《はたん》するのではと囁《ささや》かれていた。新たな福祉活動を追加できる余裕があるとは、とても思えない。

なぜか一ノ瀬恵梨香の顔がちらついた。彼女も萩原県に住んでいる。心理相談員を名乗っているのだから、人の役に立ちたい意志は充分にあるのだろう。両親のない子供たちを、彼女が受けいれることはありうるだろうか。

美由紀は頭を振り、その考えを追いはらった。彼女自身が福祉を受けている身だというのに、赤の他人の子の面倒がみられるようなゆとりを持っているわけがない。だいたい、恵梨香が数人の子供をひきとったからといって、問題の根本的な解決にはなりはしない。大勢の子供たちを受け入れるにはそれなりの広さを持った場所が必要だ。恵梨香の家はおそらく、萩原県に無数にある小規模住宅のひとつにすぎないだろう。そして、萩原県内のほぼ全域が住宅地に指定されているということは、どの住宅もその名の通り住居目的の使用に限定されている可能性が高い。なにより、恵梨香が美由紀の頼みをすすんで聞いてくれるはずもない。

秋枝が顔をのぞきこんできた。「美由紀さん、どうかしたの？」

「え」我にかえって、美由紀は秋枝を見た。「いいえ、べつに。なんでもないわ」

怪訝《けげん》ないろを浮かべる秋枝から目を逸《そ》らしたとき、こちらに近づいてくるひとりの男が視界の端に入った。

美由紀はそちらを見やった。質のいいスーツに身を包んだ、五十歳ぐらいの痩《や》せた男。きちんとした身だしなみだが、紳士というよりはビジネスマンの印象が強かった。大手町《おおてまち》あたりでよく見かけるタイプだ。どこかの福祉ホームがらみの人間だろうか。保育士には見えないが。

男はまっすぐに美由紀のほうに近づいてくると、やや緊張した面持ちで頭をさげた。「はじめまして。ぶしつけで恐縮ですが、岬美由紀先生ですね」

「そうですが」と美由紀は立ちあがった。

ほっとした表情を浮かべながら、男は懐から名刺をとりだした。「こちらにおいでだと聞いたので、失礼とは存じながらお邪魔させていただきました。大貫士郎と申します。ジンバテック株式会社の……」

いましがた話題になっていたことの返事がきたと思ったのだろう、秋枝が顔を輝かせて立ちあがった。「あ、どうもご苦労さまです。わたし、杉並区の福祉ホームで保育士を務めております増川秋枝といいます」

ところが、大貫はただ戸惑ったような顔で秋枝を一瞥《いちべつ》しただけだった。あきらかに話が見えていない人間の表情だと美由紀は思った。

大貫は秋枝を無視して美由紀に頭を下げながら、名刺を差しだした。「顧問会計士を務めております。どうぞよろしく」

美由紀は名刺を受けとりながら、秋枝のことを気遣った。秋枝は落胆のいろを浮かべて床に目を落とした。

「早速ですが」と大貫が事務的な口調で切りだした。「高名な岬美由紀先生に、依頼を聞いていただきたいと思いまして。病院のほうにもお電話したのですが、予定が空いていないとのことでしたので……」

秋枝が美由紀を見て、微笑とともにいった。「わたし、席を外してるね」

美由紀はなにもいえなかった。会う予定もなく、いきなり飛びこんできた男と話さねばならない理由は、わたしにはない。いまはそれよりも、秋枝とともに子供たちについて語りあいたかった。

しかし秋枝は、どこか寂しげな笑みとともに立ち去っていった。

複雑な気分だった。秋枝が傷ついたとすれば、それは偶然によるものでしかない。ジンバテックに福祉拡大の依頼をした、その話をした矢先に、ジンバテックがらみの人間が来た。高まった期待のせいで、落胆も大きくなった。

誰が悪いわけでもない。だが美由紀は秋枝に対して、罪悪感に似た感情を抱いていた。わたしがここにいたから、この大貫という男はやってきた。そのことは否定できない。

美由紀は大貫に向き直った。「どんな御用でしょうか」

大貫は慇懃《いんぎん》な言動ながら、一流企業の経理を握っているという自負からか、どこかエリートの臭みを漂わせた口調でいった。「わが社の存続に関わる重大な事項について、ぜひともご相談させていただきたいと思っております。つきましてはご足労ながら、どこか人目をはばからずにお話しできる場所に移動しまして……」

「ここにいるのは福祉ホームの人たちと子供たちだけです。人目を気にする必要はないと思いますが」

大貫は眉《まゆ》をひそめて辺りを見まわした。こんな騒がしいところで話をしろというのか、目がそう訴えたがっている。

しかし美由紀は気づかないふりをした。いつでも人の心理が読み取れるようになって以来、誰がなにを考えているかをいちいち気にしていたのではきりがない。

「じつは」と大貫は咳《せき》ばらいをした。「わが社の陣場輝義社長の名は、ご存知のことと思いますが……」

そのとき、十歳前後の子供たちが駆けてきて、美由紀と大貫を取り囲んだ。子供たちははしゃぎながら、美由紀の手を引いてアプローチに連れていこうとした。岬先生、僕らのほうにも来てよ。わたしにも投げ方教えて。ストライクとりたい。このおじさん誰？

「いい子だから、ちょっと静かに待っててね」美由紀は子供たちにそういうと、大貫に目を向けて、つづけるよううながした。

まだ子供たちが擦り寄ってくるなかで、大貫は困惑したようすでいった。「そのう、陣場社長は、最近ちょっとようすがおかしいのです」

「おかしいとはどういうことですか」

「ありえない経営方法で会社を窮地に追いこんでいます。このままではわが社は倒産をまぬがれません」

美由紀はうんざりした。病院に連日寄せられる相談の依頼内容はあまりに多岐にわたりすぎていて、臨床心理士の仕事の範疇《はんちゅう》を超えるものばかりだ。マスコミの罪以外のなにものでもなかった。一見、知性に溢《あふ》れていそうな大貫もその類《たぐ》いらしかった。

「あいにく、経営コンサルティングはわたしの仕事じゃないので」と美由紀は腰を浮かせた。

「待ってください」と大貫はあわてたようすでいった。「経営そのものについておたずねしたいわけではないんです。社長は、その、ここだけの話ですが、妄想性人格障害の疑いがあります」

立ちあがりかけた美由紀は、中腰の姿勢のまま静止した。大貫を見つめてたずねる。

「妄想性人格障害？　どんな根拠で、そんな判断を？」

「社長の行動は最近、ありえないことばかりです。萩原県の維持管理で負債を日に日に増大させ、そのいっぽうで、巨額の赤字を一挙に穴埋めできる事業にも手をだすというんです」

「結構な判断と思いますが。萩原県の福祉は今後もつづいてくれたほうがいいですし」

「とんでもない」と大貫は興奮ぎみにいった。「なんの利益にもならない福祉なんて、事業とは呼べません。と同時に、現時点で抱えている負債総額を帳消しにできる新事業など、ありうるはずがないんです」

「たったそれだけで人格障害と判断したってことですか？」

「ほかにも根拠はあります。社長は野生の獣のような目をするんです。これはたしか、ワイルド……」

「ワイルドアイズ・シンドロームですか」美由紀は一笑に付した。「何年も前にそんな学説を発表した心理学者がいましたけど、現在は根拠のない話として否定されてます。どこでそんな話をお聞きになったんですか？」

大貫は当惑したようすで、ぼそりとつぶやいた。「インターネットで……」

「ネットは確たる情報が入手できる方法とは呼べませんね。誰でも書いたものをアップデートできる世界は、さまざまな私見や誤解、デマが溢れていて当然です。どちらにしても、わたしはカウンセラーです。陣場社長ご本人がご依頼になるならともかく、ほかの人による依頼を受けて、面接を実施することはできません。では」

美由紀は大貫に一礼すると、その場を立ち去りレーンへと向かった。子供たちがいっせいに美由紀とともに歩きだす。

と、大貫が声を張りあげて追ってきた。「お待ちください。たしかに妄想性人格障害という症例に当てはまるか否かはわかりません。しかし、社長はなんらかの精神疾患か、とにかく正常でないことはあきらかです。私は岬先生に、社長がどんな症状であるかを突きとめていただき……」

「それを役員会にでも提出して、社長を会社から追いだしたいって話ですか」美由紀は子供たちと歩きながら、背後の大貫にいった。「心のケアがカウンセラーの仕事です。会社の存続がご心配なら、ほかをあたってください」

しかし、大貫は引きさがらなかった。「これはわが社だけの問題ではありません。ジンバテックが倒産したら日本経済に深刻な打撃を与えます。むろん萩原県の福祉事業の凍結にもつながり、またも失業者や無職の人々が街に溢れかえることになります」

ボウリングに興じる子供たちを見守っている秋枝と目が合った。秋枝は美由紀のすぐ後ろに、大貫が尾《つ》けてきているのを見てとったらしく、表情を曇らせた。実際、ここでの催しにとっても迷惑なことにちがいない。美由紀は苛立《いらだ》ちを覚えた。子供たちの気が逸れて、醒《さ》めはじめている。大貫がわたしに大声を張りあげているからだ。きょうは子供たちが主役だと感じられる日にしたかったのに、高みに立った態度の大人が登場したのでは、すべてが台無しになる。

美由紀は大貫を振りかえった。「お話はよくわかりました。明日の臨床心理士会の定例会議で話しあわれるよう、提案書を出しておきます」

「ありがとうございます」大貫は額に汗を浮かべながら、真剣なまなざしで美由紀を見つめた。「それで、岬先生はいつ社長にお会いいただけるのですか?」

「まだわかりません。会うかどうかも不明ですし。そもそも、うかがったお話を定例会議にかけても、進展はないと思いますよ。臨床心理士の仕事ではないと結論づけられるのがおちです。こちらから押しかけていって、社長にお会いすることなんて不可能です」

大貫は不満のいろを浮かべた。「もしお会いいただく名目が必要なら、社長が臨床心理士と面会する時間をスケジュールに組みこむよう、こちらで段取りをつけます。ストレス調査だとか、なにか理由をつけて……」

「それはあなたがたの勝手ですけど、おやりになってもこちらから臨床心理士が派遣されるかどうかはわかりません」

「わからないですって？」大貫は意外そうな顔をした。「岬先生がおいでになるのに、誰かの承認を得る必要があるんですか？」

「まあ、厳密には臨床心理士の仕事はすべて承認があってはじめて成立するんですけど、問題はそこじゃないんです。臨床心理士会への依頼ならば、誰を派遣するかは会長以下、理事や副理事らが決定します。ようするに、わたしが行くとは限らないということです」

「それは困ります」と、大貫は汗だくになって力説した。「千里眼として知られる、岬美由紀先生にこそ社長にご面会いただきたいのです」

辺りにはかなりしらけた空気が漂いだした。美由紀は苛立ちを通り越して怒りを覚えはじめた。おかしなニックネームのせいで、どんなことでも見抜くことのできる便利な存在という認識が広まっているのだろうか。名指しで見当違いの依頼を聞かされるのはもう飽きた。

美由紀は大貫にいった。「わたしが行く可能性がゼロともいってないでしょう。日本臨床心理士会も団体として機能していますし、わたしも個人事業としてカウンセラーをやっているわけではないってことです。とにかく、会議の結果をお待ちください」

大貫は頑固に首を振った。「いいえ。可能性がゼロではないなんて、そんなものは逃げ口上ではありませんか。私は会計士ですから、数字にはシビアです。言葉遊びでごまかされるのは、好きではありません。臨床心理士の資格を持つ人は都内に二百人ほどもいるそうですね。そして岬先生は、とてもご多忙の身です。確率的にゼロではないが、きわめてゼロに近いでしょう」

もはや周りの子供たちは動きをとめて、冷ややかな目でこちらを見ている。秋枝も困惑のいろを浮かべていた。美由紀はそんななかで、居心地悪くたたずむしかなかった。

厄介なことになったと美由紀は思った。見たところ大貫は生真面目な性格の持ち主にすぎず、この場を妨害したいと思っているわけではないのだろう。ただし、会計士という職業柄か、数字についての問題を持ちだされると興奮して、ささいなことであっても納得がいかなければ反論せずにはいられないようだ。と同時に、興奮すると周りがみえなくなるタイプでもあるらしい。わたしはそんな彼の着火点に火をつけてしまったのだろう、と美由紀は思った。

「岬先生」大貫はまだまくしたてていた。「この場でごまかさずに、あなたがおいでになるのか、そうでないかをはっきりさせていただきたい。二百分の一なんてゼロも同然です。いわば、そのレーンの次の一投でスペアがとれるに等しい」

大貫が指差したのは、すぐ近くのレーンだった。アプローチには女の子がボールを手にしたまたたずんでいる。ふいに大人に人差し指を突きつけられたせいで、女の子は怯《おび》えた表情を浮かべていた。

辺りはしんと静まりかえった。子供たちの目がレーンの先に向く。美由紀もそちらを見た。レーンの先には三本のピンが残っている。ただし、一本が左端の七番、二本が右端の六番と十番という状況だった。どちらも溝ぎりぎりに位置している。たしかに、女の子にはまずリカバーは不可能だろう。

美由紀は怒りがこみあげるのを感じた。大貫はただ可能性の低さのたとえとしてそのレーンを指し示したにすぎず、他意はなかったのだろう。が、女の子の目は潤みだしていた。まだ不慣れな彼女がせっかく七本のピンを倒したというのに、スペアがとれないと決めつけるようなひとこと。たとえ事実であっても、子供が傷つくのは明白だった。

秋枝も同じことを思ったらしい。大貫に抗議の意志をしめした。「そんな言い方は……」

これ以上はもう我慢ならなかった。美由紀は手近なところにあった十六ポンドのボールをつかみあげると、つかつかとレーンに向かいながら大貫にいった。「あなたは次の一投とだけおっしゃった。誰が投げるかは指定してない。その言葉に責任を持つことね」

言うが早いか、美由紀はアプローチ上を助走し、プッシュアウェイから右手のボールを後方にスイングした。クロスラインで左端のピンに狙いを定めながら、手首をまっすぐに伸ばす。リリースの瞬間にまず親指を抜き、直後に中指と薬指で一瞬だけボールを支えてターンさせた。強烈なフックのかかったボールが、左端のピンめがけて曲線を描きながら猛進する。だが、美由紀は高さ三十八センチのピンそのものを標的として考えてはいなかった。最も太い十二センチの直径のある部分、すなわち重心から四・八センチ下、縦方向の中心軸から右に二・二センチ。そこにボールをインパクトさせることが美由紀の狙いだった。七番ピンはフックのかかったボールの直撃を受け、右に傾きながら左方向に回転して真横に飛んだ。三フィート右にある十番ピンを首のあたりでなぎ倒す瞬間、七番ピンの回転によって十番ピンは左斜め前にある六番ピンめがけてまっすぐ飛んだ。すべては、一瞬の出来事だった。三本のピンは消し飛び、レーンの上にあるモニターに〝スペア〟の文字が躍った。

その瞬間に起きた子供たちの歓声は、まさにボウリング場全体を揺るがすほどだった。耳をつんざくような喧騒《けんそう》のなかで、美由紀は大貫を振りかえった。

大貫はただ呆然《ぼうぜん》とした顔で立ち尽くしていた。

美由紀は大貫をじっと見つめて、静かにいった。「話は以上です。きょうはお引き取りを」

周囲の視線がいっせいに大貫に注がれる。ようやく大貫は、自分の態度が咎《とが》められていることに気づいたらしい。周りから浮いている自分を認識し、しどろもどろにいった。

「あの……では……ぜひご連絡をお待ちしてます……」

大貫が逃げるように退散していくと、やっと子供たちの顔に笑いが戻りはじめた。

美由紀は、そのレーンで本来二投めを投げるはずだった女の子を見ていった。「ごめんね。あなたもスペアとれただろうけど、思わず投げちゃった」

女の子はにっこりと微笑んだ。「やっぱ岬先生、すごい」

一時的に心のなかに漂った暗雲もすっかり晴れたらしい。美由紀はほっとして、アプローチから歩き去った。なにより、子供の心に傷を残さずに済んだことがうれしかった。

秋枝が近づいてきて、周囲の子供たちと同様にはしゃいだ声でいった。「超かっこよかった。プロボーラーになったら？」

「遠慮しとく」と美由紀は苦笑した。「ねえ、ジンバテックのことだけど……」

「うん。なんかもういいって感じ」と秋枝は顔をしかめた。「やっぱ萩原県なんかに頼らずに、子供たちはわたしたちで育てていこうって気になったわ。ほかの福祉ホームも同じ意見だと思う。微力でも、わたしは保育士なんだし。他人任せにしてる場合じゃないわよね」

美由紀は笑ってうなずいた。「そうね」

穏やかな顔をしていた秋枝が、また子供たちのほうを見て声を張りあげた。「こら。レーンに入っちゃだめだっていってるでしょ」

駆けていく秋枝の姿を眺めながら、美由紀はかすかな満足を得た。彼女のいうとおりだ。福祉は国や大企業の恩恵を受けるという意味ではない。ひとりであっても始められる福祉はあるはずだ。彼女がそれに気づいてくれてよかった。どんなに巨大な力が福祉に乗りだそうと、本当に子供たちに愛情を注いでいる福祉ホームは存在価値を失わない。保育士と子供たちは家族だ。ゆえに、その絆《きずな》が途切れることはない。

鋼鉄の処女

メルセデス・ベンツSLKを横浜の中古輸入車専門店で見つけて購入して以来、助手席に五十代半ばの中年男を座らせたことなどいちどもなかった。それも、ついさっき顔を合わせたばかりの男を家に送ろうとしている。物好きなことだと一ノ瀬恵梨香はみずから思った。ただし、自分がなにを期待しているのかはさだかではなかった。少なくとも、男性としての魅力を感じたわけではないことはあきらかだ。よれよれの服を着た、しょぼくれた小太りの男。クルマに乗せてからずっとうつむいている。喋《しゃべ》った言葉は自宅の住所のみ、それもかろうじて聞こえるぐらいの小声だった。危害を加えてくる可能性が少ないと思える点だけは幸いだが、それ以外には、恵梨香がドライブの相手に選びたいタイプにはまるで当てはまらない。

播山貞夫が告げた住所を入力しておいたカーナビが告げる。間もなく、目的地周辺です。恵梨香がちらとナビの画面に目を走らせると、左手の民家のひとつにゴールを示す旗の表示があった。やはり播山の家も、萩原県を埋め尽くす小さな住宅のうちのひとつだった。

正午近くのこの時間でも、萩原県の住宅街においては外出している人間を見かけないことが常識になっていたが、行く手には意外にも何人かの男たちの姿があった。それもこの街ではまずありえないほどの俊敏さで動きまわっている。路上からつかみあげたものを、左側の家に投げつけているようだ。徐行しつつ接近すると、その家は播山の住居とわかる。ガラスの砕け散る音がした。男たちは播山の家に投石しているのだ。

「ちょっと」恵梨香はその状況に驚きながらブレーキを踏み、クルマを停めた。「あの人たち、何？ 石投げてんじゃん」

ところが播山は、うつむいたままぼそりとつぶやくだけだった。「いつものことだよ」

「え？」恵梨香は前方に目を戻した。

男たちはクルマの接近にも気づかないのか、夢中で投石に興じている。平穏なこの街では、ちょっとした暴動だった。男たちの身なりも、播山のそれと大差ない。ありあわせを着こんだだけの、萩原県の引き籠《こ》もり特有の服装だった。

被害者の播山が無反応であっても、このままにしておくことはできない。恵梨香はクラクションを鳴らした。

と、男たちは一様にこちらに目を向けた。今度はクルマに向かって石を投げてくるのではと恵梨香はびくついたが、男たちの顔にも怯えのいろがひろがっていた。警察車両でもないのに、彼らはあたふたと逃げだした。そのさまはまるで暴徒にふさわしくない臆病《おくびょう》さに満ちている。

ひとけのなくなった路地で、恵梨香はクルマを脇に寄せて停車した。ドアを開けて降り立つと、播山の家が無残な状況にあるのがわかる。割れた窓ガラスのほかに、いくつかの窓はガムテープで修復した跡があった。表札はハンマーで叩《たた》き割られたのか、砕けて路上に散らばっている。外壁にもあちこちに凹《へこ》みができていて、小庭には空き缶や生ごみが投げこまれていた。

「ひどい」恵梨香は思わずつぶやいた。さっきの連中が、けさの数時間だけで齎《もたら》した被害とは思えない。これまでも長期にわたって襲撃をつづけてきたのだろう。

クルマの助手席から播山がでてきた。緩慢な動作だった。家を見あげたが、特にショックを受けたようすもない。うなだれながら玄関へと向かっていく。ポケットからだした鍵《かぎ》でドアを開け、戸口のなかに消えていこうとした。そのあいだ、いちども恵梨香を振りかえろうともせず、家まで送ってもらったことに対し礼を告げる気配もない。コミュニケーションを拒絶しているというより、なんの感情も持っていないかのようだった。家への投石も、恵梨香の存在も、あるがままに受けいれてはいるが、それらをどう思うかという感性は働いていないらしい。まるでねぐらに戻った動物だった。

恵梨香はその背に声をかけた。「お邪魔していいですか」

播山は一瞬だけ動作をとめたが、やはり振り向きもせずに家のなかに入っていった。ただし、ドアは半開きのままにしていた。それが恵梨香に対する返事なのだろう。入るなら勝手にどうぞということらしかった。

失礼しますと告げて、恵梨香は玄関を入った。鍵が壊されていなかったということは、襲撃は家に侵入するためではなく、ただいやがらせ目的におこなわれていたのだろう。いつものことだと播山はいっていた。表面上はきわめておとなしい、ある意味で小心者ばかりが集うはずの萩原県でも、いやがらせが起きる。初めて知った事実だった。

　家の間取りはやはり、恵梨香の家とほとんど同じだった。玄関をあがってすぐ、リビングとダイニングキッチンのふた間につづいている。リビングのほうから物音がした。恵梨香はそこに足を踏みいれたとたん、ぎょっとして立ちすくんだ。

　その部屋は居間や客間として機能していないのはもちろんのこと、来客などまるで想定していない家主の意志を表していた。倉庫のように雑然とし、物であふれかえっていて足の踏み場もない。壁ぎわには書籍がうずたかく積みあげられ、窓までふさいでいるせいで薄暗い。床には無数のビンが並べられ、どれにも土や石がおさまっている。ごみではなく収集物なのだろうが、特にたいせつにしてあるようすもない。自殺未遂の道具とされる小さなスコップは、たしかにいつでも手にできる場所に投げだしてあった。ほかにヘラやブラシのような物が散乱しているが、どれにも土がこびりついている。してみるとこれらは、かつて発掘のために用いた用具だろうか。

　そう思って部屋を眺め渡してみると、たしかに棚には元旧石器研究家らしく古そうな大小の石が並び、パズルのように復元された土器や土偶もある。だがそれは室内のほんの一部にすぎず、ほかには石器とも発掘とも無縁の物が目についた。それも、総じて悪趣味に思えるものばかりだった。

テーブルの上に開かれたままの英文の辞典には、ギロチンの挿絵があった。電気椅子や絞首台の写真も散らばっている。部屋の隅には埃《ほこり》をかぶった円筒形の物体があるが、よく目を凝らすとそれは古びた大砲とわかった。立てかけてある砲弾は掘りだした不発弾らしく錆《さび》だらけだったが、あきらかに大砲の口とはサイズも異なっている。置き場所にさしたる意味はないらしい。ぼろぼろになった鎧兜《よろいかぶと》は、以前は人のかたちに飾られていたのだろうが、いまは崩れ落ちるように前方へつんのめっている。骨董《こっとう》屋に並んでいるような屏風《びょうぶ》や掛け軸までが散乱していた。それらも古いものに違いはないが、腐乱した部分もなく、地面に埋まっていたとは思えなかった。たんに買い集めただけだろう。

史学を研究しているというよりは、ただ道楽で古いものを手当たりしだいに集めただけにみえるし、なにより収集の趣味の方向性が理解しがたい。十字架と一緒に和風の墓石や卒塔婆《そとば》までが積んであるのには、さすがの恵梨香も閉口せざるをえなかった。どこから持ってきたのかを想像するだけでも、陰鬱《いんうつ》な気分になる。

彼の考古学発掘は捏造《ねつぞう》だった。ゆえに旧石器に対する真摯《しんし》な研究を裏打ちする部屋でないことはさほど意外でもない。が、そのいっぽうで人の死について深く探究する哲学者というわけでもなさそうだった。死を連想させるいくつかの品々も、研究のためというよりただ興味本位にかき集められた印象がある。部屋からは、アカデミックな香りはまるで感じられない。いうなればマニアックな性格の持ち主に特有の部屋という印象だった。播山がいかに本能の赴くままに生きる男かを表しているという意味では、標本的な価値があるといえるかもしれない。自分の欲求を充足させるためだけにしか行動しない、そしてその欲求はいつも衝動的で、興味の対象をころころと変わる。部屋からは、彼のそんな一面がうかがい知れる。

播山は窓ぎわの書籍の山を崩し、散乱した窓ガラスの破片をほうきで掃きだしていた。ちりとりで破片をすくい、部屋の隅のごみ箱に運んでいって捨てる。ひどく緩慢な動作だった。あいかわらずひとことも喋らず、恵梨香を気にかけているようすもない。やはり動物園の檻《おり》のなかを眺めるようだった。

「あの」恵梨香は声をかけた。「いつもこんなふうに、いやがらせを受けてるんですか？　警察に相談したら？」

静寂のなか、ほうきで掃く音だけが小さく響いている。播山は背を向けたままつぶやいた。「どうにもならん。悪いのは私だし」

「あの人たちになにかしたんですか？」

「いや」と播山はいった。「なにも」

「投石したのが誰なのかご存知ですか」

ふうっとため息をつき、播山は立ちあがった。ほうきとちりとりを棚のなかに戻しながら、ささやくようにいう。「知らん。近所に住んでる連中らしいが」

そうすると、個人的に恨みを買ったわけではないのだろう。強いていうなら石器発掘の捏造で名を知られた播山がここに住んでいること自体に、反感を覚えた人々のしわざにちがいなかった。世捨て人も同然の住民たちも、自分たちと播山が同レベルとみなされることは我慢ならないらしい。引き籠もりとはいえ、最低限のプライドは有しているという意思表示かもしれなかった。あるいは、見下すことのできる人間は徹底的に見下そうとする、住民たちの秘めたる攻撃性の表れかもしれない。

「でもさ」恵梨香はいった。「石投げるなんて、行き過ぎじゃん。ちゃんと警察に被害届を提出すべきでしょ。たとえ昔のことで後ろめたさがあるにしても、それとこれとは別じゃん。へたすると、命の危険に関わりますよ」

ふんと播山は鼻で笑った。「結構なことだよ。できれば寝ているうちに放火でもしてもらいたい」

恵梨香は口をつぐんだ。さらりとした物言いに、播山の心情が隠されている気がした。播山はあえて被害届をださないのか。嫌がらせがエスカレートして、自分が殺されることにでもなれば幸運だとさえ思っているようだ。たしかに、死を望みながらみずからの命を絶つ勇気を持てない歯がゆさは理解できる。そんな現状で彼自身を最も死に近づけることは、ここに長く居座りつづけ、反感を持つ近隣住民の殺意を助長することにあるのかもしれない。

書籍の山が崩されたせいで、窓から陽射しが差しこんできた。ひどく埃が舞っているのがわかる。室内が照らしだされ、さっきまでは見えなかった物も判別できるようになった。屏風には変体仮名の筆文字で長文が書きこまれている。「これ、なんて書いてあるんですか」

播山は書籍を片付けていたが、恵梨香を一瞥《いちべつ》すると、また小声でつぶやいた。「阿波《あわ》一国の生まれ子までひとりも残さず日蓮《にちれん》宗に御なし候て、法花《ほけ》経をいただかせ候とき、上郡の瀧《たき》寺と申すは三好《みよし》殿の氏寺にて候、真言《しんごん》宗にて候、その坊主にも法花経をいだかせ、日蓮宗に御なし候……」

「あ、あの……。意味は？」

「昔阿波物語の一節。戦国末期の天正《てんしょう》三年に三好長治《ながはる》が高雲山本行寺を建立したいきさつ」

「ふうん……。古文もおやりなんですね。こういう古い文章、ぜんぶ読めるんですか」

「まあ、勉強したから」

ひたすら片付けに追われる播山を眺めながら、恵梨香は思った。勉強したというのは、いつの話なのだろうか。昔から旧石器と並行して、時代的にはずっと後になるこれらの古文書なども研究していたのか。それとも、あの捏造発覚以来、旧石器発掘とは異なる分野で手柄を立てて世を見返したいと思い、新たな学問に乗りだしたのか。少なくとも捏造発覚のころの報道では、播山が旧石器以外にも研究している専門分野を持っているとは、いちども説明されなかったようだが。

西洋の骨董品収集ともなるとなおさらだった。とりわけ、棚の脇に立てかけられた木彫りの棺おけのような物体が恵梨香の目をひいた。上部には顔が彫りこんであり、胴体の部分が左右に開くようになっている。

「これは……？」

「鋼鉄の処女。中世の拷問用具」

「へえ……」恵梨香はその物体に近づいて、棺おけ状の蓋《ふた》を開けた。なかには無数の針が突きだしている。中に入って蓋を閉められれば、それらの針は全身に刺さるしくみだった。使いこまれたように古びているうえに、内部の針の先にもなにかこびりついているように見えた。鳥肌が立つのを感じながら、恵梨香は冗談めかせていった。「拷問用具って、これじゃ拷問にならなくない？　閉めたとたんに死んじゃうだろうし」

「そうでもないよ」と播山が応じた。「針の位置は人間の急所をはずしていて、死なないようにできているんだよ。がっかりしたよ」

「え？」恵梨香はきいた。「がっかりって、なにが？」

「私も拷問用具じゃなく処刑用具だと思ってたんで、知人の収集家からそれを送ってもらったんだ。高い金も払った。ところが、死ぬことができる物じゃなかった。針の刺さる位置をずらして、心臓を突くように姿勢を変えたんでは、扉を閉めることもできない。蓋を閉めずに中に倒れこめば針も刺さってくれるんだろうが、それができれば苦労はない」

恵梨香は息を呑んだ。鋼鉄の処女、その内部を眺めながら、心拍が速まるのを感じていた。

播山がいったことのすべてが、わたしにはわかる。理解できる。おそらく、万人が共有する感覚ではあるまい。まるでわからないと感じる者が大多数のはずだ。それでもわたしは、播山がこのおぞましい物体に寄せた期待に共感することができている。彼は鋼鉄の処女に希望を見た。きわめて簡素に、容易に死をもたらしてくれるであろうことに、光明をみいだした。彼にとってこの扉は、現世から逃れるための脱出口だった。扉の向こうには死がある。そう信じた。

だが、望みは果たされなかった。鋼鉄の処女が与えるものは苦痛であり、死ではなかった。そこに彼は失望した。針や、鋭利な刃物や、そのほかひと突きで死に至るあらゆる凶器を手にいれるのは簡単だ。だがそれを手にしたところで、自殺を実行には移せない。もっと抵抗なく、当然のように死へといざなってくれる物。播山が欲していたのは、そういう物だった。

こんな大袈裟《おおげさ》な物より、青酸カリで服毒自殺したほうが簡便だと思う人間もいるかもしれない。しかし少なくとも、恵梨香はそうは思わなかった。たとえ青酸カリを入手できても、それを飲むことは刃物でみずからを傷つけるのと同じで、抵抗が生じる。生への本能なのか、自分が臆病《おくびょう》なだけなのか、真の理由はわからないが、とにかく実行はできない。そのいっぽうで、この鋼鉄の処女なる物体のかもしだす死への吸引力はどうだ。死を必然としか感じさせない、むしろ死を肯定する意識の変容状態へと導くような圧倒的な存在感。吸い寄せられるように中に入って扉を閉じたくなる、その欲求になんの抵抗も生じさせない。事実、これでは死ねないときいて、恵梨香のなかには落胆が生じた。

やはりわたしは播山と、同じ悩みを抱いているのか。たんなる自殺志願者ではない、もっと奥深いところに共通点をみいだせる間柄なのか。

恵梨香は、床にしゃがんで書籍を掻《か》き集める播山に歩み寄った。「どうやったら、死ねますか」

本の埃をはたいていた播山の手が、ぴたりととまった。窓から差しこむ光が、播山のうつむいた顔に明と暗の落差をつくっている。顔の半分は白く染まり、残りの半分はなんのいろも持たなかった。

「死ぬにはな」と播山がいった。「自分の死が世の中にとって、明るい未来を約束するものであると確証に至ることだ。そうすれば、死への抵抗はなくなる」

よくわからない。恵梨香はきいた。「どういう意味ですか」

「自殺願望を持つ者は、たいてい世の中を恨んでいる。自分が命を絶つことによって、社会がいかにダメージを受けるか、どれだけ大勢の人が傷つくか、そんなことを妄想して、自殺への欲求に拍車をかけようとする」

たしかにそういう面はある。いじめを受けていた子は自殺することによって、加害者の子が心理的なショックを受けたり、社会的に制裁を受けたりすることを期待する。しかし多くの場合、それでは死への衝動は湧かない。妄想だけであるていどの満足を得て、自殺への欲求はむしろ薄らぐ場合がほとんどだ。

恵梨香は播山のすぐ近くにしゃがみこんだ。「復讐《ふくしゅう》のために自殺しようなんて考えてると、自殺する気がなくなってくる」

「そのとおりだよ」播山は恵梨香を見た。まっすぐに恵梨香を見据えたのは、これが初めてだった。播山はいった。「私たちの本質は、善だと思う。だから社会を恨もうとしたって、恨みきれるはずもない。自分の死によって誰かに迷惑がかかるのは悪いことだ、そう感じた時点で、自殺する意志に迷いが生じる。けれども、自分の死が世の中に善をもたらすと信じれば、死ぬことができるんだ」

またわからなくなってきた。恵梨香はたずねた。「どうやってそんなふうに信じるの？　自分が社会から嫌われてるとか、まったく役に立たない人間だから、死んだほうがまし。それだけじゃ不十分？」

「ああ、不十分だね。これだけ嫌われてる私が自殺できないんだ、世間の憎悪を受けるだけじゃ死は覚悟できない。もっと明確に、自分が死ぬことによってこの世の中がよくなるという確証が必要だ。それが具体的であればあるほど、死への迷いはなくなる」

播山がいっていることの本質はなんだろう。自己犠牲だろうか。たしかに恵梨香は、自分ひとりの死によって多くの人間が救われるという状況においては、わりと楽に死に向かう決意を固められることを知っていた。あの甲斐塚の爆弾を運んだときがそうだった。爆弾がただ自殺のためだけの道具だったら、触れるどころか近づくことさえ不可能だったろう。しかし、自分が犠牲になって世の多数の命を救いうるという状況では、ためらいは生じなかった。死への欲求はたちまち正当化され、生への執着は消滅し、すべての道は拓《ひら》けた。

あのとき死んでいればよかったのに。いままで何度そう思ったかわからない。悔やんでも悔やみきれない、ときおりそんな自責の念にとらわれる。ふたたびあんな状況に巡りあおうとしても、そうめったに生じる出来事ではない。

ほかにどんな状況がありうるだろうか。自分の死が、社会にとってプラスに貢献する。そういう公式が成り立つ状況は、きわめて稀《まれ》な自己犠牲というケース以外に存在しうるだろうか。そもそも、世の中にとってプラスなこととはなんだろう。

恵梨香は播山を見つめかえし、苦笑してみせた。「世の中がよくなるっていっても、どんなふうによくなるのかな。いまいちピンとこないけど」

「ピンとこない？」播山はふいに声を張りあげた。「そんなことはないだろ。いまの社会は最悪だ。是正せねばならんことは山ほどある」

突然の大声に驚く恵梨香の目の前で、播山は立ちあがった。その顔はみるみるうちに紅潮し、興奮した声が室内に響き渡った。「日本はたいへんな時期にきている。不況。失業者の増大。人々は誇りを失い、未来は果てしない闇に閉ざされてる」

恵梨香は興奮状態の播山を見て、かえって醒《さ》めていく自分を感じていた。死を望む意識は静かなものだ。興奮状態とは無縁のはずだ。

「失業者の増大って」恵梨香は笑った。「そのうちのひとりである自分が死ねば、ほんのちょっとだけ社会に貢献できる。そういって自分を説得するってことかな」

「いや、それは、とにかく」播山の演説はなぜか乱れがちになった。が、恵梨香の疑問は無視する方向へと進むことで、播山はまた饒舌《じょうぜつ》さを取り戻していった。「現代人は誇りが足りない。この国を愛し、社会を皆で支えあう、そんな使命感が足りないんだ。諸外国に比べると、日本人は愛国心が不足している。これが各人の努力の怠りにつながり、ひいては国力の低下を招く。戦後の混乱や、いろいろ過去の歴史が影響してはいるが、日本はいまや世界に冠たる先進国のひとつになりえているんだ、もっと誇りを持つことが必要だ。私が遺跡発掘を通じて原人の存在を証明したのも、国民の誇りにつながるという読みがあってのことだった。事実、五十万年前の原人の存在が確認されてから、ここは祖先の血が流れた土地だ、われわれが守っていかねばという意識が……」

恵梨香は失望の念にとらわれた。興奮は理性を鎮め、本能の一部を表出させる。そこで播山が発した言葉は、自分の犯した過ちの正当化だった。やはり播山としては、いまだに不正が暴かれたことが悔しくてたまらないのだろう。おとなしく、言葉少なに暮らしていたのは反省に根ざしたものではなく、ただそうせざるをえなかったというだけに違いない。

原人の墓は日本民族の誇りにつながった、だから捏造《ねつぞう》だったとしても世に対し貢献したことにはなった。そんなふうに播山は主張したがっているが、本心とは思えなかった。彼がそこまでの愛国心を抱きながら、旧石器発掘の捏造をおこなっていたとはとても思えない。

「私の娘はいったよ」播山の演説はつづいていた。「パパの発掘した遺跡が教科書に載ってる、うれしいって。そのとき、私は確信したよ。私は正しかった、この道に生きてよかったってことを……」

それは捏造の発覚前の話だろう。その後、娘が父をどう思っているのか考えたことはないのだろうか。

「捏造じゃん」と恵梨香は口をさしはさんだ。

その瞬間、播山は顔を真っ赤にして怒鳴った。「そんなことは問題ではない！　国民が誇りを持つべきだって話をしてるんだ。きみみたいな若い女になにがわかる！」

恵梨香はむっとしたが、反論するほどでもなかった。播山は本当のことをいわれて頭にきた。たったひとことの指摘で追い詰められて、話題を回避し、責任も相手になすりつけようとした。

播山も、みずからの暴走に気づいたのか、ふいに冷静な面持ちになった。またしゃがみこんで、書籍の片付けを黙々と実行しはじめた。

沈黙のなかで恵梨香は思った。捏造という不正をおこない、全面的に自分が悪いという状況を理解しながら、本質的には自分を正当化したい欲求に満ちている。すなわち、自分が悪者呼ばわりされることに不満を感じている。そもそも社会が作った価値観やルールに従って善悪の判断が下され、自分が制裁される目に遭うことが腑《ふ》に落ちない。あくまで自分は肯定されるべきだと考える性格が見え隠れしている。捏造という言葉は、最後まで自分からは口にしなかった。彼の発掘の成果を人々が信じてくれていた時代の、偉業と評された部分だけを最優先のものとし、現実の過程は極度に歪曲《わいきょく》しようとする。不正をおこなっているという自覚はあるが、自分にとって必要だったこととして疑わず、罪悪感はない。妄想性人格障害にも思えるが、ふだん極度に没個性的に生活しているところには分裂病質人格障害の特徴も備えている気がする。もっと具体的に分析したいが、よくわからなかった。臨床心理士を辞めてしばらく経つし、心理分析のためのチャートやテキストが必要だった。それに、新しい症例は常に報告されていて、それらの最新の事情を知らなければ、分析も確実なものとはいえない。DSM、つまりアメリカ精神医学会の『精神障害の分類と診断の手引き』というマニュアルも、最新版には目を通せていない。

しかし、それらは日本臨床心理士会の本部にいけば手に入るはずだ。正式には有資格者でなければ閲覧はできない規則だが、蔵書室はIDカードがなくても入室できる。資格を失効している恵梨香にも閲覧可能のはずだ。

「播山さん」恵梨香はいった。「心の問題を解決するために、わたしに協力させてくれませんか。カウンセリングで使うテスト……、ま、心理テストみたいなものだけど、それで播山さんのいろんな問題を浮き彫りにして、改善に導けるかもしれない」

播山の言動は、最初に会ったころのびくついたものに戻っていた。「いや、私は……」

「いいから」と恵梨香はうながした。「どうせお互いに無職の身なんだし、会話だけでもさせてください。少なくとも、寂しさはまぎれるだろうし」

頭を掻きながら、播山は床に目を落としてつぶやいた。まあ、きみがそういうのなら……。

恵梨香は微笑みかけた。臨床心理士だったころの知識を生かして、播山が回復できればいうことはない。だが、恵梨香の真の目的は別のところにあった。

この播山という男は、自殺に至るための壁を越えるなんらかの方法を見つけている。いまはただ、その機に恵まれていないから実行できずにいる、そうに違いないと恵梨香は思った。だから彼は、恵梨香のような焦りもしめさず、いずれやってくる死を覚悟して受けいれているのだろう。それがなんであるか知りたい。カウンセリングでそれを解き明かし、わたし自身のために役立てたい。みずからの命を絶つために。

ノンキャリア

タリオというコードネームはいまだに馴染《なじ》めない。少なくとも自分がそういう名で呼ばれることには慣れていない。だが、かつての平凡な日本人名のほうがしっくりくるかといえば、そうでもない。警視庁から指名手配を受けたかつての自分の名など、とうに捨て去った。メフィスト・コンサルティング・グループは特殊事業に関する正社員を雇用する際に、すべての過去を抹消してくれる。どんな裏工作を用いているのか、かつての自分は小樽《おたる》の民家で焼死体で発見されたことになっていた。これでもう追われる心配もない。と同時に、一生を現在の職場に捧《ささ》げねばならない。与えられた名前はタリオ。特殊事業の計画に参加するときにはケースに応じてさまざまな偽名を持つことになるが、それを離れた自分はタリオでしかない。改名の自由はない。

三十半ばまでにコンピュータプログラマーとして培った知識をもとに、趣味でハッキングに手をだした。初めのうちは軽い悪戯《いたずら》ていどだったが、腕があがるとともにより複雑な侵入に挑戦するようになり、最終的にインターネットショッピングサイトから顧客三十四人の個人情報を入手、彼らのクレジットカード番号とパスワードの解析にも成功して、高価なアクセサリーや電化製品を購入。それら商品をネットオークションに転売して六百万円近い利益を得た。

いまにして思えば、当時はなにをやってもうまくいく気になっていた。自分が容疑者として特定されることはないという、根拠のない自信をいつも抱いていた。警視庁捜査二課が動きだすまで、自分は世の中というものを甘くみていた。刑事が家宅捜索に訪れるほんの数分前に、偶然外出したことで難を逃れ、以降は貯金を食いつぶしながら各地のウィークリーマンションを転々とすることになった。

メフィスト・コンサルティング・グループがそんな自分の居所をどうやって知ったか、そもそもハッキングの容疑をかけられていることをなぜ知りえていたかはさだかではない。だが、石川県の和倉《わくら》温泉に潜伏していた自分のもとにやってきた、一見ビジネスマン風の男たちがメフィストのスカウトだと知り、自分の生きる道はそこしかないと感じた。なにしろメフィスト・コンサルティングといえば表向きこそ大規模な経営支援会社にすぎないが、その実体は巧みな心理操作や情報工作によって不可能を可能にする、詐欺師からすれば究極のエリート集団だと囁《ささや》かれていた。そんな連中が、いまや逮捕も時間の問題の自分に声をかけてきてくれたのだ。自分はハッキングの天才だという自負も手伝って、彼らの一員に加わることをふたつ返事で了承した。

けれども、それから一年も経たないうちに、思い違いを悟ることになった。まず、自分に目をつけたのはたしかにメフィスト・コンサルティング・グループにはちがいないが、世界に冠たる大企業グループの経営陣がそう決めたわけではもちろんなく、グループの企業のなかでは末端の、人材派遣を業務とする子会社の決定にすぎなかった。そういう子会社は世界各地に存在するらしく、自分に声をかけてきたのは日本国内、それも北陸・甲信越地方限定でスカウトをおこなう下請けだった。彼らは、グループの特殊事業すなわち非合法な工作のための人材を、自分同様に警察に追われている者や、借金で首が回らなくなり夜逃げした者、倒産した企業の経営者などから募っていた。同期で入った者にはパチンコのゴト師、カードのスキミング専門の窃盗詐欺師、自販機荒らしら多種多様な顔ぶれが揃っている。これでエリート集団といえるのだろうかと、首をひねったこともしばしばあった。

やがて現実ははっきりしてきた。メフィスト・コンサルティングにもキャリアとノンキャリアの違いのようなものがあって、犯罪者からスカウトされる特殊事業スタッフは、いわば使い捨ての駒のようなものだった。偽名を使ってホテルを予約するためだけに鹿児島に行かされたかと思うと、その足で長崎のレンタカー店から一台のクルマを盗むよう指示され、高速を使わずに東京に帰るように命じられる。なんのためにそのような行動をとるのか、計画の全容どころか概要さえもあきらかにされない。グループ直系のいくつかの企業の日本支社からやってくる、すまし顔のキャリアどもが下す命令に、ただ従うことを余儀なくされる立場。もし失敗したり、足がついてしまった場合には容赦なく組織から切り離される。かつての自分はもう死亡したことになっているうえに、メフィストによる裏工作は完璧《かんぺき》であるために事実が発覚することは万にひとつさえなく、逮捕されたが最後、自分は名無しの存在として刑務所で監視されつづけることになる。なにを訴えようが、たわごとと一笑に付される。事実、同期でそのように社会的に抹消されていった落伍者《らくごしゃ》たちを、これまで何人も見てきた。

こんな仕事、暴力団のチンピラが窃盗やゆすりの駒に使われているのとなんら変わりがないではないか。不満が募り、日本支社のキャリアにそうたてついたこともある。だがキャリアは平然とした面持ちでいった。高度な心理操作、煽動《せんどう》、そして歴史の改変。すべてはその道のエリートたちの仕事だ。きみらは駒になってくれればそれでいい。嫌なら辞めてもらうまでのことだ。代わりはいくらでもいる。もちろん辞職は、死より辛《つら》い地獄に堕《お》ちることを意味する。それでいいなら、いつでも辞めたまえ。

特殊事業スタッフとしての給料は月二十六万七千円。可もなく不可もなくという金額だった。努力しだいで役職があがり、昇給にもつながるという意味ではふつうの企業と同じだが、ノンキャリアの出世には限度があるという点もまた、社会の通念どおりだった。よぼよぼになるまで働いても、キャリアの足もとにも及ばない。盤上の駒として動くことが生涯の義務であり、けっして高みに立って盤を眺めわたすことはできない。

当初は得意な分野について配属の希望をだすことができると聞かされていた。自慢できる腕といえばハッキング以外にはなく、コンピュータネットワークを使った犯罪に加わることを願ったが、命じられる仕事はそれとは無縁のコソ泥や詐欺、たんなる虚言《きょげん》という雑務ばかりだった。グループ系列の大手クローネンバーグ・エンタープライズ日本支社の人事部人事課に苦情を申しでたが、ハッキングの得意な人材にはすでに事足りていて、しかも世界でもトップクラスのハッカーと競うほどの腕の持ち主もグループ全体で数千人が在籍しているという。

結局、自分の毎日は肉体労働に費やすよりほかになかった。きょうも黒塗りの日産プレジデントを盗んでハイヤーの緑ナンバーを装着、盗難車として足がつかないよう最大限の工作をおこなったうえで、午前十時に新宿パークタワーの地下駐車場につけろという指示がでていた。カワダというコードネームの上司とともに静岡の日産ショールームから該当する車両を盗みだし、日ごろからストックしてある盗難ナンバープレートのなかから、まだ手配されていない緑のナンバーを選んで取り付けた。Nシステムのある道を避けて東京に戻り、所定の駐車場に入ったのが九時五十七分。わずか三分前という状況だった。一分どころか一秒の遅れも許されないこの仕事にあって、このゆとりのなさはスマートな仕事ぶりとはいいがたい。口うるさい上司の小言を聞かされるまでもなく、行動派の犯罪者としては自分の才能のなさを痛感せざるをえなかった。

ところが、午前十一時すぎになってもタイムテーブルに記された次の動きに移ることはできない。ターゲットはまだ姿をみせなかった。これなら遅刻していても同じだったと思うが、そんなふうに愚痴をこぼしたところで、いつものように上司のカワダにどやされるだけだ。沈黙を守るしかない。

タリオは日産プレジデントの運転席におさまりながら、地下駐車場の静寂を眺めていた。いくらなんでも遅い。だが、パークタワービル内の日本臨床心理士会が月極《つきぎめ》で借りている駐車場は、この地下二階の一角に相違ない。新玉会長のセルシオも駐車しているし、そのほかほとんどの駐車スペースも埋まっている。空いているのはわずか数台ぶんだけだ。そろそろターゲットが現れてくれないと困る。へたをすれば、ここに駐車できずに別のフロアにまわってしまう可能性さえある。

「きませんね」とタリオは助手席のカワダにいった。「念のため、特殊事業部の第四実行課監視係に現状をきいてみましょうか？」

しかし、タリオの四年先輩にあたるカワダはシートの背を倒したまま、わずかに頭を起こして外を眺めただけで、また居眠りに戻りながらつぶやいた。「あせんなよ。ターゲットがきたら次の行動。それだけでいいんだ」

タリオは黙るしかなかった。ステアリングに置いた手にもじんわりと汗がにじむ。仕立てのいい高級スーツには慣れていないせいか、かえって着心地が悪い。カワダはだらしなくネクタイを緩めているが、タリオは即行動の機会が訪れたときのことを考えると、とてもそうする気になれなかった。

「あのう」とタリオはつぶやいた。「やっぱり監視係にきいてみましょうよ。予測不能のことが起きる可能性が……」

「しつけえな」カワダが声を荒らげた。「そんなことだからおまえは失敗つづきなんだ。

東京タワーでサゴチがへましたばかりだ、俺たちの班の成績をこれ以上下げるわけにゃいかん。黙ってタイムテーブルどおりにやれ」

また沈黙せざるをえない状況だった。タリオはひそかにため息をついた。

サゴチはタリオの同期だったが、東京タワーの特別展望台で見学客にまぎれ、赤ん坊の人形のリモート操作と音声を担当していた。が、ターゲットの機転であやうく尻尾《しっぽ》をつかまれそうになったという。ターゲットは赤ん坊の人形を投げ落とし、そのときの反応でサゴチを怪しいとにらんだらしい。

クローネンバーグ日本支社のキャリアにその失策の報告をしたのち、サゴチの姿は見かけない。特殊事業スタッフの食堂でも顔を合わせなかった。すでに抹消されちまったかもしれないなと同僚のひとりはいっていた。そうかもしれない。キャリアどもの対処は迅速だ。彼も名無しの生ける屍《しかばね》と化して世に放たれ、ほどなく警察の手におちるのだろう。わずかな失敗さえも許されない。まさに悪魔の支配する世界に強制就労させられた奴隷も同然の扱いだった。

と、地下駐車場にすべりこんでくるクルマがあった。赤い流線型のスポーツカータイプ、まばゆいキセノンの光が新車であることをしめしている。

「来た」とタリオはいった。

カワダの反応はすばやかった。シートを元に戻したときには、もう喉《のど》もとのワイシャツのボタンをとめてネクタイを締めなおしていた。それも、歪《ゆが》みもなければ皺《しわ》ひとつできていない。あたかも普段から身だしなみに気を配っているビジネスマンにみえる。さすがだとタリオは思った。やはり四年の経験の差はそう簡単に埋まるものではない。

赤いクルマは、タリオらの斜め向かいの駐車スペースに停まった。いかにも高級車という堂々たる風格のそのクルマから降り立ったのは、淡いベージュのスーツ姿の女だった。背丈はさほど高くないが、スマートで均整のとれたプロポーションはまさしくターゲットの特徴にほかならなかった。

「いきましょう」とタリオはクルマのドアを開けようとした。

「まて」とカワダが鋭くいった。「馬鹿が。クルマをよく見ろ」

「え？」

「ありゃレクサスのＳＣ４３０だ。岬美由紀のクルマは外車だろうが。資料を読んでねえのか」

タリオは目を凝らした。クルマにはあまり詳しくないが、たしかにフロントグリルにはＬマークがある。

だが、髪をかきあげながらエレベーターへと向かって歩いていく女の背格好は、岬美由紀の特徴にうりふたつだった。なにより、この女にはふしぎな存在感がある。目の前を歩いていくだけで、ほかに視線を移すこともできなくなる。圧倒的な才覚の持ち主にこそ見受けられる特異なオーラを、女はまとっている気がする。そう思えてならない。

「でも」とタリオはいった。「あれが岬美由紀のような気がするんですけど」

カワダはまたシートを倒しながらいった。「根拠は？」

「そのう。オーラが……」

「オーラだと。ふざけるな。メフィスト・コンサルティング特殊事業の心得、第六十七条の二項。迷信およびオカルトに類する言葉はたとえ比喩《ひゆ》であっても用いてはならない。俺たちゃ現実主義者だ。それがわからねえなら研修からやり直せ」

「すみません……」不服ではあったが、それ以上抗《あらが》うことはできなかった。上司の言葉は絶対だ。そしてタリオ自身、岬美由紀がどんな女なのかをはっきりと知っているわけではなかった。特殊事業スタッフ事務所のHDDレコーダーは〝岬美由紀〟をキーワードにしてあり、かなりの数のニュース番組が自動録画されているようだが、昨晩から日産プレジデントを奪取する計画の立案と実行に忙しく、観ている暇がなかった。

「ったく」カワダは寝がえりをうって、こちらに背を向けた。「岬美由紀がトヨタ車に乗ってるわけがないだろ。採用試験でも問題にでたじゃねえか」

ぐうの音もでない。ひとまず自分の非を認め、反省するしかないだろう。タリオは額の汗をぬぐった。

しかし、どうも気になる。タリオはエレベーターの扉に消えていく女の姿を見ながら思った。あれほどの存在感を持つ女が岬美由紀でないとすると、いったい誰なのだろう。

臨床心理士

美由紀は上昇するエレベーターのなかで欠伸《あくび》をかみ殺していた。さすがに三時間ていどしか睡眠のとれない日々がつづくと、眠気が襲うときもある。たまには半日ほどゆっくりするのも悪くないかもしれない、そんな思いが頭をかすめるが、次の瞬間には明日以降のスケジュールについて思案している自分がいる。きょうの定例会議の行方しだいでは休暇をとることができるかもしれないが、それも望み薄だろうと美由紀は思った。全国に臨床心理士を必要としている状況は数限りなくある。都内に二百人あまりしかいない臨床心理士は常に引く手数多《あまた》で、それも被災地などには集団で派遣されることも少なくない。長野県北西部の地震については危惧《きぐ》されたほどの被害はなく、現地に出向していた臨床心理士たちも戻ってきているという。その後災害の報告はないが、だからといって安心はできない。被災地のPTSDに対する心のケア以外にも、臨床心理士が必要とされるケースは山ほどあるからだ。

エレベーターの扉が開く。オフィスフロアの三十一階から三十三階は、日本臨床心理士会の本部だった。美由紀が降り立ったのは中間に位置する三十二階、大小四つの会議室のうちひとつが定例会議に使われることになっている。廊下の案内板によると、大会議室がきょうの会場に指定されているらしい。

緊張に身がひきしまる思いがした。大会議室には無線LANをはじめとする通信設備が整っていて、そのため急を要する場合の会議に用いられることが多い。なにかあったのだろうか。

絨毯《じゅうたん》の上に歩を進めて大会議室に向かう。開け放たれた扉から、男性の声がきこえている。この萩原ジンバテック特別行政地帯の住民からの報告は大きく分けて二種類で、ひとつは火に焼かれる夢、もうひとつは金縛りということになっており……。

萩原県のことが議題にのぼっている。美由紀ははやる気持ちを抑えながら扉を抜け、会議室を埋め尽くす臨床心理士たちに会釈をしながら自分の席へと向かっていった。

ほとんどの人間は前方の演壇に立って報告をしている白衣姿の男の声に耳を傾けていた。おそらく精神科医の見解を語っているところだろう。職務熱心な臨床心理士たちの会議とあって、美由紀を注視する人間はほとんどいなかったが、それでも何人かはこちらに目を向けた。仲のいい同僚もいれば、そうでない者もいた。とりわけ演壇の脇に座っている資格認定協会専務理事の塚田は、いつものように美由紀に対し冷ややかな視線を投げかけてきた。美由紀は恐縮しながら頭をさげて着席した。

だが、ほとんどの同僚らは美由紀に対し好意的だった。とりわけいつも席が隣りあっている平野《ひらの》聡美《さとみ》は、美由紀を見てにっこりと微笑んでくれた。遅かったわね、と聡美はささやいた。「でも、欠席じゃなくてよかった」

「どうして？」と美由紀はきいた。

「きょうこれから緊急の現地派遣があるらしいの」

やはり急を要する議題だったか。美由紀は聡美を見て小声でたずねた。「そうすると萩原県に？」

前の席に座っている磯辺真人《いそべまさと》が振りかえった。美由紀の四年先輩になる磯辺は、手もとの議題書をしめしながらささやいた。「きみの報告内容が紹介されたよ。ほかにも多数の臨床心理士が同様の相談を受けていた。さっき、きみのところにも萩原県の住民から相談があったんだろ？　火あぶりになる夢と金縛りのいずれかに悩まされている住民が、現在わかっているだけでもそれぞれ百人ずつぐらいいるらしい」

百人。美由紀は驚いていった。「そんなに……」

聡美がうなずいた。「それらの住民は萩原県の各地に分散していて、年齢や性別などにも共通点がみられないらしいの。精神面になんらかの異常をきたしているとも思えないってことだし、いまのところ原因はまったく不明」

と、塚田の咳《せき》ばらいがきこえた。そちらに目を向けると、咎《とが》めるような表情の塚田が美由紀たちを見やっている。

磯辺が気まずそうに頭をかきながら前に向き直った。聡美も苦い顔をしながら押し黙った。

美由紀は沈黙しながら、萩原県の住民になにが起きているのか考えをめぐらせた。戸内利佳子の相談内容はその日のうちに臨床心理士会に報告しておいたし、きょうの会議でも議題にのぼることを期待していたが、まさか同時期に百人以上も同じような悩みを訴えていたとは。萩原県の環境には、住民らが知らず知らずのうちにストレスを溜《た》めこむなんらかの要因があるのだろうか。充分にゆとりある生活が保障されていながら、なんらかの不安要素を蓄積する理由が潜んでいるのだろうか。

演壇では、精神科医があたりさわりのない私見を述べ終えたところだった。会長の新玉が出席者らを見渡してたずねる。「金縛りについてですが、どなたか意見をお持ちのかたはおられませんか」

しばしの静寂のあと、初老の男性が手をあげて発言した。「金縛りというのはつまり、目を開いたまま眠っているということでしょう。視覚が情報をとらえていると同時にレム睡眠状態にも入っているので、ふだん見慣れた寝室の天井を見あげたまま身体が動かないと感じたり、一部に夢のもたらす幻覚がまざって部屋への侵入者を見たり、いちど身体を起こしたのにまたベッドの上に戻ってしまったなどと感じたりします」

別の出席者もいった。「金縛りから幽体離脱を経験したという人もいますが、そういう人も目を開いたまま夢を見ていたのだと思います。自分がベッドの上に横たわっている状況ははっきりと確認できているため、眠って夢をみているという実感が希薄なんです。それでも、レム睡眠時であることから目に映っているものがすべてではなく、ときおり夢による非現実性のなかに没頭し、浮遊しているように感じたり、全然別の場所に移動したように思いこんだりする。そのように目を開いたまま浅い眠りに入るというのは、肉体的に疲労しているときに起こりがちとされていますが……」

「それは当てはまらんだろう」と出席者のひとりが口をはさんだ。「萩原県の住民は一日じゅう、なんの労働もなく惰眠をむさぼっている。疲れきるまで動きまわる人間がそんなに大勢いるはずもない」

会議室内はざわついた。塚田が間髪をいれずに声を張りあげる。静粛に。

また静寂が戻ってくると、新玉は眉間《みけん》に皺を寄せていった。「逆の状況は考えられませんか。いつも眠ることができて、まったく疲れることがない生活を送っているがゆえに、金縛りにあうということはありえませんか」

臨床心理士たちは一様に唸《うな》った。そのうちのひとりがおずおずと手をあげた。「まずありえないと思います。金縛りは自律神経系のバランスが一時的にも崩れたことで起きると考えられますが、いつも副交感神経優位な状態を好むであろう引き籠《こ》もりの人々が、悠々自適の生活を送っているかぎりは、そんな事態に陥るとは思えません。睡眠のとりすぎで、夜寝つくことができないというのはむしろ健全な証拠ですし、仮にそのことに悩んでいたとしても、金縛りは生じようがないでしょう。むろん火あぶりの夢についても同様に、説明がつきかねます」

またざわつきが沸き起こるなかで、磯辺が振り向いて美由紀にいった。「きみに相談にきた女性は、なにか健康面に問題でも抱えていたか？」

美由紀は首を横に振った。「不健康への警告が夢に表れる内的刺激についてはわたしも考えましたが、たぶんその可能性はありません。彼女は健康そのものでした」

「となると、外的感覚刺激の可能性が高いように思えるが……」

「そこ」塚田がまるで学校の教師のように、こちらを見て声を発した。「発言があるのなら、周りにきこえるようにおっしゃってください」

磯辺が顔をしかめて、前に向き直った。静まりかえった周囲に対し、落ち着いた声で告げる。「住民の心身に問題がないのだとしたら、ごく簡単に考えて外部からの刺激が睡眠に影響を与えているだけかもしれません。聞こえている音から連想される状況を、自分を対象に置き換えて夢のなかの状況にみる例は多く報告されています。たとえば、隣りの家で大工が釘《くぎ》を打ち付ける作業をしていたとします。レム睡眠時にその音がきこえてくると、騒音への不快感もてつだって、自分の頭に釘を打ちつけられる悪夢をみたりします」

塚田は眉《まゆ》をひそめて磯辺を見た。「さっきの医学会の見解の報告をきいていなかったんですか？　もし外的刺激に要因があるなら、ある特定の地域に住んでいる人々全員が同じような夢をみてもおかしくないはずです。しかし火あぶりの夢や金縛りの報告をした住民の家は萩原県内の各地に点在していて、一箇所に集中しているわけではない。隣りあっている住民もいないわけではないが、その近所にはそうした悪夢に悩む人間がいないなど、外的刺激要因は考えにくいということです。賢明なみなさまがたにおかれましては、できるかぎり私語を慎んでいただき、会議の発言に耳を傾けていただけますようお願いします」

言葉は丁寧だが、ようするに小言だった。磯辺は無言でうつむいた。塚田にじろりとにらまれ、美由紀も萎縮《いしゅく》せざるをえなかった。

だが、塚田の指摘ももっともだった。萩原県の夜は静寂に包まれているときくし、広範囲にわたって睡眠の妨げになる外的要因が存在するとは思えない。というより、そういうストレスをいっさい生じさせない完璧《かんぺき》な居住環境がプロデュースされていたはずだ。となると、やはり住民の心理面になんらかの影響がでているとしか思えない。巨額の費用が投じられた福祉の街に住み、社会的な責務をいっさい負わずに暮らしつづける人々に、どんな心境の変化が生じうるだろう。

ひとつ考えられるのは、彼らがゆとりの生活のなかでしだいに無職であることを恥じ、社会に役立つ人間になりたいと欲しはじめたことでストレスが蓄積しつつあるという可能性だった。だが、美由紀はその可能性もあまり考えられないと感じていた。そういう意識改革が起きるのは理想的なことだが、それにしては早すぎる。いまはまだ萩原県での生活をあるがままに受けいれている住民のほうが多いはずだ。やがて外の世界の景気が回復したころ、住民たちの就職願望がふたたび生じだすだろうというのも、あの特別行政地帯における福祉の未来予測に含まれていたと思う。いまの世はまだそんな情勢にはほど遠い。住民たちを自然に外の世界にいざなうような魅力ある世の中にはなっていない。

臨床心理士たちはいずれも答えをみいだせないらしく、会議室は静まりかえったままだった。

やがて、新玉が立ちあがっていった。「ここでは判断がつきかねるということで、よろしいですね？　しかし、この奇妙な相談について無視するわけにはいきません。きょうから早速、現地調査に入りたいと思います。萩原県に向かうことが可能なかたはぜひご協力をお願いします。次の報告会は今晩、現地でおこなう予定です。それでは、恐縮ですがご移動をお願いします」

列席者たちが腰を浮かせかけた。美由紀はあわてて発言した。「あのう」

人々の目がこちらを向く。新玉が美由紀を見てきいた。「なにか意見がおありですか、岬さん」

「いえ……」美由紀は戸惑った。ジンバテックの会計士、大貫の申し立てを会議につたえる約束がある。ただし、この急を要する場での発言はおそらく歓迎はされないだろう。

塚田が苛立《いらだ》ちをあらわにしながら、美由紀を急《せ》かした。「早く発言を」

「はい」美由紀はいった。「いまの議題と直接には関係のないことですが、萩原県を運営するジンバテック社のある人物からの報告で……そのう、同社の陣場輝義社長がなんらかの精神疾患をお持ちであるとの話が……」

「くだらない」塚田は大仰に顔をしかめていった。「企業内の人間関係について、われわれが介入することなどできない。だいたい、社長みずからが相談に来られるならともかく、第三者の告げ口的な申し立てでカウンセリングを実行できるわけがない」

「はあ、そうですね……。おっしゃるとおりです」美由紀は憂鬱《ゆううつ》な気分でつぶやいた。指摘を受けるまでもなく、わかっていたことだ。不本意と知りながらも果たさねばならない約束もある。美由紀は大貫との約束どおりに会議で提言し、予想どおり撥《は》ねつけられた。

新玉も美由紀に対し、ややがっかりしたような顔を向けていた。その目が周囲を見渡し、新玉は仕切りなおしだというように告げた。「できるだけ多くのかたに現地に赴いていただきたいと思っております。ではよろしく」

人々が立ちあがり、ぞろぞろと戸口に向かっていく。美由紀は肩身の狭い思いをしていた。場違いな発言をしたとみなされたのはあきらかだ。

「岬」聡美が書類をスーツケースにおさめながらいった。「どうしちゃったの？　忙しすぎて、空気読めなくなった？」

美由紀は頭を掻《か》きながらぼんやりと応じた。「そうかもね」

磯辺が振りかえって、にやりと笑った。「気にすんなよ。それより、きみらはどうする？　俺はきょうの予定をキャンセルして萩原県に向かうが」

聡美がうなずいた。「もちろん、わたしもいくわ。岬は？」

「ええ、いきます」美由紀はいった。

これで大貫との約束を果たしたことになるだろうか。彼が心配していたとおり、わたしは名目だけで中身のない仕事をしてしまったのではなかろうか。かといってこの状況で、会ったこともない陣場社長の精神疾患の有無を論じるのはナンセンスだった。

充分に義務を果たせていないことに対する自責の念が美由紀のなかに渦巻いた。が、萩原県に赴いて調査するというのも、戸内利佳子とのあいだに交わした約束だった。出会ったすべての人に納得してもらいたい、けれどもそれは難しい。美由紀はため息をついた。頼りにされることは悪い気はしない。だがいっぽうで、わたしはどんな申し出も断りきれない性格の持ち主でもある。すべての依頼をきいているうちに、雑務に忙殺される。これで人の役に立っているといえるだろうか。

自分の不器用さに肩を落としながら、美由紀は書類をハンドバッグにおさめて立ちあがった。仕事を減らせないなら、それらをこなしていくスピードを上げるしかない。悩んでいても始まらない。出かけようと美由紀は思った。動けばなにかが進展する。じっとしていれば、悩みはいつまで経っても悩みでしかない。

蒼い瞳とニュアージュ

地下駐車場に重低音が響き渡る。スポーツカータイプのエンジン音に思えた。今度こそきたか。タリオは日産プレジデントの運転席で身をこわばらせて、周囲に目を配った。

キセノンのヘッドライトランプがこちらに向けて鋭い光を放つ。その光輪の向こうで、徐々に車体があきらかになっていく。ボディは黄いろだった。さっきのレクサスにも似ているようだが、いくらか小ぶりのツーシーターだった。屋根は開くことができる仕様のようだが、いまは閉じている。そのせいで、運転席の人間はよくみえなかった。それでも目の前を通過していったとき、後部のトランクにベンツのスリーポインテッドスターがはっきりと見えた。

メルセデス・ベンツ。外車だ、とタリオは思った。だが、行動に移ろうとは思わなかった。「あれは……」

「おい」カワダがあわてたようすで起きあがり、ネクタイを調えながらいった。「なにをぼうっとしてるんだ。来たなら来たと、ちゃんと報告しろ」

「来たって……？」

「寝ぼけてんのか。あれがターゲットだろうが」

タリオは目を凝らした。黄いろのメルセデスは、さっきのレクサスから二台はさんだ場所に駐車を試みている最中だった。その車種を確認する。やはり、自分の間違いとは思えない。

「あれはSLKですよ」とタリオはいった。「それもずいぶん前のモデルです。岬美由紀は友里佐知子《ゆうりさちこ》から受け継いだ高級外車に乗っているはずでしょう？　あんな安物……」

カワダは部下の抗議が気にいらないのか、じろりとタリオをにらんだ。それから問題のクルマに視線を向ける。

やがてカワダは頭を掻きながらつぶやいた。「資料が間違っているのかもしれん」

「まさか……」

「みろ。降りてきたぞ」カワダは咳《せ》きこみながらいった。「外車に乗る臨床心理士の女なんて、そうたくさんいるとは思えん。この女はそれに該当してる。間違いなくターゲットだ」

「あれがですか？」タリオは首をひねった。

SLKから降り立ったのは、一見コギャル風の派手なファッションに身を包んだ女だった。髪は金髪、ヒョウ柄のタンクトップにジーンズのスカート、厚底ブーツ。サングラスのレンズはオレンジいろときている。レクサスの女とは対照的だった。

　だが、上司のいうことにも一理ある。女がSLKを停めたのはまぎれもなく臨床心理士会の月極《つきぎめ》駐車スペースのうちのひとつだった。女はクルマを運転している以上、十八歳未満ということはないだろうし、いかに若づくりだったとしても三十を超えているようには思えない。二十代の女でメルセデスを乗りまわす臨床心理士。データ的には岬美由紀以外には考えられない。

　上司はダッシュボードから双眼鏡をとりだして、SLKに向けてのぞきこんだ。しばしピント調整用のダイヤルをいじっていたが、はっと息を呑《の》んで興奮ぎみにつぶやいた。「助手席にバイオリンのケースがある。資料で読んだ岬美由紀の趣味に一致している」

　それでも、タリオは疑念を払拭《ふっしょく》できなかった。「あんな派手な服装をしていたでしょうか？　防衛大をでた元幹部自衛官が、ギャル系ファッションなんて……」

　カワダは愚鈍な部下に対する忍耐も限界だといわんばかりに、歯ぎしりしながら早口にまくしたてた。「変装にきまってるだろ。ここ数日マスコミに追いまわされている注目の女だ、素顔のままで出歩くほうがおかしい。さすが岬美由紀、優れた偽装だ。別人を装うには、ああいういかにも脳みそが空っぽな外見こそが最適と判断したんだろう」

　言い終えないうちに、カワダはドアを開け放った。タリオにはもう選択の余地はなかった。確信を持つには、やや不安要素がある。けれども、世の中には絶対といえるものなどないのかもしれない。上司の推論は的を射たものだ。いや、きっとそうにちがいない。

　タリオは車外に降り立ち、カワダとともに突き進んだ。四年も先輩の上司が下した判断だ、きっと間違ってはいない。自分にそう言い聞かせて、ためらいを思考から追いだした。

一ノ瀬恵梨香はパークタワー地下駐車場に停めたSLKを降りると、エレベーターへと向かって歩いた。このビルに来るのはひさしぶりだ。閲覧室のセキュリティがかつてのままだとありがたいのだが。あるいは、有資格者だった短い期間に顔見知りになった職員が偶然いてくれれば助かる。なんにせよ、DSMの最新版だけはどうしても手にいれておきたいところだ。

播山貞夫はきょうも自宅に引き籠《こ》もっているだろう。へたに外出しないほうが彼の身のためだった。自宅への投石の被害も拡大せずに済む。願わくは、わたしが帰るまでじっとしていてほしい。心にいま以上の混乱が生じると、自殺願望のメカニズムを解き明かすのもやっかいになる。

さいわい、彼のいまの心の状態は比較的安定している。焦燥感はない。それはすなわち彼が、近いうちに自殺することを意味している。臆病者《おくびょうもの》の彼が自殺を決意できた。彼のいう、死ぬことで社会にプラスの影響を与えうる状況が整い、自殺を善なるおこないと認識することで、意識のなかで折り合いがついたのだろう。

恵梨香は、自分が播山を救うことに重点を置いていないことに気づいていたが、あえてみずからにそのことを問うまいとした。なんのためにこの行動をとっているか、自分がいちばんよくわかっている。あとは衝動に身をまかせていればいい。彼に対する心理分析によって、わたしは望んでいたものを得られるかもしれないのだ。

そう。きっと得ることができる。生と決別するパスポートを。

エレベーターの扉の前に着いた。ボタンを押そうとしたとき、近づいてくる靴音を耳にした。恵梨香が振り向くと、ふたりの痩《や》せた男たちが近づいてきた。

質のいいスーツに身を包んだ、ビジネスマン風の男たちだった。ひとりは四十代、もうひとりは三十代だろうか。行き届いた身だしなみ。臨床心理士にこういうタイプは少ない。オフィスタワーの別のフロアに行くのだろうか。しかしなぜ、日本臨床心理士会の専用駐車場にいるのだろう。

と、四十代の男のほうがにこやかな顔で声をかけてきた。「お待ちしておりました」

「え」と恵梨香は驚いて声をあげた。「待ってたって、わたしを?」

「そうです」三十代の男も腰を低くしながらいった。「これ以上お手間をとらせては恐縮ですので、こちらからお迎えにあがりました。岬美由紀先生……ですよね?」

ああ、と恵梨香は思った。驚きはすぐに醒《さ》めた感情へとそのかたちを変えていた。

岬美由紀の相談者《クライアント》か。政府関係者から大企業の経営陣まで、各界の大物がこぞって岬美由紀のカウンセリングを受けたがっているという噂は聞いていた。元国家公務員の臨床心理士、さぞかしその信頼も厚いことだろう。このところの報道のせいで、依頼も大幅に増えたにちがいない。わざわざ送迎が来るなんて、いったいどんな人間が相談者になっているのだろうか。

嫉妬《しっと》に似た反感とともに、興味も湧いた。岬美由紀はふだんどんな待遇を受けているのだろうか。社会の底辺のような萩原県で、相応の人々としか顔を合わせない日々を送っているせいか、まるで想像がつかない。岬美由紀の日常を体験してみるのも悪くないかもしれない。

そう思うと同時に、恵梨香はさらりと虚言《きよげん》を口にしていた。「ええ。わたしが岬ですが」

ふたりの男は顔を見あわせた。なぜか安堵《あんど》のいろを浮かべている。

「では」四十代の男がいった。「こちらへどうぞ。荷物があれば、お持ちしますよ」

「けっこうです。ハンドバッグだけですから」恵梨香はそういって後につづいた。

三十代の男が恵梨香に先んじて、行く手に駆けていく。その男が後部座席のドアを開けて迎えるのは、鮮やかに黒光りする日産プレジデントのハイヤーだった。

恵梨香は圧倒された。こんなセレブのような扱いを受けているなんて。業績のいい臨床心理士でも、送迎といえばタクシー券を渡されるていどがふつうだ。

礼儀正しい男たちに、最高級車で迎えられることは決して悪い気はしない。恵梨香はその魅惑のシチュエーションに吸い寄せられるようにクルマに近づき、思わず気取ったしぐさで後部座席に乗りこんだ。三十代の男はドアを閉め、クルマを迂回《うかい》して運転席に乗りこんだ。四十代のほうは助手席に乗った。

匂いがまったくしない、澄んだ車内の空気。天井からは液晶テレビがさがり、肘《ひじ》掛けのコンソールにはエアコンの温度からラジオに至るまですべてをコントロールできるスイッチがついていた。そのコンソールの下に、引き出し状の蓋《ふた》がある。開けてみると、冷えたワインボトルが横たわっていた。

助手席の男が振りかえって、笑顔でいった。「お飲みになりたければ、いつでもおっしゃってください。グラスをお出ししますので」

「はい……」恵梨香は呆然《ぼうぜん》としながら返事した。

過剰に思えるほどの接待に、恵梨香は心地よさを通りこして不安を覚えはじめた。いかに金持ちの相談者であったとしても、ただカウンセラーを迎えるためだけにここまでするだろうか。ひょっとして、もっと大きく特殊な依頼内容なのではないか。それが何であるかは想像がつかないが、外務省からイラクへの同行を求められたこともある岬美由紀だ、どんな筋から依頼があってもふしぎではない。そして、もしこれがそのようなケースなら、わたしが岬美由紀の名を騙《かた》ったことは冗談では済まされない。

日産プレジデントは滑るように走りだした。白状するのなら、いまのうちしかない。

恵梨香はあわてていった。「あのう。ちょっと停めてください」

ルームミラーに映った運転手の目が怪訝《けげん》ないろを浮かべる。クルマは減速し、停車した。

助手席の男が振りかえる。「どうかしたんですか。岬先生」

「あの……」恵梨香は言いかけて口をつぐんだ。視界の端に、エレベーターからでてきた複数の人間の動きをとらえたからだった。

スーツ姿の男たちがぞろぞろとエレベーターから駐車場に降り立った。うち何人かは、恵梨香にとって顔見知りだった。臨床心理士だ。きょう会議があったのだろうか。と、恵梨香は思わず息を吞んだ。男たちに混じって、岬美由紀の姿が垣間《かいま》見えたからだった。よりによって彼女がここに来ているとは。

まずい。恵梨香は運転手にいった。「クルマをだしてください」

「はあ」と運転手は腑《ふ》に落ちないような返事をして、ステアリングに手をかけた。

クルマはまた走りだした。ちらと振りかえると、臨床心理士たちはそれぞれ自分のクルマに向かって散っていくところだった。帰宅するのだろうか。それにしてはおかしな光景だ。いっせいにクルマに乗りこもうとするなんて。なにか特別な事態でも起きたのか。

だが、いま恵梨香が気にかけているのは岬美由紀だけでしかなかった。さいわい、こちらに気づいたようすはない。日産プレジデントはほどなくスロープを昇っていき、駐車場の出口から外へと向かっていった。

交差点を左折し、クルマは首都高の新宿ランプ方面へと走っていく。目的地は遠方のようだった。

とっさにクルマをださせてしまった自分の判断を呪った。これでは故意に岬美由紀になりすました偽者ではないか。いまからでも正直に打ち明けるか。しかし、ふたりの男たちにはっきりと岬はわたしですと告げておいて、すべて冗談だったでは済まされない。

恵梨香は焦燥に駆られつつも、平静を装ってきいた。「きょうの件、どんな内容だったのか、もういちど確認しておきたいんですけど」

奇妙な沈黙のあと、助手席の男が振りかえりもせずにいった。「いままで何度もメールでご依頼申しあげたとおりです。ご快諾いただき、心より感謝します」

男はそれきり、言葉を切った。恵梨香は困惑した。これではなにもわからない。

クルマは新宿ランプに入り、ETCゲートをくぐって首都高へと入った。速度はぐんぐん上昇する。優雅な高級ハイヤーには似つかわしくないスピードで、蛇行する道を抜けていく。恵梨香の身体は左右にゆさぶられた。

「ずいぶん飛ばすんですね」恐怖に震える自分の声を、恵梨香はきいた。「わたし、クルマに酔うほうなんで……」

「ああ、そうですか」助手席の男の声は、なぜかくぐもっていた。「それなら道中も長いことですし、お休みいただいたほうがいいかもしれません」

どういう意味だろうか。恵梨香は助手席の男の後頭部を眺めた。

男が振りかえったとき、声がくぐもっていた理由があきらかになった。男はガスマスクらしきものを顔にあてていた。

はっとして恵梨香は運転手を見やった。運転手も同様のマスクを装着しているのが、後方からでも確認できた。

「これ、いったい……」恵梨香が発した声は、そこで途切れた。なにも喋《しゃべ》れなくなった自分を一瞬だけ認識する。吐き気のあと、強烈な眠気が襲ってきた。

焦点がさだまらなくなった恵梨香の目が最後にとらえたのは、後部座席専用のエアコンの吹き出し口だった。流れだす気体にアンズのような甘い匂いがする。

意識はそこまでだった。恵梨香は広々とした後部座席で横倒しになり、ほどなく眠りにおちた。高速道路の継ぎ目を乗り越えるリズミカルな振動だけがわずかに伝わってくる。やがて、それも感じなくなった。


美由紀はレクサスに向かいながら、同僚の聡美に声をかけた。「乗っていきます?」

「いえ、わたしもクルマで来てるから」と聡美が答えた。「じゃ、向こうで落ち合いましょうか」

そうですね、と美由紀はいった。エレベーターから吐きだされた臨床心理士たちは、それぞれのクルマへと散っていく。医師が臨床心理士を兼ねているケースも多く、高級車が目立つ。地下駐車場はさしずめ輸入車の展示場の様相を呈していた。

と、そんななかで黄いろのメルセデスＳＬＫが目にとまった。美由紀は妙に思って近づいた。

そのナンバーには見覚えがあった。虎ノ門病院の駐車場で見かけたとき、頭の片隅にしまいこんでおいた。間違いない、一ノ瀬恵梨香のクルマだ。どうしてこんなところに停めてあるのだろう。

ボンネットに触れてみた。まだ温かい。ついいましがた到着したばかりのようだ。辺りを見まわしてみたが、恵梨香の姿はなかった。

通りかかった磯辺がＳＬＫを指差していった。「きみのか？　ＳＬＫならフルモデルチェンジしただろ。新しいやつに買い換えたらどうだい？」

「いえ、ちがいます。わたしのじゃありません」美由紀は戸惑いながらいった。「一ノ瀬恵梨香のクルマです。彼女をご存知ですか？」

「一ノ瀬？　ああ、以前にちょっとのあいだ臨床心理士になってた若い子だな。派手な身なりの」

「そうです。彼女、たびたびここに顔をだしているんでしょうか？　堂々と臨床心理士会の駐車場にクルマを停めてますけど……」

「さあねえ。ＩＤカードが失効してちゃ会議にもでられないだろうし、べつに最近見かけたこともないな」磯辺はさして興味もなさそうにいうと、片手をあげて立ち去りかけた。「じゃ、私も急ぐから。関越道、この時間は混むんだよな」

磯辺が去っていくと、周囲は静かになった。美由紀はＳＬＫのなかを覗《のぞ》きこんだ。助手席にあの四分の三サイズのバイオリンケースがある。その下にわずかにのぞいた絵本の表紙を見たとき、美由紀はしばし時間を忘れてその場に立ち尽くした。

『蒼《あお》い瞳《ひとみ》とニュアージュ』。幼いころ、母がよく読んで聞かせてくれた絵本だった。

天国

陣場輝義は、都心部上空を飛ぶヘリの窓から、みずからが築きあげた城を眺めていた。光化学スモッグが低層のビル群を覆い隠すなか、六本木ヒルズと張りあうかのように聳《そび》え立つジンバテック本社タワーがある。かねてから思い描いていたとおり、六角柱の形状をなすそのビルは、森ビルが乱立する港区界隈《かいわい》にあってひときわ異彩を放っていた。森ビルのほとんどが東京にふさわしい無味乾燥なグレーを基調にしているのに対し、ジンバテックの社屋は全面ガラス張りの壁面に特殊な赤みがかったフィルムを張りめぐらせてあるせいで、ほぼ真紅に輝いていた。建設当初は周囲の景観にそぐわない悪趣味さと揶揄《やゆ》され、都からも自粛を求められたが、陣場はいっさいの抗議を黙殺した。毒々しいまでの存在感を放つことは、むしろこちらの望んでいたことだと陣場は思った。かつて社会はジンバテックに対し無視をきめこんだ。陣場の率いる小規模なIT企業を、あたかも存在しないかのように見なす素振りをした。それなら目にものを見せてやるだけのことだ、陣場が決意を固めたのは十年ほど前だった。以来、ジンバテックは急速に規模を拡張し、トヨタと肩を並べる巨大企業へと成長を遂げた。

人生は初めから勝ちをおさめられるわけではない。陣場が最初に立ちあげた有限会社ジンバテックは、無料インターネット接続サービスを売りにしたプロバイダ業がビジネスの主体だった。入会金や年会費をとらないかわりに、接続中はずっとブラウザの隅に広告が表示されることによって、その広告収入を企業の利益に充てるというのが当初のアイディアだった。しかし、ブロードバンド時代に入りネットの常時接続が普及、ダイヤルアップ接続が衰退すると、ジンバテックの収益は激減、結局経営は破綻《はたん》し、東京地裁に民事再生法手続きを申請することになった。陣場の人生における最初の屈辱だった。

敗北は社会への復讐心《ふくしゅうしん》につながる。陣場は家庭を持つことにはいっさい興味をしめさず、ただひたすら自分の存在を世に知らしめるだけの力を手にいれようと躍起になった。この時代、力といえば金だ。マネーゲームを基礎から学びなおし、不況の世の勝者になる道を模索した。

なぜ自分のなかに権力への執着心が枯れることなく沸き起こりつづけるのか、理由はさだかではなかった。ただ、欲求不満を募らせた十代の生活が、いまの人生に大きな影響を与えていることだけは間違いないだろう。学校でも目立たず、ハンサムでもなければ学力を発揮していたわけでもない当時、陣場は没個性の極みだった。大人たちに存在そのものを軽んじられていた。あたかも出生とともに運命が決定されてしまうかのような社会の制度すべてに、陣場は反感を抱いた。逆転劇は、社会にでてからその機会が訪れる。学生時代からそう信じて疑わなかった。地元の大学をそこそこの成績で卒業し、上京を果たしてから、陣場の社会への挑戦は始まった。

プロバイダ業を失敗したのち、陣場は悪魔に魂を売った。正攻法で辛酸をなめた陣場は、自分のもとに送りつけられてきたメフィスト・コンサルティングのセールスに魅了された。陣場が魂を売り渡した〝悪魔〟が代償にくれたのは、負け犬の人生を勝者へと導くものだった。

ジンバテックはインターネットセキュリティソフトの販売を事業の中心として再スタートした。メフィストから、当時のウィンドウズのセキュリティホールを突く新しいウィルスの提供を受けた陣場は、それらを手当たりしだいにネット上にばらまいた。マイクロソフトの対応が追いつかなくなると、シマンテックやマカフィーなどのウィルス対策ソフトが売れるようになり、まだ販売網を掌握していなかったジンバテック社のソフトは一時的に市場で遅れをとった。

が、そこからの形勢逆転も時間の問題だった。ジンバテックのスタッフが垂れ流す新種のウィルスにいち早く対応できるのは、やはりジンバテックのセキュリティソフトに違いなかった。陣場がひそかに〝マッチポンプ作戦〟と名づけたその計画は大成功をおさめ、ジンバテック社はたった三年で上場企業へとのしあがる。これによって得た利益を金融方面に活用し、日本インパルス証券を買収してジンバテック証券を設立、社が扱うマネーゲームの額を一気に数十倍、数百倍へと拡大させた。

一昨年、〝山田ウィルス〟の二百五十六倍の感染力を持つ〝太郎ウィルス〟をジンバテックの研究スタッフが独自に開発、流布し、その対策ソフトが驚異的な売り上げを達成すると、ジンバテックの市場支配はもはや決定的となった。それは同時に、ジンバテックがメフィストの指導から離れても成功をおさめられることを意味していた。陣場はメフィストに百七十億もの報酬を支払って関係を絶ち、以後は独自の経営手腕を振るって事業拡大に乗りだした。テレビ局や球団の買収を図ったり、萩原特別行政地帯への出資と管理を受け持つことでジンバテックの名を広く一般にまで浸透させてきた。

ここまでのところはしかし、今後の壮大な事業の前段階にすぎない。眼下に近づいてくるタワー屋上のヘリポートを眺めながら陣場は思った。世間はこの建造物を、陣場が実現した夢の象徴であり、集大成であると感じていることだろう。だが陣場にとってそのような世間の目は侮辱に等しかった。こんなものは、さらなる船出への足がかりにすぎない。幸運だけが俺の人生を支えていると思っているのなら大間違いだ。すべてには綿密な計算がある。陣場輝義が歴史に名をきざむ過程を、日夜思い知るがいい。

ヘリは軽く突きあげる衝撃とともにヘリポートに接地した。誘導員のほかに、役員らが勢ぞろいしている。陣場は彼らには興味がなかった。組織を維持するのにただ必要とされる駒にすぎない。きょう是非とも顔を合わせたかったのは、その役員らの端に恐縮しながらたたずむ小男だ。頭のてっぺんが禿《は》げあがった、白髪頭の初老。安いスーツを無造作に着こんだそのいでたちからは、かつて東大の教授を務めると同時に歴史学研究室でも権威として名を知られていた馬渕和則《まぶちかずのり》の面影はほとんど感じられない。さいわいだと陣場は思った。東大生の裏口入学にからむ汚職で追放された元教授が、いまも折り目正しくしていたのではこちらの協力者として選ぶことはできない。道を究めた者がモラルを踏みはずして転落の一途をたどる、そこをジンバテックが掬《すく》いあげる。帝国の構築にはそういう人材が不可欠だった。社会に通じるだけのなんらかの力を持ち、同時に社会からつまはじきにされている人材が。

まだメインローターが嵐のような強風を巻き起こすなか、陣場はタワー屋上に降り立った。深々と頭をさげる役員らを尻目《しりめ》に、陣場はつかつかと馬渕のもとに歩み寄っていき、手を差しのべて握手を求めた。

「どうも、馬渕先生」と陣場は声をかけた。「お噂はかねがね。お会いできて光栄です」

「こちらこそ、陣場社長にお目にかかれるなんて」馬渕はおどおどとした笑いを浮かべながら、手を握ってきた。「私ごとき日陰者に声をかけていただけるとは。感謝のきわみです」

「とんでもない。江戸幕府に関する研究の第一人者として知られる先生にお越しいただくのに、当方としてはなんら躊躇《ちゅうちょ》などありません」社交辞令は時間の無駄だ、内心そう思いながら陣場はいった。「こちらへどうぞ、先生」

陣場は先に立って歩き、下り階段へと歩を進めた。馬渕は使用人のように小走りに後を追いかけてくる。

階段を踊り場まで下りたとき、聞きなれた音が耳に入った。硬いものがぶつかりあう激しい音とともに、ときおり低く男の呻《うめ》き声がきこえる。陣場は踊り場の壁にある扉を開けた。

トレーニングジムで、身長二メートルを超すその男は暴れまわっていた。武道の指導用につけた教官たちを力まかせに打ちのめし、床に這《は》わせている。天然パーマの長い髪をふりみだし、野獣のような雄たけびを発しながら、左右の手に男たちの首をつかんで絞めあげているそのさまは、まさに人間離れした戦慄《せんりつ》の光景だった。

上半身裸の金剛寺《こんごうじ》武雄《たけお》の身体つきはまさに鎧《よろい》そのもので、金属のような光沢さえ帯びていた。金剛寺の狂気のごとき暴行はすでにトレーニングの範疇《はんちゅう》を逸脱しているらしく、床に横たわってぴくりとも動かない三人の教官のほかに、まだ失神には至っていない四人の教官らが決死の抵抗を試みている。彼ら教官もそれぞれが柔道や合気道、空手、拳法《けんぽう》などの黒帯級の達人なのだが、巨漢の金剛寺を前にしたとき、なすすべもなく逃げまわる子供のようだった。その顔には恐怖だけがあった。陣場に救いを求めるような目を向ける。が、金剛寺の巨体が、彼らと陣場のあいだに立ちふさがった。

金剛寺は首を絞めあげていたふたりを床に叩《たた》きつけると、残るふたりに挑みかかった。踏みだした前の足を内側に向けるあたり、ようやく空手の教習の成果が表れているようだ。だがその後は、いつものように力業による突進でしかなかった。金剛寺はひとりを体当りで突き飛ばしてから、跳躍して胸部を踏みつけた。骨の砕けるような音とともに呻き声を漏らし、踏まれた教官はぐったりとなった。最後のひとりはジムにあったバーベルを振りかざして金剛寺に襲いかかったが、背にバーベルの直撃を受けても金剛寺は眉《まゆ》ひとつ動かさず、獣の雄たけびを発しながら相手に頭突きを食らわせた。最後のひとりも、人形のように不自然なかたちに身体を捻《ね》じ曲げて床に突っ伏した。

陣場はため息を漏らした。やれやれだ。苦労して集めてきた教官をまた使い物にならなくした。教官らもそれぞれ傷害事件を起こすなどして武道の分野から追放された連中ばかりだ、ここで事故に遭ったとしても警察沙汰《ざた》にならない人材であることは周知の事実ではある。だが、もはや常識となっている金剛寺の強靭《きょうじん》さを再確認するためだけに、それらの人材を消耗するのも不毛なことに思えた。武術を身につけさせることによって、あるていどの手加減を加えながらダメージを与えるすべを金剛寺に教えようとしているのだが、この男にはそんな繊細さをともなう物事は習得不可能なのかもしれない。いちど向き合ったが最後、相手を徹底的に叩きのめすまで攻撃の手を緩めようとしない。

「金剛寺」陣場は声をかけた。「上着を着てついてこい。会議の時間だ」

雇い主に落胆を与えたとは露ほどにも思っていないようすの金剛寺は、勝利の余韻に浸っているような興奮ぎみの顔を陣場に向けた。血走った目は狂犬そのもので、低い鼻と出張った顎《あご》は猿人を連想させる。金剛寺は返事とも唸《うな》りともつかない声を発しながら汗をぬぐうと、ジャージを拾いあげて羽織った。

陣場は踵《きびす》をかえして階段に戻ろうとしたが、馬渕が震える手で陣場の腕をつかみ、引き留めた。

「社長」馬渕は怯《おび》えきった表情を浮かべていた。「彼はいったいなんです。とんでもなく暴力的だ」

「龍破会《りゅうは》から預かっている男で、用心棒がわりに雇っているんだがね。手加減を知らんのが玉にキズだ。ま、強さは誰もが認めるところだが」

馬渕はみるみるうちに青ざめた。「龍破会って……。指定暴力団の？」

「そう」陣場はうなずいた。「この世のなか、金を持つといろいろ物騒な目に遭うことが多くてね。あるていどの自衛手段は必要だ」

「それはわかりますが……」馬渕はジムをちらと振りかえった。悠然と歩いてくる金剛寺に恐怖したかのように、身をちぢこまらせながら陣場に向き直る。「あの倒れている人たちは？　血の気を失って、呼吸もしていない人もいます。すぐ医者を呼ぶべきでしょう」

陣場のなかにまるで動揺はなかった。指摘されるまでもなくわかっていたことだ。「いつものことだよ。何人かはもう助からんかもしれんな」

「そんな」馬渕は驚愕《きょうがく》のいろを浮かべ、目を丸くしていった。「これは過失でなく、ほぼ殺人に相違ないと……」

これだから素人は困る。陣場はいらいらして馬渕を制した。「先生。あなたは日本の歴史の専門家なのか、それとも法律家なのか、どっちなのかね？　ここは私の会社だ、私のルールに従ってもらおう。目にしたことは記憶のみに留《とど》め、決して口外しないということは、すでにご了承いただいているものと思ったが」

「しかし、こんなことまでは……」馬渕は怯えながらも抗議を口にしたが、それも途中までだった。金剛寺がすぐ背後に立つと、馬渕はびくつきながら言葉を飲みこんだ。

「馬渕先生」陣場は頭をかきながらいった。「人の死というのは世に普遍的に存在することであるし、いまさら崇高にして神聖なものであるふりをしたところでなんの意味も持たない。小さな飲食店の経営だけでもレジの金を盗むアルバイトに悩まされる。日に数百億を動かす俺としては、人命も数字に換算して存続させる価値があるか否かを判断せざるをえない。早い話、俺のような立場になると外の世界のルールとは無縁の、もうひとつの社会常識を持つようになるということだよ。ここでは俺の思考こそが常識となる。いいね」

馬渕はなにも応《こた》えなかった。どうやってここから逃げだそうかと考えているのだろう。タワーの最上階、逃亡をはかるのは無意味だ。ゆえに、適当に茶を濁して早々に引きあげたいと感じているに相違ない。いま抵抗を口にできないのは、金剛寺がぴったりと身を寄せて立っているから、それだけのことにちがいなかった。

だが、と陣場は思った。事業内容をきけば彼も納得するはずだ。仮にそうならなかった場合も、このビルから足を踏みだすことはありえない。

陣場は階段を下りていった。扉の前に立ち、背後を振りかえる。仕方なく後をついてくる小男の馬渕と、その馬渕を追い立てるように迫ってくる巨漢の金剛寺。好対照のふたりだった。しかし、それぞれが頭と身体の役割を分担すると考えれば、わりといいコンビになるかもしれない。

扉を開けてなかに入る。そこはタワー最上階の社長室だった。広々としたアールデコ調の室内の壮麗さも、もはや見慣れていて空虚なものにしか感じられない。興味を掻《か》き立てられるのは、ここでも来客たちの顔ぶれだった。

一見して堅気でないことが明確な中年男たちが三人、ソファにふんぞりかえっている。陣場を見ても立ちあがろうともしない。髪を短く刈りあげた浅黒い顔の男は仁井川《にいがわ》会系角村《すみむら》組の組長、角村洋二《ようじ》だった。その隣りは同じく指定暴力団薩摩《さつま》会総長の薩摩蟻広《ありひろ》、そして三人のなかでは最も華奢《きゃしゃ》で神経質そうな男は都嘉山《とかやま》会系辻田《つじた》組を束ねている百丈英生《ももたけひでお》だった。

その百丈が眉をひそめ、陣場の肩越しに金剛寺を見あげた。「そいつは前にどこかで見たな」

と、角村がにやりとした。「金剛寺だ。龍破会の飼ってる鉄砲玉だ」

ふんと陣場は鼻で笑った。「大砲だよ。もしくは弾道ミサイル。鉄砲玉なんて小ぢんまりした表現は、彼には似合わん」

経営者ともなれば自然に身につく企業家特有のユーモアは、組長らには受けいれられなかったらしい。百丈は露骨に顔をしかめて立ちあがった。「龍破会だと。もう我慢ならねえ。俺はあんたとサシで話ができると思ってたからわざわざ出向いてきたんだぞ、陣場社長。よりによって抗争中のこいつらとひとまとめにされるとはな」

「同感だ」薩摩も腰を浮かせた。「社長。おめえは裏社会じゃ俺らとだけ取り引きがあるんだとばかり思ってたが、なんのことはねぇ、四つの組すべてとつながってたわけか。なめるのもいい加減にしやがれ」

陣場はひるむどころか、予想どおりの反応にかえって落ち着いた気分に浸りつつあった。どの組長も屈強な用心棒を手下に従えてきているが、その手下どもは前室に引き留められている。この部屋でそれぞれひとりきりになった組長の存在など、恐るるに足りない。なぜなら、ここは陣場のテリトリーの中枢に位置しているからだ。俺の常識、俺の法律ですべてを動かす。誰だろうと俺を阻むことはできない。

「まあ掛けてくれ」と陣場は穏やかにいった。「皆さんの組それぞれが経営する闇金に多額の投資をしてきた俺としては、配当を受けてそれなりに儲《もう》かったし、皆さんにとっても俺の投資は資金繰りにおおいにプラスに働いたはずだ。良好な関係は今後も維持したい」

薩摩は苦い顔をした。「恩着せがましい話はたくさんだ。俺たちゃ今度の事業とやらにすでに巨額の金を提供してるんだぜ。今度はこっちが配当にあずかる番のはずだ。さっさと現金をおがませてくれるとありがたいんだがな」

「その件だが」陣場は咳《せき》ばらいした。「あと五億ずつの資金提供をお願いしたい。むろん、還元する利益は投資額の割合に応じて増額することになる」

一瞬、室内はしんと静まりかえった。その静寂を破り、百丈が怒鳴った。「馬鹿をいえ。これまでにうちの組は十億以上も協力してきたんだぞ。これ以上、びた一文払えるか」

薩摩がうなずいた。「うちも同様だ。というより、陣場社長。億どころか兆の単位の金を動かすあんたの会社が、なぜ俺ら日陰者から五億や十億の金を都合する？　よほど首がまわらなくなってるんだな。破産寸前、いや同然ってことか」

陣場はあっさりといった。「そのとおり」

一同は面食らった顔で陣場を眺めた。角村が凄《すご》む。「ふざけてんのか、てめえ」

「いや。損失など取り返して余りある事業がこれから待ってるんでね。目先の現金が必要なので皆さんから徴収したいと考えているが、それも一時のことにすぎない。ほんの数日で百兆円近い収益を、ここにいる人間で山分けすることになる」

「なんだって？」薩摩が甲高い声をあげた。「百兆？」

そのとき、陣場の目が反射的に馬渕に向いた。馬渕は妙にそわそわした態度で腕時計を見やっている。階下に向かう出口を求めているのだろう、視線が泳いでいた。

「馬渕先生」陣場は声をかけた。「どうかしたので？」

馬渕は緊張にひきつった顔を陣場に向けた。「いや、そのう、ちょっと用を思いだしてね。きょうのところはこれで。また機会があれば……」

だが、陣場は片手をあげて馬渕を制した。「退散はできんよ、先生」

金剛寺が行く手を阻むように立ちふさがる。馬渕は怯えた顔で金剛寺と陣場をかわるがわる見ていたが、やがて子供のように泣きそうな顔でいった。「こんなのは異常だ。私は、犯罪の片棒を担ぎたくなどない」

「はて」陣場はいった。「われわれから秘密裏に接触があった時点で、表ざたにできない事柄に協力を依頼されていると薄々勘づいておられたと思うが」

「それはそうだが……。私は歴史の専門家だ。その知識を買われたのだと思っていた。多少非合法であっても、好奇心を満足させるような仕事を期待していた。ところがどうやら、あなたはよからぬ犯罪の準備段階にあるらしい」

陣場は笑ってみせた。「馬渕先生。どうか誤解なさらぬように。俺の計画はあなたが考えているほど人の道を踏み外したものではない。むしろ国のため、ひいては人類の歴史におおいに貢献する事業となることだ」

角村が口をさしはさんだ。「前口上はそれぐらいにしておきなよ。で、百兆の事業とかいう話だが、なにを扱うんだ？　そんな市場規模の商品なんざ、絶対にありえないと思うが、いちおう聞いておいてやる」

「金《きん》だよ」陣場は角村を見つめた。「俺たちは地中に埋められた徳川幕府の御用金を掘りだし手中におさめる。大判、小判あわせて四百万両。いわゆる徳川埋蔵金ってやつだ」

室内はしばしの静寂に包まれたあと、薩摩がたまりかねたように吹きだしたのを合図としたかのように、いっせいに笑いの渦が巻き起こった。ソファに身をうずめた三人の組長らはのけぞって笑い、さっきまで怯えきった表情を浮かべていた馬渕も苦笑を浮かべている。真顔なのは、人間並みの思考が働いているかどうかも疑わしい金剛寺と、陣場だけだった。

陣場は黙ったまま笑いがおさまるのをじっと待った。これだから固定観念に縛られた輩《やから》どもは困る。たいした知識もないくせに、常識外のことを笑い飛ばす習性から逃れられずにいる。連中がそうした習性に従っているあいだは、小物でありつづけることを余儀なくされるだろう。

角村はしかし、陣場に冷ややかな評価を受けていることをまるで意に介さないようすで、声高にいった。「いまどき三流小説のネタにもなりゃしないぜ？　どっかのテレビ局が昔、赤城山を掘りまくったのになにも出てこなかっただろうが。番組観てなかったのか？」

「観てたとも」陣場はいった。「だがあいにく、埋蔵場所は群馬県勢多《せた》郡の赤城山ではなくて、千葉県袖《そで》ヶ浦《うら》市の山中でね」

「袖ヶ浦？」薩摩は眉間《みけん》にしわを寄せた。「そういえばあんたの会社、袖ヶ浦の二束三文の山を買い取って、ゴルフ場建設を進めているんだったな。世間もなぜジンバテックがいまさら千葉にゴルフ場なんか持ちたがるのか訝《いぶか》しがってる。バブル期ならいざしらず、最近じゃ一部の名門ゴルフコースを除いて金持ちの会員なんか集まりっこない、新しいゴルフ場じゃなおさらだってな。ひょっとしてあれが……」

陣場はうなずいた。「そう。ゴルフ場建設はカモフラージュにすぎない。埋蔵金はあの建設予定地のなかにある」

「ひょっとして、一部でも掘りだせたのか？　小判の一枚でも見つけたのか？」

「いや。まだこれからでね」

百丈があきれたようすでいった。「俺たちからこれまでに貸し与えた十億は、ゴルフ場建設にみせかけた発掘に費やされたってわけか。で、まだ発見できないんで、追加に五億くれと、そういう話か」

「そのとおり」と陣場は平然といった。

「おいおい！」角村が立ちあがった。「確証はあるんだろうな。大判小判だって？　金属探知機かなにかで、埋まってることはわかったとか、せめてそれぐらいの段階にはなってるんだろうな」

陣場は首を横に振ってみせた。「いいや。金属探知機なんてものは、ごく浅いところに埋まっている金属にしか反応しない。地中レーダーで地下二メートルほどが捜索でき、地面に電気を流すことで地下五メートルまでの空洞などはわかるが、それより深いところは掘ってみるよりほかにない」

「社長」馬渕が困惑した表情でいった。「そのう、社長がおっしゃっているのは慶応四年……一八六八年に、官軍が見つけることのできなかった三百六十万両の御用金のことだろう？　勝海舟《かつかいしゅう》と西郷隆盛《さいごうたかもり》の会談で江戸開城が決定、官軍が城内の紅葉山《もみじ》などの御金蔵を調べたが、どれもなかは空っぽだった。で、おそらくは勘定奉行の小栗上野介忠順《ただまさ》が、慶応四年の鳥羽伏見《とばふしみ》の戦いで幕府軍の敗退後、領地の上州権田《ごんだ》村に引き籠もったのち、官軍に捕らえられて処刑されるまでのあいだに、御用金を運びだしたのではないかと噂された。ほかに金座銀小栗の領地が赤城山近くだったこともあって、そこに埋めたと考えられた。

座から十七万五千両が板橋宿《いたばしじゅく》に運びだされたあと、行方知れずになっているし、甲府《こうふ》城の二十四万両や大坂城の十八万両も持ちだされたといわれてるが……」

陣場は大きくうなずいた。「いずれも小栗上野介忠順によって袖ヶ浦に埋められた」

「いや……。陣場社長、失礼だが現実というものをよく見据えていただきたい。幕末、天《てん》保《ぽう》の改革の失敗もあって、幕府の財政状態は火の車だった。ペリーの黒船が来航して開国に至り、さらに支出は増えるいっぽうだ。横浜に港も建設せねばならなかったし、薩摩藩による外国人殺傷事件、いわゆる生麦《なまむぎ》事件の対外賠償金も支払わねばならない。長州が禁門の変を起こしたときの出兵でも軍費が不足、フランス政府に対しても巨額の借款を求めるありさまだった。幕府は民衆支配の建前上、徳川家の最盛期からずっと充分な御用金を保管していることにしていたが、実際には幕末のころにはすっからかんになっていたと見るのが正しい」

「そうでもない。幕末に財政が切迫していたというほうが建前上の言い訳にすぎなかったんだ。開国を余儀なくされて官軍と外国勢力が台頭するなか、まだ巨額の御用金が残っていると公にしたのでは事あるごとに出費や賠償を要求されることになり、幕府の壊滅を早めかねないからな。それで徳川家最後の将軍慶喜《よしのぶ》は、表向きには勘定奉行を解任された小栗に命じて、すべての御用金を隠させた。幕府の存続が困難と知り、いったん政権を譲っておいて、しかるべきのちにまた勢力を立て直して幕府再興をめざすことにした。あれだけ官軍に抵抗しておきながら、以後に江戸城をあっさりと無血開城したのはそのためだ」

「たしかにそれは一部において有力な説とされてるが」馬渕は少し言葉を切り、しばし考える素振りをした。それから首をゆっくりと振っていった。「やはり証明されてはいない。慶応四年四月二日に慶喜から小栗に宛てた書簡、慶喜御用金御朱印書なるものがその命令書だったとされているが、現在までのところ見つかっていない。現物がない以上、それも伝説だったとみるのが正しい」

薩摩が伸びをしながらいった。「なんでもいいけどよ。俺たちは歴史の講義を受けにきたんじゃねえんだ。投資に見合う配当があるってんで期待してたんだが、とんだ無駄骨だったな」

陣場は薩摩を見た。ふいに見つめられ、薩摩は凍りついたように静止した。妙な気配を感じとったのだろう。

まともに学問の道を歩まなかった暴力団員らに理解を求めることは、端《はな》から困難だとわかっていた。しかし、この発掘には彼らの協力が必要だ。もはや外資系を含めてジンバテックが資金提供を受けられる相手は闇金以外になく、それも億単位の金を動かせるのはこの三つの大手に限られていた。視野の狭い連中を説得するにはわずらわしさを伴うが、彼らの資金が一時的にも必要である以上、説明を途中で切りあげるわけにはいかない。

静寂が漂うなか、陣場はデスクに向かっていった。引き出しにおさめられているテンキーを操作すると、壁の書棚がスライドして開く。その向こうに、六畳ほどの狭い隠し部屋があった。

どうぞ、と陣場は馬渕に声をかけた。馬渕は怪訝《けげん》な表情を浮かべながら、その部屋に入っていった。

室内に据え置かれた横長のテーブルの上に、密閉されたガラスケースがある。なかには古びた文書が開かれた状態で横たわっていた。和紙の折本で、筆を用いて変体仮名で書かれている。かなり薄れているが、この分野の権威には読みこなせるだろう。そして、驚嘆の声をあげるにちがいない。

果たして、馬渕はほどなくして叫びにも似た声とともに陣場を振りかえった。「なんてことだ! これは慶喜御用金御朱印書じゃないか!」

百丈が片方の眉《まゆ》を吊《つ》りあげてたずねた。「なに?」

馬渕は興奮ぎみに告げた。「小栗に埋蔵金の運搬と隠匿を命じた徳川慶喜からの命令文書だ。どこにどうやって隠すのかを詳細に指示してある」

ようやく鈍い頭の組長らにも、事態の大きさが飲みこめたらしい。指定暴力団の三人のトップは部屋に押し寄せ、馬渕とともにガラスケースをのぞきこんだ。

陣場は金剛寺とともに、部屋のすぐ外で馬渕らの背を眺めていた。思わず笑いが漏れる。俺も以前に彼らと同じように興奮した。まさにハンマーで頭を殴られたような衝撃だ。その感覚を、いまでもはっきりと思いだす。

京都の古い家屋を土地ごと買いとり、ホテル建設のために取り壊すことになったとき、蔵のなかから大量の陶器や掛け軸、巻物が見つかった。専門家を呼んで調べさせたところ、それらはいずれも本物で、幕末から明治初期にかけてのごく短い期間に溜《た》めこまれたものと推察された。そして、なかでも最も重大な発見が慶喜御用金御朱印書だった。

現実主義を自負する陣場は、最初から本気にしたわけではなかった。まず炭素14測定法《フォーティーン》により文書がつくられた年月を算出、間違いなく表記のとおり幕末とわかった。ただしそれも絶対的な証拠にはなりえない。当時の紙に当時の墨と筆を用いて書き、適度な古さを施せば現代でも作成可能だ。陣場は専門家チームを編成して多角的に検証し、筆跡や朱印などあらゆる情報を鑑定、まぎれもなく本物と判断が下された。

馬渕も同じ道筋で文書の真贋《しんがん》を鑑定しているらしい。震える声で馬渕はぶつぶつとつぶやいていた。「筆跡は間違いなく慶喜だ。〝安〟を崩した〝あ〟、〝己〟を崩した〝こ〟に明確な特徴があらわれている。朱印も本人のものだ。御用金覚書、前にまいらせ候を、人目を避け候よし、かねて此の書状を参らせ候。御用金の事は、かようの事にせられ候まま、我々が御判を押して参らせ候……。たしかに、社長がおっしゃるとおり慶喜は小栗に御用金を江戸城から運びださせて、山中に埋めるよう指示している。河川工事と称して百姓衆から工夫を集め、地下百十一間の竪穴《たてあな》を掘らせたのち、さらにその下に広大な空洞を築かせる……。百十一間といえば二百メートルだ。そんなに深く掘ったのか」

「そこが盲点だ」陣場は腕組みしながらいった。「御用金は掘りかえして使うことを前提に埋められた、だからそれほど深い場所に埋めたわけではない、と誰もが考えていた。しかし慶喜は政権を譲ったのちにふたたび反勢力として台頭しようと画策していたから、御用金はなるべく見つからない場所に温存させねばと思ったんだろう。諸外国の近代的な装備や設備でも容易に発見されないよう、深く埋めたわけだ」

「ええ」と馬渕はうなずいた。「工事のあと、工夫は全員抹殺されたようだ……。秘密を知るのは慶喜、小栗とごく一部の者たち。しかし小栗は処刑され、慶喜が思い描いた反抗も態勢が整わず、埋蔵金は眠ったままになったってわけだ……」

「馬渕先生。その折本の小口はどうかな？　俺の雇った専門家らはすでに本物と証明したが、小口についてまで詳細に知識をお持ちなのはあなた以外にない」

しばらく馬渕はガラスケースのなかを凝視していたが、やがて満足そうな顔で振りかえった。「徳川家伝統の書状に間違いない。巻子本《かんすぼん》の表紙と同じものを用いているところも慶喜の時代の特徴だ。本物だ。百二十パーセント保証する。それにしても信じられない話だ、書状そのものが国宝級だよ」

「書かれた内容を考えれば、その文書の価値は国宝ていどに留《とど》まらない。だが永遠に国宝にはならない。意味はわかるだろ、馬渕先生？」

馬渕はじっと陣場を見つめた。陣場も馬渕を見つめかえした。

「当然ながら」馬渕はささやくようにいった。「国には届けないんだろうな？」

「届けない。文化財保護法第九十二条に基づき、発掘には文化庁の許可がいる。埋蔵金の発見後も遺失物として警察に届けねばならない。さらに文化財の指定を受けた日には、われわれは土地の所有者であるにもかかわらず撤退を余儀なくされ、文化庁やら教育委員会やらがすべてを乗っ取る。俺たちにはわずかな報奨金が支払われるにすぎない。そんなつまらないルールに縛られる気はないんでね。宝はすべて俺たちの手中に落ちる。それが俺のルールだ」

「結構」馬渕は真顔でうなずいた。「ここに呼ばれたことに心から感謝するよ。私をぜひ、あなたたちのチームに加えてもらいたい」

陣場はにやりとした。やはり馬渕という人選は間違っていなかった。過去に傷を持つ者ほど信頼に足る存在はない。

さかんに嘲笑《ちょうしょう》していた組長たちも、専門家の保証を聞きつけて顔いろを変えていた。とりわけ、角村と薩摩は子供のようにはしゃいでいた。

「すげえぜ」角村は目を見張った。「こいつは億万長者とかそんなレベルじゃねえ。どっかの国ごと買えちまうぞ」

ああ、と薩摩も同意をしめした。「あんたのところとは、しばらく休戦だな。発掘作業に追加の援助をおこなって、行く末を見守ろうじゃねえか。で、陣場社長。あとどれぐらいで掘りだせるんだ？　さっきは数日とかいってたが……」

「そう、数日だ。もう場所の見当はついて、あとはどんどん深く掘り進むだけだ。ただ、最終的に二百メートルの竪穴になるだけに、壁を補強しながら掘っていく必要がある。そのため工事費がかさむ。だから残りの資金をお願いしたいわけだ」

が、そのとき、しばらく沈黙を守っていた百丈がぶらりと隠し部屋を離れた。「馬鹿げてやがる」

薩摩がじろりと百丈をにらんだ。「どうしたよ。あまりに金額が大きすぎてびびっちまったか？」

「ふざけろ」百丈はそういってから、陣場に向き直った。「追加の金などだせん。いままでの投資額についちゃ、きっちり利息つけてかえしてもらおう」

一同が不服そうな面持ちで百丈を見やる。なかでも不満そうな表情を浮かべたのは馬渕だった。「しかし、この情報はまちがいなく……」

陣場はさっと片手をあげて馬渕を黙らせた。

この百丈という男が危険分子であるという予測はついていた。よくいえば堅実、悪くいえばせこい性格の持ち主だ。未来の百兆円よりも、目先の確実な金を重んじる。しかし、最後まで話を聞いておいて、ここでドロップアウトを許可できるはずもない。

「よかろう」と陣場はいって、部屋の隅のミニバーに向かった。用意してあったシャンパンの栓を抜き、並んだ五本のグラスに注ぐ。「こちらへどうぞ。百丈さん、あなたも。乾杯ぐらいつきあってくれ。あなたへの報酬は先に払うことにする。最後までつきあってくれれば、もっとでかい金を懐におさめることができるんだがね」

「そこまでの大金はいらん」百丈は硬い顔のまま近づいてきた。「十億を二十億にできりゃ充分だ。欲をかくのは愚か者の証《あかし》だ」

角村が怒りのいろを浮かべて、つかつかと百丈に歩み寄った。「ほざきやがったな、こいっ」

「まあ待て」陣場はいった。「いいから乾杯だ。成功を祈ろうじゃないか」

百丈が間髪をいれずにいった。「俺はいらん」

陣場は百丈を見た。「そういわずに。ああ、毒でも入っていると思ったか? 心配いらんよ。なんなら、先にグラスを手にとるといい」

なおも百丈は警戒する目つきで陣場を見つめていたが、ライバルの組長らに臆病者《おくびようもの》呼ばわりされることを嫌ったらしく、カウンターからグラスのひとつを手にとった。

ほかのグラスを角村、薩摩、馬渕がとり、最後のひとつを陣場が取りあげた。それを高くかざしていった。「では、最後の戦の勝者、われわれに乾杯」

陣場はグラスをあおってシャンパンを飲みほした。上質な味わいだった。馬渕も同じように、グラスの中身をひと口で腹のなかにおさめた。角村と薩摩も、それぞれシャンパンを飲み終えた。

百丈だけは、最後まで口をつけずにほかの面々のようすを観察していた。全員が飲み終えてしばらくしたあと、陣場を上目づかいに睨《にら》みながら、百丈はグラスのシャンパンをすった。

と、とたんに百丈の顔いろが変わった。魚のように口を大きく開け、息苦しそうにあえぎはじめる。グラスが手からすべり落ち、粉々に砕けた。その破片のなかにがっくりと膝《ひざ》をつき、両手で喉《のど》もとをかきむしる。

一同が怯《おび》えた表情を浮かべるなか、陣場はひとり冷静だった。百丈を見下ろしながら陣場はいった。「右から二つ目のグラスに毒を塗っておいた。あなたがそれを取ることは承知してたよ」

「なぜ……」百丈のざらついた声がかすかに響いた。

「理由か？」陣場はふんと笑った。「簡単なことだ。俺には、未来が見える。すべて思い通りになる。あなたはそこまでの力を持っていなかった。そこが、私とあなたの運命の明暗を分けたのさ」

百丈は苦痛のなかで怒りに燃える目で陣場を睨みつけていた。だが、もはやどうすることもできないことは、百丈自身が感じているはずだった。全身を激しく痙攣《けいれん》させながら、百丈は床に突っ伏した。そのまま、身じろぎひとつしなくなった。

陣場は顔をあげた。「ほかにドロップアウト希望のかたはおられるかな」

一同は沈黙したまま百丈を見下ろしていた。その顔に、哀れみのいろはなかった。馬渕までもが冷酷な目で落伍者《らくごしゃ》の最期を見届けていた。三人はいずれも、もはや揺るぎようのない決意を抱いているようだった。理由はあきらかだった。

陣場の未来予測の完璧《かんぺき》さを見せつけられた、それもあるだろう。だがそれ以上に、彼らは裏切り者が抹殺されることを望んだのだ。いま秘密を知る者を野放しにして、計画に支障があったのではまずい。天文学的な利益を手にいれるためには、いかなる困難も排除する必要がある。

いちおう念を押しておくか。陣場は馬渕にいった。「先生。繰りかえしておくが、俺の常識と俺のルール、それらだけがここでは正義でね」

馬渕は平然とした面持ちで陣場を見かえした。ごく自然な口調でさらりという。「もちろん。いまの私にとっては、あなたは神同然ですよ」

「それは結構」陣場は満足とともにいった。

人心掌握。またしても成功した。やはり俺の未来には栄光だけが待っている。恐れるものはなにもない。いちど悪魔に魂を売った人間だ、魔力は身についている。

陣場はふたたびグラスにシャンパンを注ぎ、今度はゆっくりと味わった。心地よい甘さと、わずかな酸っぱさ。天にも昇る味わいだ。実際に昇天した輩《やから》は死体となって横たわっている。残念なことに、彼の味覚はもう働かない。天国に昇るか、現世で天国を感じるか。俺は後者だと陣場は思った。金はあの世までは持ってはいけない。現世こそ、真の意味での天国だ。死など、願わくは永遠に訪れないでもらいたい。

タイムトラベル

一ノ瀬恵梨香はぼんやりと目を開けた。ふいにまばゆい光が飛びこんできて、その不快感に思わず顔をそむける。ほどなく、それが陽射しだとわかった。頬にそよ風を感じた。雀の声もする。

意識が戻ってきて、恵梨香ははっとして起きあがろうとした。全身が粘土でできているように重く、けだるさに包まれている。やっとのことで上半身を起こした。両手を後方についたとき、土の感触があった。ずっと地面の上に仰向《あおむ》けに寝ていたようだ。辺りを見まわしたいが、まだ明るさに目が慣れない。それでも、状況はいくらか理解できる。風とともに木立の枝葉が擦れあう音がして、陽射しもときおり遮られる。木陰にいるようだ。耳を澄ましたが、クルマや電車の音はきこえない。人の声もしない。あるのはただ草木のざわめく音、それから水流の音もわずかに耳に届く。近くを川が流れているようだ。めまいをこらえながら、ゆっくりと立ちあがる。身体の感覚は戻ってきているのに、なぜか足もとがおぼつかない。ひどく動きにくかったが、その理由を突き詰めて考える余裕はなかった。わたしはどこにいるのだろう、その疑念だけが思考を支配していた。

視界はまだ曇りガラスを通してみたように判然としなかったが、そのせいでどこか幻想的な眺めにみえた。恵梨香は山の麓《ふもと》にたたずんでいた。なだらかな斜面の先の谷間には舗装されていない小道があって、その向こうには見渡す限りの田園がひろがっている。電柱もなければ、看板ひとつない。現代文明の片鱗《へんりん》らしきものがなにもない。

ずいぶんと山奥まで連れてこられたものだ。そんなふうに思ってから、恵梨香は経緯を認識した。そうだ、わたしは強制的に連行されたのだ。岬美由紀を迎えにきたふたりの男のクルマに乗り、ほどなく意識を失った。エアコンから噴きだした気体を吸ったとたんに眠気が襲ってきた。拉致《らち》、誘拐だったのか。それにしても、どうしてこんなところに独りきりにされているのだろう。

恵梨香は歩を踏みだした。やはり歩きにくい。厚底スニーカーも、履いている人間にしてみればほとんど竹馬も同然で、地面のちょっとした凹凸だけでも転倒しそうになるが、いま感じる歩きにくさはそれとは異なる気がする。だが恵梨香は、自分の足もとに目を向けるゆとりさえ感じていなかった。とにかくここがどこなのか確かめたい、その一心で斜面を降り、あぜ道へと向かっていった。

それにしても、田舎というだけでは説明のつかない異様な雰囲気が漂っている。美しい自然の風景というよりは、自然のあるがままという感じだった。道端の雑草は恵梨香の身長よりも高く伸びていて、刈りこまれた形跡はいっさいない。田地も歪《ゆが》んでいて、ふつうならば等間隔に植えてあるはずの稲の配列もどこかいびつで、無造作な印象がある。いまどき機械を使わず、手作業で植えたかのようだ。よほど稲作にこだわりのある農家だろうか。こんなに広範囲の田んぼを手がけるのは大変だっただろうに。

あぜ道にでた。むきだしの土の上にいくつかの足跡があるが、靴の裏ではなかった。サンダルかスリッパをひきずったような跡だ。四輪も二輪も走った形跡はない。いまどき珍しいほどの田舎だ。まるで未開の地の様相を呈している。ただし、田地があるということはそれほど人里を遠く離れているというわけでもないのだろう。

道は緩やかな上り坂になっていた。歩きながら道しるべを探す。電柱の一本もあればなんらかの表記が見つかるかもしれないが、道沿いにその類《たぐ》いはいっさいなかった。陽が沈むと、この辺りは真っ暗だろう。その思いに至って、恵梨香の足は速まった。民家でもなんでもいい、人がいるところまでたどり着くことが先決だ。こんなところで野宿なんて、冗談にもほどがある。

と、道沿いにようやく人工物をみとめることができた。だがそれは石でできた地蔵だった。まだわりと新しく、花も供えてある。ただし、交通事故があった交差点などで見かけるような、包装紙とリボンでくるんだ花束とはちがう。近くの道端で摘んだ花をそのまま地蔵の前に横たえてあるだけだった。一見子供のかわいい悪戯《いたずら》のようにも思える。

行く手から足音がきこえてきた。助かった、と恵梨香は思った。ここがどこなのか聞いて、最寄りの駅を教えてもらわねば。

ところが、向こうからやってきた女を見た瞬間、恵梨香は凍りついた。

女は木綿の粗末な着物をまとい、頭には手ぬぐいを巻いている。丸い笠《かさ》を持ち、杖《つえ》を突きながら、足袋《たび》に草鞋《わらじ》を履いた足で歩いてくる女。年齢は三十前後だが、化粧はしていない。どう見ても時代劇にでてくる旅姿だ。

近くで祭でもあったのだろうか。怪訝《けげん》に思いながらも、恵梨香は女に声をかけた。「あのう」

女は奇異なものを見るような目つきで恵梨香を一瞥《いちべつ》すると、歩を早めてそそくさと立ち去っていった。

なぜ避けるのだろう。恵梨香は不審に思い、女を追おうとした。だが、前方から馬のいななきが聞こえたため、そちらに関心が向いた。

牧場でもあるのなら、人がいるばかりか電話もクルマもあるだろう。そう思いながら勾《こう》配《ばい》を駆けあがっていった。

が、その頂点に着いて行く手の下り坂を眺めたとき、恵梨香はまたも愕然《がくぜん》とした。流れる小川にかかる木製の半円形の橋、それを越えると、木材でこしらえた塀が左右に果てしなく延びている。塀の中央にはゲートがあるが、複数の侍によって守られていた。これまた時代劇で目にする関所そのものだ。

通行人らがその関所へと向かっていくが、いずれも和服姿に笠をかぶり、つづらを紐《ひも》で肩にかけて風呂敷《ふろしき》包みの荷物を背負い、股引《ももひき》に脚半《きゃはん》、草鞋姿だった。現代的なものはいっさい存在しない。祭につきもののこれみよがしな雰囲気もない。ごく自然な町人たちの旅の姿、江戸時代の関所そのものだった。

そんな馬鹿な。恵梨香はしばし呆然《ぼうぜん》とたたずんだ。夢か。いや、仮にもわたしは臨床心理学を学んだ身だ、自分の心理状態がどうであるかぐらい、容易に判断できる。間違いなく、わたしは覚醒《かくせい》状態にある。いま目に映っているものは幻覚ではなく、実在している。だとすると、いったいここはなんだ。

そのとき、関所の侍のひとりが恵梨香に気づいたらしく、こちらを見あげて怒鳴った。

「おい！　そこの女。なにをしている」

まずい。恵梨香は激しく動揺した。逃げるか。いや、なぜ逃げる必要がある。そもそも、どこへ逃げようというのか。

足がすくんで動かない。立ち尽くしているあいだに、侍はこちらに駆けてきた。息を弾ませながらその侍は恵梨香を睨みつけてきいた。「なぜすみやかに関所に来ぬ。それとも、なにか通れぬ事情でもあるのか」

その侍は、いわゆる与力《よりき》という立場の者らしかった。まだ若く、背も低くて恵梨香と同じくらいの目の高さだ。継裃《つぎかみしも》で、羽織に袴《はかま》姿、腰に刀をさしている。驚いたことに、額はかつらではなく地肌だった。広く剃《そ》った額の向こうに、平らに結ってある髷《まげ》がみえている。それもすべて地毛のようだった。

「あのう」恵梨香はあわてていった。「いえ、その。ここがどこかわからなくて」

与力は目を光らせた。恵梨香の手首をつかみ、来い、そういって関所へと連行していった。

なんなの、これ。恵梨香は心のなかで叫んだ。江戸時代にタイムスリップしたとでもいうのだろうか。ありえない。いったいどこのアトラクションだろうか。日光《にっこう》江戸村にはいったことがあるが、こんなにリアルではなかったはずだ。

橋を越えるとき、恵梨香は小川の水面を見た。とたんに面食らって、思わず転倒しそうになる。与力が舌打ちをして恵梨香を見た。すみません、恵梨香はそういって頭をさげた。

水面に映った恵梨香の姿。ほかの女たちと同じ、和服の旅姿だった。いつの間にか化粧が落とされ、すっぴんの顔になっている。動揺していたせいで気づかなかったが、笠も携えていた。足もとに目を落とすと、草鞋を履いていた。この歩きにくさはそのせいか。

だが恵梨香は、自分が服装以外にはなにも変わっていないことに気づいていた。手ぬぐいからのぞく髪は金髪に染めたままだし、両手の爪のネイルアートもそのままだ。それらは、いま目に映るすべてが現実の人生のつづきであることを証明していた。わたしは東京にいた。二十一世紀の東京に。ところが目が覚めたら、どう見ても江戸時代の人々に囲まれている。それでも、わたしはわたしだ。これをどうとらえたらいいだろう。

関所の前まできて、複数の侍たちが取り囲んだ。並んで順番を待っている旅人たちも、なにごとかというように恵梨香を見つめている。いずれも背が低く、小柄だった。実際に江戸時代の人々はこれぐらいの背丈だったときいている。現代人が演じているようには見えなかった。

位の高そうな侍がたずねてきた。「何奴じゃ」

恵梨香はあわてながらも、テレビで観た時代劇の記憶を頼りに返事をした。「恵梨香と申します……あの……お手打ちだけはごかんべんを……」

「手打ち？」と侍は眉《まゆ》をひそめた。

辺りはしんと静まりかえり、恵梨香は緊張とともに唾《つば》を飲みこんだ。

が、侍が弾《はじ》けるように笑い声をあげた。次いで与力も、旅人たちも笑い転げた。

「無闇に手打ちなどいたすか」と侍はいった。「面白い女だ。旅芸人かなにかか？」

「ええ、まあ、そのう……」

「よし。先に検分いたす。来るがいい」

侍は門のなかに入っていった。戸惑う恵梨香を、与力が目でうながしてきた。恵梨香は仕方なく侍につづいて門をくぐった。

恵梨香はひどく落ち着かない気分になった。侍にしろ町人にしろ、芝居の目をしていない。想像で役割を演じているのなら、右脳を働かせようとして思わず眼球が右上を向くだろうし、あるいは、きめられた台詞《せりふ》を思いだそうとして左上を見がちになるはずだが、誰もそんな反応はしめさない。嘘をつくときの無意識の動作、視線を逸《そ》らしたり手を隠したりといった挙動もみられない。見たところ、彼らは本物の武士であり町人だ。疑わしいところはなにもない。

奉行所の白洲《しらす》を小さくしたような番所があった。そこに座っているのはさらに身分の高そうないでたちの侍だった。この関所を守る役人だろうか。たしか、関所破りは死罪だと日本史で習ったことがある。恵梨香は鳥肌が立つのを感じた。磔《はりつけ》、獄門。まさか……。

ちょうど恵梨香の前の旅人が役人の取り調べを終えたところらしく、土下座をして立ちあがるところだった。その旅人が去ったあとに、恵梨香はひざまずいた。深々と頭をさげて土下座する。なにごともゆっくりおこなうのが礼儀正しい、恵梨香はそんな漠然とした印象にしたがって行動した。

ところが、役人はそんな作法をわずらわしいと感じたのか、じれったそうにいった。

「よい。早《はよ》う、手形を見せい」

手形。恵梨香はびくついた。関所手形か。入り鉄砲に出女、つまり江戸では武器が持ちこまれることと女がでていくことに、ことさらに警戒心を抱いていたときく。この関所が国のどこに位置し、どこへ向かっているかさだかではないが、手形がなければ関所破りと見なされて投獄されてしまうだろう。

恵梨香は怯《おび》え、声を発することさえできなかった。ただひたすら許しを請うがごとく頭をさげつづけるしかなかった。

「早う」と役人が急かした。「その笠に結わえてあろう」

笠。なんのことだろうかと恵梨香は思った。顔をあげ、携えてきた笠を見やる。なんと笠の紐に折りたたんだ和紙が結わえつけてあった。

与力が近づいてきて、その和紙をほどいて開き、恵梨香の正面にある丸石に乗せた。

役人はその和紙を手にとった。しばしそれを熟読したあと、役人がつぶやいた。「伊勢《いせ》参りの帰りか。名はなんと申す?」

由美かおるの顔が頭に浮かび、恵梨香は答えた。「お、お銀と申します」

「お銀?」役人が疑わしそうな目で恵梨香を見つめた。「この手形の名と異なっておるが」

これはやばい。恵梨香は困惑した。手形にはどういう名前が書いてあるのだろう。わたしの本名だろうか。いや、江戸時代に恵梨香はないだろう。どう答えればいいのか。

またしても由美かおる、それも芸者に化けた姿が浮かんだ。恵梨香は口ごもりながら告げた。「銀やっこ、と申します」

「銀やっこ……」役人の眉間《みけん》の皺《しわ》が消え、納得したような顔でいった。「ああ、源氏名か」

与力が役人に進言した。「旅芸人とのこと、おおかた、伊勢の御師《おし》に乗せられて伊勢路を見にいったのでしょう」

役人は苦笑に似た笑いを浮かべた。与力も笑っていた。彼らにとっては、若い女がひとりで関所をくぐる理由として、ポピュラーなものなのだろう。

よろしい、と役人は告げて、手形を返してきた。「いってよし」

恵梨香は深く頭をさげた。思わず安堵《あんど》のため息が漏れる。緊張が解けたせいか、身体を起こしたとき、しばし放心状態になった。

なかなか立ちあがろうとしなかったせいか、与力が声をかけてきた。「おい。まだなにか、申したいことでもあるのか」

「いえ、その……」恵梨香はためらいがちにきいた。「いまは何年でしょうか?」

役人と与力は顔を見合わせ、それから愉快そうに笑った。

「いま何年か、とは」役人は肩をゆすって笑いつづけた。「これまた突拍子もない問答じゃな」

「この女の芸風のようで」と与力がいう。

役人は恵梨香を見つめた。「いまは慶応四年だが……それがいかに?」

慶応四年。幕末、それも歴史年表上では江戸時代の最後の年だ。たしかに、武士の肩衣《かたぎぬ》が羽織というのは江戸後期の流行だと教わった記憶がある。

ふと恵梨香は、役人らが顔にまだ笑いをとどめたまま、聞き耳を立てていることに気づいた。

旅芸人のギャグのオチを待っているということか。今年は慶応四年、それがどうかしたのかと役人はきいた。どう答えれば、彼らに笑ってもらえるだろう。江戸のギャグのセンスは、いまいち理解できない。

だが、恵梨香の思考はめまぐるしく働いていた。問いかけに応じる代わりに、真実を見極める足がかりを得ようとした。役人を見据えて、早口にきいた。「奥さんか彼女にバッグプレゼントしたことあります? エルメス買うお金があったらレクサスのLS買いたいとか思ってません?」

ほんのひとことでも名詞について思い当たるふしがあれば、視覚的にそれを想起するため、視線は一瞬だけでも右上に走るはずだ。現代人ならまず、この罠《わな》からは逃れようがないだろう。恵梨香はそう思った。

ところが、役人はまっすぐに恵梨香を見つめたまま、きょとんとしていた。その直後に、またしても高らかに笑った。「どこの方言だ、壱岐《いき》か、石見《いわみ》か出雲《いずも》あたりか？　意味はわからんが面白い歌の響きじゃな」

笑う侍たちに囲まれながら、恵梨香は顔がひきつるのを感じていた。

まさに異文化交流だ。言葉は通じるのに、互いの文化については理解できない。その理由は、国は同じでも時代が異なるから。彼らが偽りを口にしていない以上、そうとしか考えられない。

役人はなおも笑いながら、もう行くがいい、そう手でしめした。恵梨香はもういちど頭をさげてから手形をとって立ちあがり、番所を離れた。

入ってきた方角とは逆のゲートに向かっていくと、与力が足をとめていった。では達者でな。道中気をつけて。

ありがとうございます、と恵梨香は礼を告げた。案外、親切な人たちだった。交通警らの検問の対応とそう変わらない。時代劇ではお上は悪者扱いだが、実際に会ってみるとそうでもないとわかる。

実際に会ってみると、だって？　恵梨香は頭を軽く叩《たた》いた。なにを馬鹿なことを。いまが幕末のはずがない。絶対にフェイクだ。信じられないほど徹底しているが、彼らはみな演技者にちがいない。

関所の向こうは旅人たちでごったがえしていて、武士が乗る馬もそこかしこに見える。旅籠《はたご》の客引きが旅人をつかまえようと躍起になっていて、托鉢《たくはつ》に出歩いている坊主たちの姿もある。恵梨香は無視して通りすぎようとした。落ち着け。時間をさかのぼることなんてあるわけがない。夢や幻でないことはたしかだが、現実に幕末にいるわけでもない。

雑木林の小道に歩を進めていくと、視界が開けた。恵梨香は息を呑《の》んだ。

目の前にひろがるのは、山間部に位置する宿場町の光景だった。瓦《かわら》屋根の日本家屋が連なり、和服姿の町人たちが出歩いている。その一角に煙とともに火柱が立ち昇っているのが見えた。鐘の音が鳴りひびき、町人たちが騒然とする。火消しらが梯子《はしご》を携えて路地を駆けていく。子供たちが走りまわり、老人が軒先に顔をのぞかせる。

真っ赤な炎を見た瞬間に、恵梨香の心拍は急激に速まった。息苦しくなってその場にうずくまる。めまいのなかで呼吸を整えようと息を深く吸いこんだ。

火はわたしに動揺を与える。だが、それだけがめまいの原因ではない。恵梨香は顔をあげながら、ゆっくりと身体を起こして立ちあがった。

まさしく江戸時代の街の風景、それも見る限り果てしなく、地平線の彼方《かなた》までつづいている。火事の見物に駆けていく町人たち、その数は何百人、いや何千人にのぼるだろう。恵梨香はただ唖然《あぜん》として立ちすくむしかなかった。現実だ、と恵梨香は思った。わたしは本当に幕末の世に来てしまったのだ。

萩原県

岬美由紀は簡素なリビングで、ソファに向かい合わせた気弱そうな少年を眺めていた。

曽我孝信という中学三年のその少年は、眠れない日がつづいているせいかひどくやつれていた。頬は瘦《や》せこけ、髪にも白いものが混じっている。だが、真性の不眠症と呼べるほど眠れないわけでもないのだろうと美由紀は思った。もしそうなら、こんなに平常心を保ってはいられまい。一日に数時間ずつは浅い眠りに入っているようだった。

それでも、本人は睡眠をとっているという自覚がないらしい。曽我は頭を搔《か》きむしりながらつぶやいた。「もういやだ。頭がおかしくなりそうだよ」

美由紀がなだめるよりも先に、一緒にこの家を訪ねたもうひとりの臨床心理士が曽我に微笑を投げかけた。平野聡美は穏やかな口調でいった。「心配しないで、曽我君。あなたはどこもおかしくなんかない。ただちょっと寝つきが悪いだけ」

「寝つきが悪い、って」曽我は顔をあげ、苛立《いらだ》ちを聡美にぶつけた。「だからどうしてさ。なんで毎晩のように金縛りに遭うの？　おかしな小男が部屋に入ってくるし……怖くて、寝室にいくのも嫌だよ」

聡美が戸惑いがちに美由紀に目を向けた。美由紀は曽我に話しかけた。「だいじょうぶ。その背の低い男の人は、ほんとに部屋に入ってきているわけじゃないし。幻覚なの、わかる？」

「そりゃ、わかるよ。だって家はほら、ここととおんなじ間取りだけど、一階のリビングにはお父さんとお母さんがフトン敷いて寝てるし」

「フトン？　曽我君の家は、一階は和室なの？」

「じゃないけど。お父さんが柔らかいベッドじゃ腰痛が気になって寝れないって、フローリングの床にフトン敷いてる」

そう。美由紀は微笑して、部屋のなかを眺めわたした。

萩原県の住居を訪ねたのはこれが初めてだが、きわめてコンパクトかつ機能的に設計されているが、ある意味では徹底して無駄を省いた住宅の理想像だった。すでに七軒ほどをまわっているが、どの家も同じ造り、同じ間取りだ。細かいところにはコストダウンがはかられているらしく、壁は薄くて外で大きな音が生じれば聞こえてくるだろうし、窓のサッシの機密性もやや低く、閉めきっているにもかかわらずときおり風が吹きこむヒューという音がかすかに耳に届く。逆にいえば、それだけ静寂が保たれた住宅街でもあった。外を走るクルマの走行音がはっきりと聞こえるものの、ほとんど外出する人間のいない萩原県ではクルマが走ること自体が稀《まれ》で、気になるほどではない。夜中にクルマの通行があれば一時的に睡眠が浅くなるかもしれないが、不眠症に陥るほどではないだろう。

外的要因に理由が見当たらないのなら、内的な部分に目を向けるしかない。聡美もちょうどそう思ったらしく、曽我にきいた。「ねえ、ご両親は一階に寝ているってことだけど、そのご両親に金縛りのことは話したの？　ふだん、ご両親と話をしてる？」

曽我は黙りこんでうつむいた。憂いのいろを浮かべている。「話したけど……でも……」

「でも、何？」聡美は姿勢を正した。「ここではどんなことでも打ち明けてくれていいのよ。ご両親に告げ口したりはしないから」

すると、キッチンで立ち働いているこの家の住人、椎名《しいな》章代《あきよ》が笑いながらいった。「そうじゃないんです。曽我君のうちはべつに、ご両親と仲が悪いわけじゃありません」

美由紀はキッチンに目を向けた。三十代後半ながら、独身のせいかかなり若く見える女性が、フライパンに油をひいて火にかけている。Tシャツとジーパン姿にエプロンをまとったその服装は客の前にしては一見ずぼらだが、この街の住民にしては清潔で品のいい身だしなみといえた。さっき訪ねた家では、もっと若い女が薄汚れたパジャマ姿で戸口に姿を現したし、ボタンをかけちがえたアロハシャツを着た初老の男が外を散歩しているのも見かけた。人と会わないことが前提の暮らしでは、どんな服でいようがおかまいなしという習慣が身につくのだろう。けれどもこの家の椎名章代を含め、メイクをしている女性も多かった。

ふと一ノ瀬恵梨香が美由紀の頭に浮かんだ。彼女も萩原県住まいだ。それでもギャル系ファッションを貫き通しているということは、この街の気質にまだ染まっていないことを意味しているのだろうか。都内で会った彼女の態度に、人見知りするような素振りは見られなかった。ここの住民はみな小さな声でぼそぼそと話すが、恵梨香はむしろ大声で喋《しゃべ》る。つまり、萩原県民になったからおとなしい性格に変貌《へんぼう》するわけではなく、この曽我孝信や椎名章代らのようなもの静かな人々は、引っ越してくる以前からそうだったのだろう。どこか無気力で、覇気がない感じ。人間関係の軋轢《あつれき》を嫌う引き籠《こ》もりといえばそれまでだが、ここの住民と一ノ瀬恵梨香は相容《あいい》れるのだろうか。口数が少なく、人と接したがらない住民ばかりで構成されたコミュニティなら争いも起きにくいだろうが、異質な性格の持ち主も同じ街に住んでいた場合、もし知り合いになれば相互にストレスが溜《た》まることもありうる。

生卵を割って中身をフライパンに落としながら、椎名章代はいった。「曽我君のご両親って、ほら、ここの住民だけに無職ですし。一日じゅう家にいるんですよ。だから親子の会話の時間は充分すぎるほどあるけど、逆にわずらわしいことも多いみたいで。学校が休みの日は、たいていこの家に遊びにきてるの」

聡美が章代にたずねた。「あのう、おふたりはどういうご関係っていうか……」

「やだ」と章代は笑った。「ただの友達。ネットで知り合ったんです。萩原県民どうしが交流する掲示板とかあってね。ここでは歳の差とかはあまり関係ないんですよ。みんな立場が等しく同じだから」

曽我も笑っていたが、美由紀はその微笑のなかにやや複雑ないろが混ざっているのに気づいた。理由はすぐに見当がついた。ただの友達、章代がそういったのが気になったのだろう。章代は嘘をついているようすもなく、本心をさらりと口にしただけのようだった。実際、恋仲というわけではないのだろうが、少年のほうは年上の女性にひそかに思いを寄せているようだ。

思春期には、そんな感情の揺れもあるだろう。美由紀はそんな曽我の片想いについては、さほど心配することはないと思った。もとより、十代の少年は年上の女性に憧《あこが》れるが、それは自身の成長に対する憧れの裏がえしでもある。収入がなく、社会的な地位もない自分では女性を守りきれないと感じ、恋は先送りにして大人になろうと努力しはじめる。そうしてひとりの男として成長していく。そのきっかけとなる感情にすぎない。

もっとも、と美由紀は思った。充分すぎるほどの福祉を受けられるおかげで、稼ぎの心配をしなくて住む萩原県民のあいだでは、そのニュアンスも変わってくるかもしれないが。

聡美はふたたびキッチンの章代のほうを見た。「椎名さんは金縛りの経験がおありですか」

章代はコショウをフライパンに振りかけながらいった。「いいえ、いちども。わたしはさっきもいったように、なんか火あぶりになる夢ばかりみるんです。周りには中世の鎧《よろい》を着た男たちが立ってて、ええと、よくわからないけどイギリス風でね。そいつらがわたしを火にかける」

美由紀は思いつくままにいった。「英国軍に火刑に処せられた女というと、ジャンヌ・

ダルクですね」

「ああ、そうですね。そういえば、前にジャンヌ・ダルクの話を読んだことがあったから、その記憶が混ざっているのかな。うん、でもちょっとへんですね」

「なにがですか？」

「たしかジャンヌ・ダルクって」と章代はリビングに入りながらいった。「立たされた状態で、後ろ手に縛られて火にかけられたんじゃなかったっけ」

「ええ」と美由紀はうなずいた。「火刑台に薪を積んで燃やす、それが当時の火あぶりですね」

「それは本で読んだし、挿絵でも見たことあったけど……。わたし、夢のなかでは仰向《あおむ》けに寝かされた状態で火あぶりになってるんです。金網みたいなベッドに寝て、その下からぼうぼうと火が……」章代は言葉を切った。怯《おび》えた表情を浮かべながらつぶやく。「毎晩寝るたびにあんな夢をみるなんて。ほんと怖くて」

美由紀は考えた。以前に相談にきた戸内利佳子や、きょうこれまでに話をきいた人々の語る悪夢は、火あぶりという共通点はあっても微妙な違いがある。ただし、その違いにさほど意味があるとは思えない。地獄だとか、中世の火刑だとか、そういう異なるシチュエーションはそれぞれが過去に読んだ本や目にした映像などの影響を受けて、無意識のうちに連想したにすぎないのだろう。

問題はやはり、なぜ火あぶりという同じ夢を不特定多数の人々がみているのかという点だが、それ以外にも共通項が見えてきた。火にかけられているときの本人の姿勢が、かならず仰向けに寝た状態だということだ。むろんそれはベッドで眠っているときの姿勢そのものであり、夢をみるレム睡眠状態とは浅い眠りなのだから、実際の体勢がそのまま夢のなかに反映されていると考えることもできる。だが、夢はいっぽうで自我の存在についてはー常識では考えられないほど抽象化することもある。夢のなかでは立っていたり座っていたり、歩いたり走ったりと自在の行為を体感する。空を飛んだり、海に潜っても平気で呼吸していられるなど非現実的な夢もある。人によって、そして心理状態によって千差万別になりうるはずの夢で、体感する姿勢がみな同じというのはきわめてめずらしいことだ。

「曽我君」美由紀は少年を見つめた。「あなたは火あぶりの夢は見ないの？」

はい、と曽我はうなずいた。「金縛りしか……。そのせいでもともと寝れないから、夢もみないし」

「そう。金縛りについてほかに、なにか思いあたることはない？」

「ええと。そうだ、金縛りが解けると、いつも五時」

「五時？」と聡美が妙な顔をした。

「あ、それ、わたしも」と章代が目を丸くした。「火あぶりとかの夢でうなされて、跳ね起きて、もう寝るのが嫌になってテレビとかつけると、『めざまし天気』とかやってる」

午前五時に覚醒《かくせい》する。どういう意味だろう。たしかにレム睡眠は朝の眠りの浅い時期に生じるから、時間的には正常な睡眠作用といえる。けれども、時刻がはっきりと記憶に残るほど、毎度同じ時間に夢をみるとは考えにくい。

美由紀の思考はふいに鈍った。嗅覚《きゅうかく》に注意を奪われたからだった。へんなにおいがする。

美由紀はきいた。「焦げてませんか?」

「あ、いけない」章代はあわてたようすでキッチンに飛んでいき、フライパンをゆすった。金属ヘラで焦げた卵焼きをこそげ落とそうとしている。

来客などおかまいなしのマイペースさだった。聡美が肩をすくめた。美由紀も笑いかえしたが、ふと章代が気になってまたキッチンに目をやる。章代の手もとに、なぜか胸にひっかかるものを覚える。

わたしはなにを気にかけたのだろう。ぼろぼろになった卵焼きを皿に盛りつける章代を眺めながら、しばし考えた。が、答えは見つからなかった。無意識のうちになんらかのことに注意を奪われた。しかしそれがなんであるかははっきりしない。

たんなる気の迷いだろうか。美由紀がそう思ったとき、聡美がちらと腕時計に視線を走らせた。顔をあげて美由紀を見つめ、そろそろ次に移る時間だと目で訴えた。

美由紀はうなずいて、キッチンに声をかけた。「では椎名さん、そろそろ失礼します。どうもお邪魔しました」

「あ、もう行かれるんですか。よかったら、お昼とかごちそうしようかと」

皿の上の無残な卵焼きは、調理した本人にとってはそれほど失敗作ではないらしい。美由紀は困惑しながらいった。「いえ、そのお気持ちだけでも……。ほかにも臨床心理士に相談されている住民のかたがおられますので、きょうのところはこれで。またお話をうかがいに来ますので、どうかよろしくお願いします」

「ええ、いつでもおいでになってください」章代は美由紀に笑顔を向けながら、フライパンを力まかせに上下に振り、こびりついた卵焼きの切れ端を皿に落とそうとしていた。

あまり注視すると章代が気にするかもしれない。美由紀は目を逸《そ》らし、向かいのソファの少年を見た。「曽我君の家にも、またおうかがいします。どちらに住んでるの？」

曽我はなぜかぼうっとした顔で美由紀を見ていたが、すぐに我にかえったようすで、あわてぎみに告げた。「枇杷《びわ》市北町」

「枇杷市っていうと……」

「ここからはけっこう遠くて……萩原線の終点の駅からバスで三駅いったところ。不便なところだから、あのう……時間かかるかも」

「だいじょうぶ。クルマでいくから、すぐに着くから」

不安げな表情を浮かべていた曽我の顔がふいに明るくなった。「は、はい。お願いします」

「じゃ、きょうはこれで」美由紀は聡美とともに席を立った。

玄関に向かい、靴を履いていると、曽我もやってきて靴箱のスニーカーに手を伸ばした。

「あれ？　曽我君」と章代が声をかけてきた。「もう帰るの？」

「ええ。ちょっと、学校の宿題とかあるし」曽我はそういいながらスニーカーを履くと、玄関の扉を開けた。美由紀たちが出るまでのあいだ、扉を支えてくれるつもりらしい。

「どうもありがとう」美由紀は礼をいって外にでた。

曽我は妙に嬉《うれ》しそうに微笑むと、じゃあまた、といって走り去っていった。

路地にたたずみながら、美由紀は小さくなっていく少年の背を眺めていた。椎名章代に惚《ほ》れているというのは、わたしの勘違いだったのだろうか。ほとんど突然のように吹っきれて、なんの未練も残さずに帰宅の途についたようにみえる。ふしぎな心境の変化だ。

聡美が近づいてきていた。「どうかしたの?」

「いえ、べつに。心を読むのってやっぱり難しいなと思って」

「わたし、千里眼がそんなふうに悩むの?」と聡美が意外そうにきいた。

「千里眼なんかじゃないし」と美由紀は苦笑してみせた。「あの曽我君って子、椎名さんに恋心を抱いているんじゃないかって思ったんだけど……」

「うん。そりゃそうよ」聡美は当然のような口ぶりでいった。「あの目見たらわかるじゃない。この家に来てからずっと、キッチンにいる椎名さんを気にかけてた。わたしが話しかけても、うわのそら。でも椎名さんのほうはそんな純情な少年の気持ちにまったく気づかず。淡い青春の片想いってやつね」

美由紀は意外に思った。臨床心理士としては美由紀よりも多くの研究論文を発表し、高い評価を受けている平野聡美が、当初の美由紀と同じ見解をしめした。

「でも」と美由紀は戸惑った。「いまの帰りぎわの曽我君のようすと矛盾していないですか？　まるで恋愛感情なんて、最初から持ち合わせていなかったような態度でしたけど」

「へえ。で、岬さんは最終的にどう分析したの」

「まあ……家に帰ろうとする曽我君の表情にも喜びが溢《あふ》れていたし、もともと明るい性格だったのかな……」

するど、聡美はやれやれというようにため息をついた。「気づいてないの？　曽我君はたしかに椎名さんに愛情を抱いていたのよ、ついさっきまではね。でも恋愛感情がほかの人間に移った。あの笑顔は新たな喜びを得た証《あかし》だわ」

美由紀はぴんとこなかった。十代の少年の抱く恋心は衝動的なもので、移ろいやすいということは理解できるが、いま誰かほかの恋愛候補に乗り換えることを決心したのだろうか。

「椎名さんのほかに、前から好きだった人がいたってことかな？」

聡美は首を横に振りながら歩きだした。「ほんと、あきれた千里眼だこと。鈍いにもほどがあるわね」

美由紀は歩調をあわせながらきいた。「なにか分析の材料に見落としがあったのなら、教えてほしいんだけど……」

「わかった。ヒントをあげる。曽我君がいま恋をしてるのは、わたしも知ってるひと」

「知り合いなんですか？」

「そう。でもその女の人は、椎名さんに引きつづき、少年に好意を寄せられていることに気づいていない」

「どうしてわかるんですか」

「その女の人の表情をみれば、少年の恋愛感情に気づいていないとわかる」

さすが平野聡美の観察眼はすばらしい。美由紀はすなおに感心しながらいった。「わたしもその人の表情を見てわかるかな」

「無理。あなた以外の人はその人の顔を見ることができるけど、あなたにだけは見ることができないから」

「わたしには見えない……？」いっそう混乱が募る。聡美の知人で、わたしが対面できない女性が存在するということだろうか。「どういうことですか、それ」

聡美は歩きながら苦笑した。「きょうは岬さんと一緒に行動できて、ほんとによかった。博識で、とんでもなく頭の回転が速くて、なんでも見通せるあなたにも、気のまわらない分野があるのね。意外な弱点に心底驚きだわ。いうなれば、千里眼に死角があったなんてね」

「千里眼の死角？」美由紀はいっこうに判然としない思考を必死で働かせた。「もう過去の話だと思ってたけど……」

「なんのこと？」と聡美が怪訝《けげん》な顔をした。

「いえ、べつに」路地に歩を進めながら、美由紀はしばし黙って熟考した。が、答えは見えてこない。

まだわたしには精進が必要ということだろう。臨床心理士としてはやはり、同期であっても聡美に一日の長があるのかもしれない。より勤勉であろうと決心を固め、美由紀は懸案の問題に目を向けた。「金縛りについてなんですが、平野さんはどう思われますか」

「目を開いたままレム睡眠に陥っているってことはたしかね。でもどうしてあちこちの住居でそんなことが起きるのかはわからない。それと、火あぶりの夢をみるのは女性ばかりのようだけど、金縛りは男女ともに起きてる」

「さっきの椎名さんと曽我君は知り合いだったけど、それがなにか心理面に影響を与えているとか……」

「ありえないでしょうね。あのふたりはたまたま知人だったというだけで、萩原県民はたいてい孤独を好むし、友達づきあいもないし。きょう二番目に訪ねた家の男性も、引っ越してきてから誰とも口をきいてないって言ってたでしょう。人間関係に素因があったのではないのだから、ほかの因果関係に着目しないとね」

　そのとき、ヘリの爆音がきこえた。音だけでターボメカアリエル2Bのエンジンとわかる。見あげると、民間のヘリがゆっくりと大空を横ぎっていく。高度は七百メートルていどと思われた。フランス製、アエロスパシアルAS350Bエキュレイユ。居住性の高いことで知られるヘリだった。

「遊覧ヘリかな」と美由紀はいった。

　聡美はうなずいた。「さっき萩原県の地域紹介パンフレットで読んだわ。ここから栃木県にでてすぐの佐野《さの》市から飛んでるって。利根川とか日光とか、北関東の名所を一周するコースに、この萩原県も含まれてるみたい。話題の特別行政地帯だから、見物したくなるのもわかるけどね」

美由紀はヘリを眺めていた。あの高度なら飛行音を気にする住民もいないだろうが、空から見下ろされていることには多少の戸惑いを抱くだろう。観光名所ならともかく、ここは居住地以外のなにものでもない。自分たちが見せものにされていると、やや過剰な被害妄想を持つ人間もいるかもしれない。

ふと思いついたことを美由紀は口にした。「気になる因果関係といえば、椎名さんたちが教えてくれた午前五時っていう時刻ですね。たとえば空港や自衛隊基地の近隣の住民には、離着陸がおこなわれている午前一時までは騒音で寝つくことができないという人もいます。そういう外的要因だったとすれば、五時ぴったりに悪夢から解放されることとの説明もつきます」

聡美は唸《うな》った。「たしかにそうだけど、萩原県で早朝まで運用している施設なんかないわよ。あの観光ヘリも夕方までだろうし。南関東なら夜景がきれいだろうけど、北関東の夜中なんか真っ暗だから、見てもしょうがないしね。萩原線は二十四時間運行してるけど、リニモだから音もしないしね」

路地を歩きながら、美由紀は聡美の言葉に耳を傾けていた。ふと、目の前に二十四時間営業の看板があるのに気づく。住宅地のなかでぽつんと営業している理髪店だった。

「ここも一日じゅうやってるみたいですね」と美由紀はいった。

「ええ。さっきも同じような理髪店があったわね。個人経営じゃなくチェーン店みたい。美容院もあちこちにあったし」

と、そのとき、理髪店のドアが開いてスーツ姿の男がでてきた。見慣れた顔だったが、一瞬は誰だかわからなかった。臨床心理士の磯辺真人は、短髪をきっちりと七三にわけたスタイルで美由紀たちの前に姿を現した。

磯辺は面食らったようすで立ちどまった。「あ、きみらか」

聡美が笑っていった。「勤務中に床屋にいってたんですか？」

「ああ、まあね」磯辺はばつが悪そうに笑いかえした。「会長には内緒にしておいてくれよ」

「その髪型をみたらすぐバレると思いますけど。しかも、なんでそんなに短くしたんですか？」

「それがね。ほら、そこの看板に書いてあるだろ。ここの住民はカット代が無料だというんだ。私は都内在住だが、それでも安くしてくれるんじゃないかと思って入ってみたら、なんとカットだけなら無料だといわれた」

美由紀は驚いた。「萩原県民じゃないのに、お金をとられなかったんですか？」

「そう、ついでだからといってね。せっかくだから思いきって短くしてもらった。これで当分、床屋にいかずに済む。どうだね、このヘアスタイル」

あまり上等とはいえないカットだったが、美由紀はつとめて本音を表情にだすまいとした。「とてもすばらしいと思います」

聡美が笑いをこらえきれなかったようすで吹きだした。

磯辺は眉間《みけん》に皺《しわ》を寄せながら、スーツの前をかきあわせてボタンをかけた。「いいんだよ、私は気にいってるんだから」

美由紀は磯辺の髪型よりも気がかりなことがあった。萩原線をはじめとして、県内の業務の大半は福祉の一環として無料で提供されているとは聞いていたが、理髪店までが報酬を受け取らないなんて。県外の人間にまでサービスをして、ジンバテック社の福祉事業費はだいじょうぶなのだろうか。あの会計士の大貫がいっていたように、社長が精神疾患の持ち主とは思いたくないが、それにしてもずいぶんと気前のいい運用がなされているものだ。

「それにしても」と美由紀は辺りを見まわした。「見たところ、ずいぶん理髪店の数が多いですね。さっきの路地にもあったし、向こうにも看板がある」

「住民があまり遠くまで歩かずに済むっていう配慮らしいな」磯辺は腕組みをした。「まさに徹底した福祉だよ。全国津々浦々がこうなってくれたら、心を病む人間も激減するだろうな」

そうだろうかと美由紀は思った。萩原県は引き籠《こ》もりの人々に、そのままの暮らしをつづけることを推奨しすぎている、そんな批判意見もある。実際に萩原県に来てみると、現状は推奨どころではなく、むしろ可能なかぎり外を出歩かせないようにしているという印象を受ける。いわば心理的な軟禁だ。各自に与えられた家には風呂《ふろ》もあれば洗濯機も、乾燥機もある。テレビも電子レンジも家とともに提供されている。最低限の食材の配達も受けられるし、電気、ガス、水道がすべて無料とくれば、外に一歩もでることなく暮らしていける。唯一、外にでなければならないのは髪を切るときぐらいだが、それすらもごく近所で手早く終わらせてしまう。

引き籠もりはそれ自体が精神病を意味するものではないが、なんらかの悩みに起因している可能性はある。この街はそういう人々を一箇所に集めて、社会から隔離するために存在しているのだろうか。失業者やニートを慢性的な病者と同じように考えているのではないか。まるで昔の精神病院のような発想だった。そして、もしそうだとするなら、その意図するところは根底から間違っている。いま職についていなくても、いずれは仕事を見つけて生きがいをみいだそうとするのが人間だ。ところがこの街は、そうした人の意志力を奪ってしまう。社会から隔離されていることを、むしろ歓迎するようになってしまう。

美由紀はいった。「この過保護な街の恩恵を受けてばかりじゃいられないって気持ちが、焦燥感につながって、悪夢に作用しているのかも」

「独立の欲求と葛藤《かっとう》して、か？」磯辺はしばし考える素振りをしたが、やがて首を振った。「それはないだろうな。そこまで独立心が旺盛《おうせい》な人間はそもそも引き籠もりにはならんよ。引き籠もりはたしかに親の過保護のもとに育った子供に多いが、彼らはたいてい親の世話になりつづけることにさほど抵抗がない。不安など感じずに感情のおもむくままに暮らして許されるのは子供のあいだだけなのに、大人になってもそういう状況を社会に対して求めて、心に傷を受ける。それで親の庇護《ひご》のもとに引き籠もる。彼らは、よほどの地位や権力が与えられるなら社会にでてもいいが、そうでないならいっさいの競争には参加したくないと考えている。その願望はつまり、親に対して好き勝手に振る舞っても一方的に愛情を受けることができる、そんな立場が社会でも保障されることを願っているってことだ。そして、欲求が満たされないと、子供はすねる、部屋に閉じ籠もる。だから社会が自分のいうことをきいてくれないと家に引き籠もるっていう寸法だ。そんな彼らにとって、この萩原県の発足はまさに渡りに船だよ。まさに過保護な親との関係を社会が引き継いでくれたに等しい。ここに住んでストレスを溜《た》める人間がいるとは思えんね」

聡美もうなずいて同意をしめした。「ここに暮らしつづけることが問題の解決につながるかどうかは疑問だけど、わたしたちの今回の仕事は、住民の悪夢と金縛りの要因を見つけることでしょう。萩原県の過剰な福祉とは、直接の因果関係はないと思うわ」

美由紀はなにもいわなかった。ふたりの意見は間違ってはいない。だが、少なくとも例外はある。一ノ瀬恵梨香だ。彼女は過保護な親との関係など引きずってはいない。にもかかわらず、ここの住民になった。磯辺たちはニートに至る道筋をひとつしか考慮していないようだが、実際はちがう。それぞれに異なる理由があるはずだ。

恵梨香がクルマに積んでいた絵本が頭に浮かんだ。『蒼《あお》い瞳《ひとみ》とニュアージュ』。幼少のころから親しんだC・エトワールの童話だった。

　少女が美しい星を見あげようとすると、いつも厚い雲に覆われている。少女は雲にたずねた。なぜわたしが星を見ようとすると、邪魔をするの。すると雲が答えた。きみの美しい蒼い瞳を見にきているからさ。

　幼いころの美由紀は、この物語にふしぎな感銘を受け、何度となく母親に読んで聞かせてくれるよう頼んだ。母はなぜ美由紀がそんなに興味を持つのか、理解していなかっただろう。事実、美由紀自身にも物語に惹《ひ》かれる理由は判然としていなかった。しかし、思春期をすぎて、少しずつわかってきたことがある。

　あの童話に登場する雲《ニュアージュ》とは、親をはじめとするおとなの存在を示唆している。おとなはいつも子供の邪魔をする。子供は星を眺めること、つまり外界に接することができずに不満を持つが、おとなが子供を見守るのも、じつはおとなたちが満足を得るためのことだった、そういう意味が隠されている。おとなと子供がいずれもお互いの欲求を追いもとめた結果は、星を見られなかった子供に対して、親は子供の美しい瞳を見ることができるのだから、まずはおとなに利がある。しかし子供はそれによって親の存在を疎ましく思い、やがて嫌悪に至る。親子ともに身勝手な欲望を抱くことは、やがて親子の関係を崩壊に導く。

　かつてのわたしはあの寓話《ぐうわ》に自分と親との関係を感じたのだろうし、悪気なくわが子の視界を覆ってしまう親という存在を理解せねばならないと思った。やがて十八歳になり、両親との対立の日々を送ったわたしは、奇《く》しくも童話がほのめかしたとおりの道をたどってしまったのかもしれない。だが親を失ってから、あの物語がわたしのなかに残してくれたものに気づいた。雲が消えたら星空はひろがる。わたしは星を見つめるが、星はわたしを見つめてはくれない。雲のように、わたしの瞳を気にかけてはくれない。孤独がある。しかしその孤独とは、自分本来の姿なのだ。星の瞬く夜空とわたし。この世にあるのはそれしかない。初めに雲ありきと思えたのは、少女時代の錯覚だった。孤独。それが生きることの本質だった。

美由紀はその考えを持つことで、独りでいることを受けいれられた。一ノ瀬恵梨香もあの絵本に惹かれるものがあるなら、そのことに気づきかけているのかもしれない。親に代わって雲となりえてくれる萩原県の福祉は、なんらかの理由で己れの欲求を満たそうとしているにすぎず、けっして一方的な思いやりと愛情を注いでくれる存在ではないと気づくに至る。そんな日も近いだろう。そして孤独を受けいれ、ふたたび社会へと歩を踏みだすにちがいない。

彼女ならきっと抜けだせる。どんなに厚い雲でも、彼女を屈服させることはできないはずだ。わたしだけでも、そう信じてあげたい。同時に両親という雲を失って五年、彼女もじきにわたしと同じ信念を抱くと信じたい。

沈黙が流れていた。磯辺は美由紀の意見を待っているような顔をしていたが、美由紀が無言のままでいると、ため息をついて歩きだした。「じゃあ、次の訪問先には一緒にいくですね」

聡美が手帳をとりだし、ページを繰った。「円丹町《まるに》四丁目十六の三。このさきまっすぐよ。どこだい？」

いこう、と磯辺がうながした。聡美がそれにつづき、美由紀も歩きだした。

背後から近づいてくる自転車の音がした。女の声が呼びとめる。「岬先生。来てくれたんですか」

美由紀は足をとめて振り向いた。戸内利佳子が笑みを浮かべ、自転車のペダルを漕《こ》いでいる。

「ああ、利佳子さん」美由紀はいった。「この近くだったかしら？」

利佳子はさも嬉《うれ》しそうに満面の笑顔で自転車をとめた。「いえ。わたしの家はもうちょっと先なんですけど、夕食の材料の買いだしにいってて。すごく安いスーパーがあるんですよ。知ってましたか」

「いえ……」美由紀はなぜか自転車の荷台に注意を奪われた。白いビニール袋に食材がおさめられている。肉のパックが透けてみえていた。

妙な疑念めいた感覚は、おぼろげにひとつのかたちをとりだした。美由紀は利佳子を見つめてきいた。「あなた、自分で料理をするの？」

「ええ、まあ……」利佳子はふしぎそうな顔をした。「やることがなくて、暇ですから。でも、なんでそんなことを？」

「いえ、その、利佳子さん。悪いけど、ちょっと用事を思いだしちゃったの。あとで家に寄らせてもらっていい？」

利佳子は目を輝かせた。「もちろん。よければ一緒に夕食どうですか。腕を振るっておきます」

「それは楽しみね」そわそわした気分をさとられないよう、美由紀は注意深くいった。「じゃ、またあとで」

失礼します、といって利佳子は自転車を漕ぎだした。美由紀のすぐ近くで立ちどまっていた磯辺と聡美にも会釈をして、利佳子は自転車で走り去っていった。

磯辺がたずねる顔を向けてきた。「なにか気づいたのか？」

「ええ」美由紀はいった。「金縛りについてはわかりませんが、火あぶりの夢の素因はおよその見当がつきました。まず、その夢を見るのは全員が主婦または独身の女性です。そしておそらくは調理経験がある人、肉などに火を通すやり方がそれなりに身についている人です」

「肉？」聡美は眉《まゆ》をひそめたが、すぐに目を大きく見開いた。「フライパンを火にかけるゼスチャーをしながら、聡美はいった。「そうか。体感的な揺れが火を通す調理の記憶に結びついたってことね」

「そうです。レム睡眠中に大工の打つ釘《くぎ》の音を聞いて、自分の頭に釘を打たれる夢を見た例にもあるように、外的な刺激に基づく夢は自身を被害者としがちです。睡眠中に感じた揺れは、調理経験者にちょうど火を通す動作を連想させるものだった。それが無意識の領域で結びついて、火にあぶられる自分という夢につながったのです」

「まて」磯辺が真顔で片手をあげた。「つまりは地震が外的刺激となっていたというわけか？　そのう、理論的にはありえる話ではあるが、そんなに強い揺れなら夢のなかに見るまでもなく、覚醒《かくせい》状態で気づく住民もいるだろう。夜中にぐらぐらとくれば跳ね起きる人間も多いだろうし、だいいち地震速報にでるはずだ」

今度ばかりは、磯辺の指摘は的はずれに思えた。美由紀はきいた。「磯辺さん、火を使った調理の経験はありますか？」

「さあ、私はやらないからよく知らないが……中華料理屋で鍋《なべ》を振ってるのは見たことがあるぞ」

聡美が美由紀より先に否定した。「それはプロの料理人ですよ。店では強い火力を使うから、焦げないようにすばやく大きく鍋を振って、全体に熱が行き渡るようにするんです。家庭のコンロはそんなに火力が強くないから、熱源を離れないように小さな範囲で前後、あるいは円を描くように揺するていどです」

磯辺は面食らったように、額を手で打った。「それが真実だとすれば……」

美由紀は後をひきとった。「調理経験者がそろって同じ夢を見るくらいですから、フライパンや鍋に火を通すときの揺らし方とほとんど同一の規模の揺れを感じたということです。火あぶりの悪夢を見た人たちの寝室は二階ですし、考えられる揺れがこれらの低層二階建て木造住宅の二階部分に生じたとするなら、一階ではまず無感、二階でも意識的にはほとんどなにも感じないぐらいの揺れのはずです。ほかにも睡眠中に同じ揺れを下意識が察した住民もいるのでしょうが、調理経験のない人々はそれぞれ浮かびあがる夢のシチュエーションが異なり、揺れに強く結びつく経験もないので毎回異なる夢をみている可能性があります。しかし、調理経験者だけは、料理に火を通すときの揺らしぐあいと密接に結びついたため、同じ夢を何度も見てしまった。そういう人間が複数いて、今回の事態になったと考えられます」

磯辺は頭をかきむしっていたが、やがてその手をとめて、上目づかいに美由紀を見つめた。「なるほど、たしかに理にかなっている。こんなに複数の人間に共通の夢が表れたんだ、外的刺激によるものと考えるほうがつじつまがあう。ただし、疑問点もあるぞ。この県に住む八百万世帯に、調理経験がある住民はたった百人前後しかいないのか？　しかもそれら百人も、妙に広範囲でまばらな場所に住んでいるじゃないか？　栃木県との県境付近で火あぶりの夢を見ている女性もいれば、それとは逆側の茨城との県境で同じ夢を見ている女性もいる。そんなに広範囲にわずかな揺れが起きたのだとすると、割合的に夢を見た人の数が少なすぎるだろう。そして最も重要なことだが、毎晩のようにごくわずかな揺れが起きるなど考えにくいことだ」

「それは……そう思います」美由紀は口ごもったが、真実に近づいているという確信はあった。語気を強めて美由紀はいった。「細かいことはまだわかりません。でも、外的な刺激に原因があるというのは仮説として有力だと思います。いま萩原県内の各地で大勢の臨床心理士が住民の話をきいてまわっていますが、全員の話を総合すれば、なにか進展があるかもしれません」

「そうね」聡美が大きくうなずいた。「この仮説を頭にいれておけば、住民の話を聞いた際に真偽を分析しながら話をすすめることができる。有効だと思います」

磯辺はしきりに頭をかきむしりつづけたが、そのうちに繰り返し小さくうなずくようになった。やがて納得したというように、顔をあげて両手を打ち合わせた。

よし、と磯辺はいった。「全員を集めて意見交換しよう。金縛りについてはまだ原因が不明だが、火あぶりの夢について解明できれば、そっちも糸口がつかめるかもしれん」

聡美が携帯電話をとりだした。「伝言を連絡網にまわします」

美由紀は昼下がりの路地を振りかえった。午後の陽射しのなか、あいかわらず萩原県の住宅街は静寂に包まれていた。その静寂は、けっして優雅なものではない。美由紀にはそう感じられてきた。これは静けさではない、沈黙だ。その沈黙の向こうに、果てしない心理の闇がある。わたしたちはその闇を照らしだす光とならねばならない。

（下巻につづく）

本書は二〇〇五年十二月、小学館文庫より刊行された『千里眼とニュアージュ』(上)に修正を加えたものです。

この物語はフィクションです。登場する個人・団体等はフィクションであり、現実とは一切関係がありません。

クラシックシリーズ10

千里眼《せんりがん》とニュアージュ　完全版《かんぜんばん》　上

松岡圭祐《まつおかけいすけ》

平成21年 2月25日　初版発行
令和6年 12月15日　7版発行

発行者●山下直久

発行●株式会社KADOKAWA
〒102-8177　東京都千代田区富士見2-13-3
電話　0570-002-301（ナビダイヤル）

角川文庫 15577

印刷所●株式会社KADOKAWA
製本所●株式会社KADOKAWA

表紙画●和田三造

◎本書の無断複製（コピー、スキャン、デジタル化等）並びに無断複製物の譲渡および配信は、著作権法上での例外を除き禁じられています。また、本書を代行業者等の第三者に依頼して複製する行為は、たとえ個人や家庭内での利用であっても一切認められておりません。
◎定価はカバーに表示してあります。

●お問い合わせ
https://www.kadokawa.co.jp/（「お問い合わせ」へお進みください）
※内容によっては、お答えできない場合があります。
※サポートは日本国内のみとさせていただきます。
※Japanese text only

©Keisuke Matsuoka 2005, 2009　Printed in Japan
ISBN978-4-04-383631-4　C0193

角川文庫発刊に際して

角川源義

第二次世界大戦の敗北は、軍事力の敗北であった以上に、私たちの若い文化力の敗退であった。私たちの文化が戦争に対して如何に無力であり、単なるあだ花に過ぎなかったかを、私たちは身を以て体験し痛感した。西洋近代文化の摂取にとって、明治以後八十年の歳月は決して短かすぎたとは言えない。にもかかわらず、近代文化の伝統を確立し、自由な批判と柔軟な良識に富む文化層として自らを形成することに私たちは失敗して来た。そしてこれは、各層への文化の普及滲透を任務とする出版人の責任でもあった。

一九四五年以来、私たちは再び振出しに戻り、第一歩から踏み出すことを余儀なくされた。これは大きな不幸ではあるが、反面、これまでの混沌・未熟・歪曲の中にあった我が国の文化に秩序と確たる基礎を齎らすためには絶好の機会でもある。角川書店は、このような祖国の文化的危機にあたり、微力をも顧みず再建の礎石たるべき抱負と決意とをもって出発したが、ここに創立以来の念願を果すべく角川文庫を発刊する。これまで刊行されたあらゆる全集叢書文庫類の長所と短所とを検討し、古今東西の不朽の典籍を、良心的編集のもとに、廉価に、そして書架にふさわしい美本として、多くのひとびとに提供しようとする。しかし私たちは徒らに百科全書的な知識のジレッタントを作ることを目的とせず、あくまで祖国の文化に秩序と再建への道を示し、この文庫を角川書店の栄ある事業として、今後永久に継続発展せしめ、学芸と教養との殿堂として大成せんことを期したい。多くの読書子の愛情ある忠言と支持とによって、この希望と抱負とを完遂せしめられんことを願う。

一九四九年五月三日

角川文庫ベストセラー

クラシックシリーズ
千里眼完全版　全十二巻　松岡圭祐

戦うカウンセラー、岬美由紀の活躍の原点を描く『千里眼』シリーズが、大幅な加筆修正を得て角川文庫で生まれ変わった。完全書き下ろしの巻まである、究極のエディション。旧シリーズの完全版を手に入れろ!!

千里眼
The Start　松岡圭祐

トラウマは本当に人の人生を左右するのか。両親との辛い別れの思い出を胸に秘め、航空機爆破計画に立ち向かう岬美由紀。その心の声が初めて描かれる。シリーズ600万部を超える超弩級エンタテインメント!

千里眼
ファントム・クォーター　松岡圭祐

消えるマントの実現となる恐るべき機能を持つ繊維の開発が進んでいた。一方、千里眼の能力を必要としていたロシアンマフィアに誘拐された美由紀が目を開くと、そこは幻影の地区と呼ばれる奇妙な街角だった——。

千里眼の水晶体　松岡圭祐

高温でなければ活性化しないはずの旧日本軍の生物化学兵器。折からの気候温暖化によって、このウィルスが暴れ出した! 感染した親友を救うために、岬美由紀はワクチンを入手すべくF15の操縦桿を握る。

千里眼
ミッドタウンタワーの迷宮　松岡圭祐

六本木に新しくお目見えした東京ミッドタウンを舞台に繰り広げられるスパイ情報戦。巧妙な罠に陥り千里眼の能力を奪われ、ズタズタにされた岬美由紀、絶体絶命のピンチ! 新シリーズ書き下ろし第4弾!

角川文庫ベストセラー

千里眼の教室　松岡圭祐

我が高校国は独立を宣言し、主権を無視する日本国へは生徒の粛清をもって対抗する。前代未聞の宣言の裏に隠された真実に岬美由紀が迫る。いじめ・教育から心の問題までを深く抉り出す渾身の書き下ろし！

千里眼　堕天使のメモリー　松岡圭祐

『千里眼の水晶体』で死線を超えて蘇ったあの女が東京の街を駆け抜ける！　メフィスト・コンサルティングの仕掛ける罠を前に岬美由紀は人間の愛と尊厳を守り抜けるか⁉　新シリーズ書き下ろし第6弾！

千里眼　美由紀の正体　(上)(下)　松岡圭祐

親友のストーカー事件を調べていた岬美由紀は、それが大きな組織犯罪の一端であることを突き止める。しかし彼女のとったある行動が次第に周囲に不信感を与え始めていた。美由紀の過去の謎に迫る！

千里眼　シンガポール・フライヤー　(上)(下)　松岡圭祐

世界中を震撼させた謎のステルス機・アンノウン・シグマの出現と新種の鳥インフルエンザの大流行。一見関係のない事件に隠された陰謀に岬美由紀が挑む。F1レース上で繰り広げられる猛スピードアクション！

千里眼　優しい悪魔　(上)(下)　松岡圭祐

スマトラ島地震のショックで記憶を失った姉の、莫大な財産の独占を目論む弟。メフィスト・コンサルティングのダビデが記憶の回復と引き替えに出した悪魔の契約とは？　ダビデの隠された日々が、明かされる！